这烟火璀璨

范红蕊◎主编

魏景利　金　颖　武　婷　尚惠柳　陈晓霖◎副主编

每个孩子都是一颗创作的种子

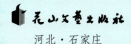

花山文艺出版社

河北·石家庄

图书在版编目（CIP）数据

这烟火璀璨 / 范红蕊主编 . -- 石家庄 ：花山文艺
出版社，2025. 5. -- ISBN 978-7-5511-7672-9

Ⅰ . I247.7

中国国家版本馆 CIP 数据核字第 2024LZ5827 号

书　　名：这烟火璀璨
　　　　　ZHE YANHUO CUICAN

主　　编：范红蕊

副 主 编：魏景利　金　颖　武　婷　尚惠柳　陈晓霖

责任编辑：郝卫国

美术编辑：王爱芹

出版发行：花山文艺出版社（邮政编码：050061）

　　　　　（河北省石家庄市友谊北大街330号）

销售热线：0311-88643299/96/17

印　　刷：北京一鑫印务有限责任公司

经　　销：新华书店

开　　本：700 毫米×1000 毫米　1/16

印　　张：19.5

字　　数：290千字

版　　次：2025年5月第1版

印　　次：2025年5月第1次印刷

书　　号：ISBN 978-7-5511-7672-9

定　　价：59.80元

编委会

主　编　范红蕊

副主编　魏景利　金　颖　武　婷
　　　　尚惠柳　陈晓霖

编　委　蔡庄贤　崔少民　张　涵
　　　　张新颖　果　雨

2214 班合影

2202 班合影

2208 班合影

2212 班合影

2215 班合影

2220 班合影

范红蕊　　　　魏景利

金　颖　　指导　　武　婷
　　　　　教师

尚惠柳　　　　陈晓霖

序 怀揣梦想 从这里出发

　　石家庄市第四十中学是一片沃土，不同花期的孩子都可以绽放自己的光彩。班级集体创作小说的种子已在这里生根发芽，枝繁叶茂，结出硕果。2019级、2020级、2021级创作的三本小说集正式出版后，2022级的孩子们也行动起来，在老师的指导下，他们广泛阅读，请教名家，交流碰撞，分工协作……最终创作了第四本、第五本小说集。我惊喜于孩子们的创作如此执着，一届推动一届，一部接着一部，每一部小说都可圈可点。

　　呈现在您眼前的《这烟火璀璨》是六个班三百多名学生集体智慧的结晶。

　　我们坚信：每个孩子都是一颗创作的种子，班级集体创作小说有着丰富的育人价值。基于语文学科，集体创作是一次提升核心素养的学科实践；基于自我成长，集体创作是提升综合素养的一次美好体验；基于学生培养，集体创作是促进其做有理想、有担当、有本领的新时代好少年的积极探索。在集体创作中，知识增长多少肯定会因人而异，但素养的提升却不可估量。在集体创作中，每一个孩子都勤于思考，善于想象，勇于探究，学会合作……

　　集体创作小说，让孩子们不仅拥有了一个"聪明的脑"，也拥有了一颗"温暖的心"；集体创作小说，让孩子们的思维在碰撞中闪光，彰显出青春的力量。

　　孩子们会主动从阅读中汲取养分，学过的一篇篇文章、一个个技巧，都会变成创作的灵感，从字里行间甚至能偶尔窥见大家的风采。他们用自己稚嫩的笔触去书写社会现实，去思考未来发展，同时通过小说创作的方式将自己的感受表达出来：他们给生活艰难的人物勾勒出美满的结局，冲淡现实的苦涩；给处于少年阶段的人物安排迷茫的困境，并找到解决现实问题的方式。少年用最纯粹的目光看待这丰富多彩的世界，目光所及，都是爱和希望。

孩子们在小说这片沃土中耕耘，春兰秋菊，各擅胜场。在选题、构思、交流、创作、修改、绘图等过程中，每一个孩子都通过分工合作完成着自己的使命，正所谓"大鹏之动，非一羽之轻也；骐骥之速，非一足之力也"，正是因为集体的力量，才有了这一届又一届、一本又一本的传承与创新。请相信我们的孩子们，他们的思维远比我们想象的更开阔，青春的力量远比我们感受的更强大。

集体创作小说，让孩子们展开天马行空的想象，彰显青春的模样。

孩子们勇于创新，拥有更多元的审美、文化和选择，属于他们的光芒正在闪耀。聚焦小人物的现实主义题材凝聚着他们对社会发展的思考，多维空间中的穿梭跳跃暗含他们对未知领域的好奇，青葱少年的拼搏故事正是他们努力追求梦想的写照，光怪陆离的宇宙奇观在未来也许会被一一印证……我们都有幸遇见这样一个和谐美好、科技发达、文化繁荣的社会，这样一个包容、创新、多元化的时代。在这个美好的时代，他们自信，坚定，无所畏惧，不忘初心；心中有火，眼里有光，满腔热爱，不负韶华。这才是少年应有的模样。

点燃这璀璨的烟火，发出专属于他们的最耀眼的光芒。

石家庄市第四十中学党委书记　李云红

2024 年 6 月

目　录

选　择

启　航

九　铜　铃

解　救

溯

面　具

选 择

第一章　是否回去

"你还要不要回去？"

"这是哪儿？"

"这是灵云厅。"

"那你是谁？"

"我是灵司长。"

"哦！"

我站在大厅里，驻足观望。大厅的整体色调是纯白色的，衬得厅里亮堂堂的。几根奶白色的条纹大柱子支撑着看似笨重的屋顶。在屋顶的正中央，有一个巨大的水晶吊灯把整个大厅照得通亮，也许太亮了吧，身在其间竟感觉有一丝丝窘迫。大厅似乎也很大，几乎一眼望不到头。

"为什么这个大厅这么大？"

"这个大厅没有尽头。"

大厅里还有不少人，有的在哭哭啼啼，有的在指手画脚地讨论着什么。

那个叫灵司长的又开口道："你是我见到的为数不多的如此平静的人。"

"所以我死了吗？"

"没有，你在你那个世界里是昏迷的。"

"那我什么时候死？"

灵司长好像很诧异我会问出这句话："你年纪还很小，怎么会想死呢？"他停顿了一下。

"你要是不想回去，就会死亡。"

"那我死了，我的尸体会腐烂吗？"

"不会，因为你在那个世界会被拉到火葬场，进行焚烧，然后化为一捧白色骨灰。"

"那我还有意识吗？"

"至少你在这里是有的。"

"那我死后会去哪儿呢？"

"你会去亡世界。"

"是我们所说的天堂或地狱吗？"

"如果你这样理解，也可以。"

灵司长很认真地回答着我的每一个问题，脸上还总挂着一副浅浅的笑意，像我的爷爷，这笑意仿佛又不和他的脸相称。他惨白的脸上有几条细细的皱纹，像是刚得了一场大病。身上穿着中式礼服，头发向后梳着，只留下了两绺碎发在额前。脚上的那双圆头皮鞋被擦得锃亮，但从那几条鲜明的划痕和鞋面的褶皱来看，应该是一双很旧的鞋了。

"你能告诉我，你是具体做什么的吗？"

"我啊……"灵司长思虑着，"我是这里的总管，你看，那边的工作人员都是灵司，我们每个人都有不同的分工，我们是给要去亡世界的人指路的。"

"我现在要去亡世界了？"

"没，暂时没。"他上下打量了我一番，"灵司长这个职位需要定期交换的，一般五十年一换，你算是我接的最后一批人了。"他伸手拍了拍我的肩，"不过这几年真是奇怪，年轻人来得多了，还都是非正常死亡，这是怎么了？"

我自顾自地往前走着，我想，我现在多半是快死了，不然怎么会平白到这种地方呢？我突然发现我身后没有脚步声，下意识地以为灵司长没有跟着我，刚想转头，却发现他就在我身后，我惊得叫了一声："你……你走路怎么没声啊？！"

"我们属于这里的，走路都没有声音。"

我将信将疑地跺了跺脚，小皮鞋在瓷砖地面上发出咚咚的声音，接着是一阵阵的回声，不免惹得其他人看过来。我被大家盯得脸有些发热，拉着灵司长向远处走了走："为什么我有声音？"

灵司长笑了几声："孩子，你还不属于这里。"

我突然意识到我今天说了好多个为什么。今天的问题怎么这么多？

"你好像没有提到过任何人，你没有舍不得的人吗？"灵司长总觉得我很奇怪，微微皱起了眉头。

"没有。"

"你还记得你昏迷前发生了什么吗？你是怎么来这儿的？"

"我只记得我弹了很久的钢琴。我不知道后来发生了什么。我太累了。"

"好吧。但是你为什么要弹那么久的钢琴？"

我想了一会儿，答道："没有为什么，就是想弹。我钢琴比赛失利，也有可能是和自己过不去吧。还有我的父母，算了……没什么可说的。"我抬抬眉毛，做出一副"说来话长"的表情。

"不过我来这里这么久了，还不知道我会怎样，我就一直在这个大厅里了吗？"

"不，倘若你是寿终正寝，你会直接进入亡世界，肉体消逝，灵魂永安，世间便再没有你了。但你昏迷了，还有一口气，不过你的生命迹象很微弱，这儿只是暂时安置你的灵魂，我暂无法把你的名字从生死簿上画掉。现在你有选择的权力，你是想回到你的世间呢，还是前往亡世界呢？"

"我可以一直在这里吗？"

"不可以，这里是介于生与死之间的地方，灵云厅只能暂时安置你的魂魄。"灵司长极力解释着。

"我希望你回去。"他似乎怕我无法进行选择，又小声补上一句。

"我回去吗？"我不想回去。我想就此逃离那个无情的世界，就让我昏睡下去好了，没有痛苦地消逝，再好不过了。

灵司长知道，我不想回去。

"去了亡世界可就回不来了。"

"我不回去。"

这声响犹如一根钢钉砸在地面上，仿佛整个大厅都在回荡着这句话。

2214 班陈卓尔创作

第二章　档案记录

自从来到这里，我的脑袋就一直昏昏沉沉的。早上醒来后，只模模糊糊记着昨天晚上灵司长把我带到这间房间里休息，然后就离开了。

我走出房间，门外有一条长长的小路。路边、树上都是花的世界，低处草丛中藏着若隐若现的野花，树上高处的各色花儿娇艳欲滴，令人目不暇接。微风吹过，落英缤纷。那花儿在风中摇曳，如同浪潮波动。可尽管是在这似锦的繁花之中，我还是一眼望到了素净挺立的山茶花。我看着它的花瓣绽放，它那样洁白而又美丽。它素色的花朵开了满树，从一个个嫩青色的小花苞一点点饱满起来，从一个个小小的半圆到将圆，再到盛开。花开的时候，白色的花中散发出淡淡的幽香，仔细观察，层层叠叠的花瓣也各有各的不同，聚在一起，才形成了繁花似锦的盛景。

我心中一颤，自从步入小学起，对于我来说，欣赏美景便是奢侈的事了。

妈妈常说，让我好好学习，自己长本事，长大后去看遍天下美景。

正当我望着远方发呆时，灵司长不知什么时候来到我身边。

"小远，醒了呀，走，我们去个地方。"

"这是要去哪儿，灵司长？"

"聊天室。"

"聊天室？那是什么地方？"灵司长的话让我摸不着头脑。

"准确地说，是档案记录室。现在你的档案一片空白，需要我们补全。"

"补全？你们不知道我的情况？"

"肯定不知道哇，你属于阳寿未尽，却昏迷过去了，这个情况得重新记录整理，得调查一下。"

"调查一下？我这个人没什么可调查的，每天就是重复地练琴学习，没干什么其他事情。"

"小远，你还是去聊一聊比较好。我们更了解你，也方便进行后面的工作，这也是我们工作流程中的一步。"

我不再说话，从小到大我接受的"问话"也不少了，只是没想到，到了这里还得应付这些麻烦的事情。

灵司长一路引着我，穿过了一条长长的走廊，走廊的尽头，是一扇蓝白相间的大门。灵司长带着我推开门走了进去。

"小远来了呀，快坐快坐。"说话的是一位女灵司，面露微笑，看起来十分和善。

她穿着淡绿色的毛衣，上面别着一朵小小的白色的山茶花，想必是刚从路边摘下来的吧。我最近才发现，哪怕是在这里工作的灵司们，似乎也很热爱生活呢。裤子则是同色系的茶色，头发微微卷着，扎了一个低马尾。

女灵司整个人身上散发着山茶花的清香，笑得温柔，像傍晚的风，不禁让我放松下来。

我缓缓坐下，听到身后传来咔嗒一声轻响。

"别紧张，我们只是聊聊天罢了，你长得真漂亮，眼睛如星辰一般明亮。"女灵司温柔的低语再次传入我的耳朵。

我这才彻底放松下来，仔细打量起这间屋子。这里除了我和女灵司，还有另外两个灵司，分别坐在女灵司的两边。其中一个男灵司个子很高，穿着黑色大衣，大敞着怀，里面是一件深灰色的运动服。他脸上的笑容十分灿烂，看着好像个小孩子。

另一个男灵司则穿得较为正式，上身是一件合体的白色衬衫，被他打理得一尘不染。下身穿了一条藏蓝色的长裤，同样没有沾染一丝灰尘。与另外两位灵司不同，他神情十分严肃，给人一种呆板静穆的感觉。他手中拿着笔和本，大概是记录员吧。

我还以为在这个世界里的人都一个样呢！

房间里的整体色调也是以蓝白为主，墙边的架子上放着一个个档案盒，应该都是以往来过的人的资料。再仔细看一眼，灰色调的档案盒整整齐齐地排列着，它们好像是被特地分类排放着，上层都是女性的，下层则是男性的。每一层还分了左右两栏，用棕色隔板隔开。

不知道是不是我的错觉，这里的一切事物似乎都散发出淡淡的柔光。

"小远，小远，你想什么呢？"中间女灵司的呼喊让我回过神。我将目光转向她，她的确温柔，并未责怪我刚才发呆忽视她的行为，甚至笑着问我："我可以这样称呼你吧？灵司长告诉了我你的名字。"我对她点点头，不禁想到了母亲，她是否也能如此温柔地对待我呢？

"不要紧张，我们只是来和你聊聊天。你看着年纪还小，多大了？"左边的男灵司一派轻松，似乎真的像好友间的聊天。

"十五。"

"有什么爱好特长吗？"

"学了几年钢琴，但我不喜欢。"

"既然不喜欢又为什么坚持了那么多年？"

是呀，既然不喜欢为什么要做呢？我垂下头，说不出话，头脑有些发蒙。想着想着，思绪跨越了很长时间。

十三岁生日，一踏进家门就闻到了饭菜的香味。耳边传来母亲的声音："小远，快来看看你的生日蛋糕！"果然，这蛋糕选择的又是母亲喜欢的款式，蛋糕上面装饰得很美，但并不是我喜欢的。可瞥见父母期待且喜悦的神情，我只好向他们扬起一个笑脸，缓缓开口："嗯，我很喜欢。"即将许愿吹蜡烛时，父母唱起生日快乐歌，我内心默默想着，幸福的时刻是否能延长点儿，再多一点儿。我试探着问母亲："妈妈，我向你提一个愿望好不好？"母亲看上去很潇洒大度，但听到我的话后，瞬间变了脸色。

"你是不是不想学钢琴了！学了这么久了，你说放弃就放弃吗？你为什么总想找我说这个事情？"母亲的声音突然变得急促又尖锐。尽管我一开始有些预料，但暴风雨真正降临时还是让我难以抵挡。母亲责怪的情绪如洪水般朝我涌来，避之不及。

"花了这么多钱给你买了钢琴，报了课。先不说你没有取得特别好的成绩，至少不能你说算了就算了！"母亲对我怒目而视。

"妈，从一开始就不是我要学钢琴！"刺耳的声音也激起了我的情绪。她大力握着我的手腕，我甩不掉。

"你的意思是怪我吗？妈妈以前想学钢琴的愿望就没能实现，你不能理解我的苦心吗？你学钢琴也是一笔很大的开销，我起早贪黑挣钱就是为了你不比别人家孩子差呀！"母亲听完我的话后深呼吸几次，她好像很委屈，眼眶有些泛红。

"妈，你能不能别再因为你曾经的遗憾，而强迫我去做我不想做的事情。"我平静下来耐心和她说。她总是这样，让我愤怒的同时又让我心怀愧疚。

这句话之后整个家陷入沉寂，每个人都怀揣着各种各样的情绪，每个人也都以为自己很正确。身处在其中的我也不例外，我感觉我周围的空气像是在慢慢凝结，我快窒息了。

我正踌躇要不要主动打破僵局时，母亲却发话了："我都是为你好，钢琴不能不学。今天是你的生日，把它过好，我不想闹得不愉快。"

我在听到"为你好"这三个字的时候心就沉到谷底了，我们之间的争吵总会以此结尾。我只能苦笑一声，坐下来继续吃我并不怎么喜欢的蛋糕。

那天之后母亲好似被抹去这段记忆。我也没有再提钢琴的事。但其实我们都知道，有些东西早就产生裂痕了。

"可能是因为总会遇见不得不去做的事情，所以也不得不坚持。"我缓缓开口回答。

"的确，那我希望你能多一些选择的机会。你擅长与他人沟通吗？"她看我一愣，又添了一句，"我的意思是说你是否能够胜任需要与各种人沟通交流的职位。"

我很果断地说："不擅长，也不喜欢。"

女灵司倒有些疑惑了，她微微歪头问："为什么呢？你明明看起来很和善哪！"

啊，又是为什么。这次的原因又是什么呢，我抬头想了想。大概因为没有什么朋友吧，可仔细想来，我其实曾经也是有朋友的。

初中刚开学时，我和同桌在学校来往比较密切。渐渐地，从只在学业上交流的同学变为可以分享许多趣事的朋友。我和周围的同学相处得也算融洽。但遗憾的是，我和他们的嬉戏打闹被我的父母知道了。他们总是不停地问我不必要的问题：这个人学习好不好；你了解不了解这个人；他们有没有什么不良好的习惯；有没有影响我的学业；他们值不值得你和他们做朋友……听着一句句质问，我的解释，对于他们就像是耳边吹过一阵风，没人在意更没人理解，甚至会曲解我，好像我的语言和他们的语言并不在同一世界。一种无力感笼罩着我，裹住我整个人让我无法呼吸。我需要出门喘口气，所以我没再理会他们，摔门走了。外面的空气让我整个人沉浸在享受自由的愉悦感当中，殊不知未来会有多难熬。

第二天我回到学校，身边人突然对我变得很冷淡，原来是我的父母在我走之后给同学的父母打电话了，具体的内容可想而知。我问过父母为什么。他们的答案是，为了保护我，他们害怕我交友不慎，影响学业生活。我听到后感觉气闷，又是为了我吗？可我没有再问，没有和他们争吵，这是我又一次地妥协。我清楚地知道，那处上次没能修补的裂痕正越来越深。

我也尝试过和朋友们聊聊，可是就连朋友也不再理解我，我的朋友的确在慢慢归零。我突然明白，我也许是不擅长与别人沟通的，被误解是我的宿命。秉持着这种心理，往后的时间里，我便再没主动找别人交过朋友了。

"因为沟通了有可能被误解，就算沟通成功了，那个人也可能会在某一天离开，不如不交流。"我给出了理由。

"小远，其实不一定，我们现在的聊天就很顺利，不是吗？"女灵司向我投来善意的目光，安慰着我。

"是啊，现在我们不就是朋友嘛。"幽默的男灵司调侃着。

再次听到"朋友"二字，我突然会有些鼻子泛酸。我曾经也有很多朋友陪在我身边。可是结果呢……

"嗯……你认为你有哪些优点，性格方面或能力方面都可以。"思绪被打断，问题又来了。

我没什么优点，我好像很差劲，差到我觉得我的父母都有些讨厌我。毕竟自少时起我的耳边就几乎很少有夸赞声。春节的家庭聚餐，亲戚夸奖我期末考试考得很不错，父亲一脸不认同地说："好什么呀，不该错的全错了……"我想要道谢的话被迫咽进喉咙里，偏头盯着父亲。亲戚出来打圆场，缓解尴尬的气氛，父亲没再说下去。只是不想影响聚餐氛围，并不是突然照顾到我的情绪。

我平常很爱读书，也喜欢用文字记录世界，我的文章经常能获得老师的表扬，有一次，我的作文被拿去参加作文比赛。很幸运，那一次，我得了二等奖。我兴高采烈地回家想快点儿与父母分享，可是换来的却是打压。

父亲只转头瞥了一眼奖状："二等奖，嗯，这还有很大的进步空间哪，要学会把眼光放长远一些，别太骄傲自满，那样不会有好结果。"

是的，又是一堆成年人眼中貌似深刻的大道理，也许只有讲他们所谓的道理，才足以显得他们作为父母的博学。

"不过二等奖也算凑合吧，要不要出去吃顿饭庆祝一下？"母亲自以为是地安慰着。

我攥着校服衣角，看着被父亲随意丢在一旁孤零零的奖状。慢慢伸手拿起它抱在怀里，抢在父亲之前回复母亲："别了吧，没必要。我还有很大进步空间，我去学习了！我的奖状也跟你们没关系。"

父亲又开始不满了："你这是什么态度？我说的哪个字不对了？真是越大越不懂事了。"

我再也忍不住了："又成我的错了是吗？是我不懂事，还是你们不懂事？你们自己想想，我从小到大哪一次和你们分享的事情是被你们认真对待的？就连敷衍的话都那么不中听。既然你们也不愿意听，我以后就不说了，再也不说了。"我的声音在抖，手也在抖。我不想承受父亲的怒火，快步走进房间反锁上房门。

"你说谁不懂事？你看看你成什么样儿了？"父亲快步过来大力砸了几下门，最后被母亲拦下了。

那天后我房间的门锁就被父亲弄坏了，我再也锁不上的房门，只能被迫向他们敞开，他们在我的房间来去自如。可我心中对他们敞开的门，永远关上了。那道裂痕终于把我们分开了。

"我也许是有优点的，但总是不被人看见。"

"小远，你的好总有人发现，也许你的父母也认为你很好呢。"

"他们认为我好？但愿吧。"

"最后一个问题，你为什么会想留在这里呢？那个世界真的没有你所留恋的了吗？"女灵司仿佛终于问出了她最想问的问题。

"不想回去，熟悉的人都很讨厌，那个世界也没人喜欢我。"

父母好像是给我的青春时代下了一场永久的雨，我无法让它停止，只能任由雨点砸在身上，像是留下一根根刺。雨水一点儿一点儿积留在我的心里，把我的世界变得阴暗潮湿。我再也不想回去。

那个一直低头不语，写着东西的灵司突然抬头直直望向我说："一定有人喜欢你，你需要去发现。"低沉没有波澜的声音却非常认真，惹得我

2214班陈卓尔创作

选
择

冷笑一声，笑后却更想哭。但不必哭了，流出的泪水能让人看见，可心中的泪水呢，谁又能看得到？临走前我看到那个严肃男灵司把他写的东西，小心翼翼地放进一个档案盒里，扣上盖子，紧紧地按了一下，板正地放到架子上。我这才意识到原来他一直在写我们的对话。

女灵司拉着我的手带我走出聊天室，她拥抱了我一下，又拍拍我的肩，把我带到了最初接待我的灵司长面前。她低声在他耳边说了些什么，灵司长意味深长地点点头。

看到灵司长的反应，我便知道接下来还有奇异的事情等着我。

第三章　弥补遗憾

　　"小远，你该跟我到下一个流程去了。下个流程是体验项目，如果你在那个世界留有遗憾，我们可以帮你还原场景弥补遗憾，这也算我们帮你了却去往亡世界前的心愿吧，但我们只能完成客观的实景再现，其他是无法控制的，这是我们的境内体验。"

　　"境内？那还有境外体验？"

　　"是，境外体验是能回到之前的世界，以第三者视角观察到当时的境况。"

　　"你选择哪一种？"

　　"境内体验，我只想重新参加我昏迷前的那场钢琴比赛。"

　　"好。"

　　"你有两次体验机会。"

　　"不，我只需要这一次。"

　　"好吧。"

　　说罢，他一转身，走在前面，为我带路，我快走几步跟在他身后，在走廊上走了没一会儿，他就在一扇门前停下了，我也停在他后面两米左右的地方，他敲响了门，没人来开，我正疑惑，那门竟自己打开了，而灵司长却像早已习惯了似的。

　　"早就反映让他们给这房间安排一位新灵司管理员了，管理效率是真的低下，还得我这把老骨头亲自操作……"

几句埋怨后，他让我进门了，我看到这房间里只有两把折叠椅，一张桌子，上面放着一个圆形银色显示器，像一面大镜子。地面上撑起一把类似于天幕的大伞，中间很多线路交错着。

"来到这里，这个装置就可以模拟你最想再现的你那个世界的某个场景。"

"真……真的可以吗？"

我大概可以回到过去，去阻止那糟糕的事情发生，那是我"死前"最后的遗憾了。

我快步向前，坐到了其中一把折叠椅上，眼神似乎在告诉灵司长，我要立刻去完成遗愿。

他笑笑，也坐到另一把椅子上，没有多说话，低头开始在显示器上进行调试，没多久，他抬起头。

"那么接下来就要开始了，你准备好了吗？"

"我准备好了。"

灵司长在一旁询问，说实话我有些忐忑，但这我必须去做，于是，毫不犹豫地回答："我准备好了，灵司长，开始吧。"于是，灵司长便开启了主机，那正对着我的显示屏发出了耀眼的白光，我只觉头开始发晕，世界从视线边缘开始逐渐模糊，直到什么也看不清，意识逐渐模糊，在意识消失前，我只看见灵司长严肃的神情……

"你没事吧小远？小远？"

一个熟悉的声音在我的耳边响起，那声音如今已能让我产生丝丝厌恶了，睁眼，灯光有些刺眼，视线仍然模糊，甩了甩头，终于清醒了点儿，也逐渐看清眼前之人，正是我的父亲，他略显焦急地询问我的身体状况，我再次看到他的脸，心里却只剩下了恨意，已不想多理他……

"刚才比赛流程彩排结束的时候你突然晕倒了，发生了什么事？你哪里不舒服？"

"没有什么。"

我冷冷地回了一句，再没有过多的交流。看向台上，是聚光灯和一架钢琴，那或许就是我今生唯一的遗憾，我不会再次丢失这次参赛机会的。我还没站稳，他拉住我的手，还没等我反应过来，就已经被他拉着朝另一个方向走了。

"你干什么呀！"

他只拉着我走，当我看清方向时，才发现他正把我拉向评委席，刚反应过来要制止，我们已经到了评委席旁，如预期的那样，父亲向好友打招呼，好友也注意到了父亲，两人走到一起，开始叙旧。

"这是你女儿吧，钢琴弹得很好吧？"

"哈哈，不够好哇，总是贪玩，总得让我们督促她，还要继续努力。"

几句话，又把我拉入负面情绪之中，但我必须做些什么，为了能够再次参赛，我必须阻止他们两个聚餐，我不指望他在老友前说我的好话，也不指望他说多少贬低我的话，我在等，在等他们的话题转移到约老友聚餐上。几分钟后，他们终于聊起重逢后了……

"对了，我们老友再次相见，也是该聚聚了，我知道一家还不错的餐馆，要不要今晚去吃个饭？"

我的父亲听到这句话，脸上的喜色更盛，当即就要答应下来，我连忙上前制止，他看我上前，有些奇怪。

"咦？小远，你是有什么事吗？"

"当然，你想，如果今晚你和我明天比赛的评委去聚餐，让别人看到了会怎样，其他人会怎么想？如果有人去举报，即使裁判自己担保，也不会有人相信的，只会认为你是在贿赂裁判，是在作弊，我会因此被取消参赛资格，或者我的成绩会被作废。"

父亲听了我的一番言语后或许是理解了一些，觉得我言之有理，便回头询问老友的意见。

"小远说得对，不能因为我们两个人的聚餐影响小远的比赛呀，我觉得我们可以改天再约，比赛前约评委聚餐是有些不合时宜了，老友见面，真是高兴糊涂了。"

在回家的路上，我感到前所未有的轻松，即使父亲仍在耳边念叨我的不足，说我没有礼貌，在大人面前冒冒失失，我仍感觉心中放下了一个重担。

晚上，躺在床上，我甚至感觉冠军唾手可得，仿佛只要没有那次聚餐，我没有失去那次比赛的资格，我就胜券在握了，我从未有过这般的轻松，我想今晚我大概会睡得很舒服，明天证明我可以取得好成绩，然后一切都可以放手不管了。

第二天，为保险起见，我一人去了比赛的礼堂，走在礼堂外光滑的地板上，我仿佛已经获得了冠军，走入礼堂，前厅在巨大吊灯的照耀下熠熠生辉，向前几步，虽然人流密集，但我仍看到了那象征参赛资格的"参赛选手通道"。我在人群中慢慢移动，踏入那通道之中，踏入那大红地毯之上，头顶的一个个白炽灯将通道照亮，眼看着一个个参赛者正在前往等候室，我跟随参赛者一同进入了等候室，靠在墙边，只觉得身边所有的选手都无法阻止自己夺冠，只要这次比赛我夺冠了，我就可以名正言顺地和父母说不再练钢琴，去做些自己喜欢的事情了，尽管可能已没这个机会了。

我在等候室静静地听着礼堂内传出隐约的钢琴声，我在等待着，等待工作人员叫到我的名字，让我登台演奏，等待着在台上演奏钢琴直至结束。

"9号参赛选手陆远，请到等候区等候。"

终于，有工作人员来到等候室，叫出我的名字，我走在前往舞台的走廊，跟随工作人员的指引，在侧面的幕布后站立，等待台上的参赛者演奏完毕，在那之后我便可以演奏一曲并取得成绩，弥补我的遗憾了……

终于，上一个参赛者的曲子弹完，我看着他站起身来，鞠躬，转身，迈步走向另一侧的幕布之后，我第一次感到时间过得如此之慢，甚至比昨晚期待第二天比赛时的感觉更慢。

我终于要上台了，工作人员给我打了一个手势，我就知道是我上场的时候了，一步步走向钢琴，那便是我此行真正的目的，我未完成的遗憾，在凳子上坐下，感受聚光灯照在脸上，看着黑键与白键，这一刻我已经等太久了，随着工作人员的示意，手指开始在琴键上飞舞，那是我日日夜夜想着的比赛，我的心已完全不在钢琴上了。就在这时，我弹错了一个调，我仍不在意，接着是节奏变慢，要知道，再次比赛时我的状态可是和原先一样的，我大概意识到了，这些或许并不是偶然的……

演奏完毕，不用裁判给出结果，我也知道我的发挥是极失败的，恍惚地下了台，我仿佛已经看到父亲责怪我的身影，接着视线开始模糊，两眼一黑，便失去了意识。

"你还要再来一次吗？"

这次没有听见那个"熟悉的声音"，睁开眼，眼前的事物渐渐清晰，果然，是灵司长在一旁询问，我眼神恍惚地望着前方，就像失去了灵魂那样，我意识到，失败或许是必然的，做出了自己的答复："不用了……"

2214班陈卓尔创作

第四章　回心转意

大厅以南的花海，花只开在大厅夜幕后燃起的飘摇的灯火中。每当夜渐渐深沉，花海中央的那条蜿蜒的小河便一直流到地平面以下去，把天上仅剩的点点光芒用粼粼微波收集起来送回花海，这些花儿便有了养料。

它们盛开的韵律，像那离别的悠悠长歌。微风拂过花海，掀起的波总慢慢流动，随着那小河流悠悠而去。波峰圆滑而顺畅地通向波谷，一波连着一波，皆是如此，就像是昭示着谁的命运似的。与那小河远方相对的方向，是大厅的那些点点灯光。

世间没有永恒的花儿，这幻梦一样的花儿也一样会凋落的。每当生命走到尽头，在那散着白光的门中消散时，便有一朵花悠悠飘落了。碎散的花瓣也终会归土的，无须等太长久的日子，天上、地下便不再有那生命的痕迹了。

两位灵司结束了一天的工作，便来这花海散步了，毕竟这花海无论凄凉与否，总还是美的。这时，一卷花瓣袭面，风平息后，花瓣便凌乱地飘落。他们不知道，又是谁离这世间而去了呢？这花开花落，可不是他们能掌管的。来这儿的人们说走便走了，走后，他们在人间的牵绊又将是何等凌乱哪！

"那个女孩儿的比赛，不还是失败了吗，可惜呀。"

"这对于她来说应该是很大的打击吧。"

"很难想象，如果一个人临去世前还有满腔的遗憾……"

"她一定是不该死去的，至少我们该给她多几次选择的机会。"

"唉，她才十五岁，而人生应有百年的。她还有太多没见过的美好的事物，还没有好好领略那精彩的人间风景。"

"好像，她只看到了这人间的痛苦……这样的人生是不完整的。"

"她还有太多不明白的。或许让她明白那些生活的哲理，她就会幸福地活下去的。"

"是的。但在你所说的理智和冲动间，她选择了后者。"

两位灵司的谈话中断了。因为有几点流星坠入了花海中，溅起一阵波来，伴随着的是花丛掩藏不住而从缝隙之中绽放出来的光芒。花海终于被点亮了，但灵司们清楚地看见，花瓣仍是暮色一样的黯淡，就像是褪色了那样。

"人间不应该是无比美好的吗？就拿这褪色了的花儿来说，至少人间的花儿是一生向阳生长，应是色彩斑斓的呀。为什么那么多小远一样的年轻人会来这儿呢……"

这样的问题或许还有不少人在沉思，在想明白之前，他们也许不懂得爱。爱，是可以造就一切的，这一切却不都是美好的。以爱的名义产生的种种情感，无疑是复杂的，想要这些情感汇集在一起，属实很难。于是，诞生了各种矛盾，不是因为恨，而是因为爱。

"我不相信那个世界充满怨与恨了。我想，这孩子来这儿，无非是难以接受父母对她的那么多期望，那么多想让她更好的爱。"

"也许是错误的方式让那么多爱变质，由爱生恨……"

时间已是深夜。大厅的夜晚就像暮色与灯火的交响曲，灯光柔和地晃动着。每一角落，都是人间繁忙的映衬，却又蕴含着温情。或许是深夜的一餐总能温暖忙碌人们的胃、睡前暖黄灯光下的一页童话总能温暖人们的心吧，一日的劳碌、伤感和那些无奈在心中最爱的味道中也总能消解一些。

一天的体验过后，我身心俱疲，只想好好吃完晚饭，继续明天的流程，然后寻求解脱。中心餐厅是灵司们为临行人们做饭的地方，据说可以根据自己要求点餐。我找了一个安静的地方，坐在那里，期待着一会儿的美食能消解我的不快。

想到今天钢琴比赛失利，我实在是感到十分遗憾。我原以为如果没有任何人的干扰，自己能成功的。可事实告诉我：不是。这一次，好像所有人都为自己创造了机会，至少不是父母让我留下这遗憾的吧。

我明确了想法：或许不是父母的原因。但郁闷使我无法冷静，直到眼中渐渐被泪水充盈，大脑一片凌乱。悲伤，溢于言表。

人们常常把自己的错误归于外因。犯错误了、比赛失利，对于一个人也应算是大事，常人自然是无法冷静地分析得失，从而制造出更多的矛盾。

我头斜靠着玻璃，看着玻璃上浮现出的影子，此刻这玻璃便是我的依靠，这样，我就可以放下疲惫，然后半睁着眼睛，等待着心中最爱的味道：一碗冒着热气的牛肉面和几根烤串。

牛肉面和烤串上来了，摆盘十分精致，盘子的色泽和食物的香气相得益彰，看着美极了。用料是按照我的要求做的，有酸豆角、酸笋、橙色的汤和一些辣椒，加了不少醋。没想太多，我按照之前的习惯，先吃了一口面，紧接着是一口汤。但这汤却只是平顺地流下去，没有一丝温暖。想到在那家街边的小餐馆里，每每喝到这口汤，我首先被温暖到的是心灵，然后由内而外，用全身去体会这滋味。那时的专注，是可以将上完课后劳累的大脑和身体的疲惫，以及那些被训斥、受挫折后的伤感一同屏蔽的。那几片不多的牛肉，没怎么好好地腌制过，但伴随着酸豆角总能散发出一股酸香。这不见得是多鲜多好的味道，但这确实是可以让我感到安心、平静的味道。至少在这个小餐馆，我不会听到父母的争吵，也没有他人的评价与安排，更没有部分同学嘲讽的声音。有的是我自己独处的安静从容，有的是老林的关心，这里很静也很暖。脑海里总有这样的画面，"小远，汤够不够，我再给你盛一勺？"这是饭馆老林，他总是对我很热情。"够了，够了，今天汤很鲜。""你这个小朋友，嘴真甜！"老林哈哈笑着。

现在在这灵云厅的餐厅里，眼下的这碗面、这几根烤串，我实在感受不到这一切。

此时又联想到刚刚比赛的失利，我陷入深深的自我怀疑中，迫切地需要那种心灵的治愈。放下筷子，我缓缓躺在椅子靠背上，把头放松下去，眼皮缓缓落下去。随着眼缝慢慢闭合，泪水终于放弃挣扎，只管流出来。视线变得越来越模糊，灯光变成一个又一个圆点，我第一次感到，那些日子将离我远去了。去了，便不会再回来……

我想抓住那第二次体验的机会，那个温暖的地方我很怀念，那个林家饭店，是我心灵休憩的地方，于是，我随即找到灵司长，说：

"灵司长，明天的体验，我还是想参加。"

"回心转意了？"

"嗯……我不甘心，不想就这样和世界告别。"

"没问题，说说你想去哪儿或者你想体验什么？"

"我生活的那个地方，有个叫林家饭店的，每当我独处时，那是一方安静的天地，只有我自己，那里有人间的烟火和温情。那家的店老板老林，也总是在我坐在那以后，给我拿些小零食，却从不收费，他待人总是很温和，我想再去那边走走逛逛，至少不那么伤心了。"

"好。"

2214班陈卓尔创作

第五章 二次体验

第二天一早，第二次体验将要进行。

"小远，这次体验，你选择什么样的方式进行？"

"境外体验。我只想回去再看看。"

"那好，今天就让你回到那个你生活的地方。好好找寻你需要的吧，孩子。"灵司长说完，做好了送我进行体验的准备。过了一会儿，我进入了虚拟的，曾经生活的世界。

回到人间，已是下午了。我在绿地公园奔跑起来，张开双臂，感受着风拂过。就这样，跑过草地，跑过几条小街，累了便放慢脚步，用前所未有的细心感受那些可以激起我为数不多的美好回忆的风景。不知不觉间，天色暗下来，黑夜即将代替夕阳。劳碌的人们有的刚刚回家，有的才刚刚坐在那小餐馆吃上晚饭，我也踏上去往那个叫"林家饭店"的小路。

道路两旁灯光摇曳着，树影随着风势变大，摆动幅度变得夸张了。原本平静的心情，不免开始走下坡路，这违和的景色实在让人心里多加了些紧张。很明显，这是在为什么事情做着铺垫。

不错的，转过街角，我看到那个无比熟悉的背影：我所痛恨的母亲。我不敢靠近。眼看着母亲坐在自己常坐的位置上吃饭，我莫名感到了紧张与不安。于是，我悄悄跑到那几棵繁茂的树下，像是找到了一处庇护。

我靠着树喘息着，我属实被打乱了。把头探过去，看到母亲正在打电话，于是，我尽可能地集中注意力，想听清母亲在说什么。听了一会儿，我确定母亲这是在跟同事打电话呢，一边吃着一碗热腾腾的面。

"唉，别提了。这一天下来，现在可算有个时间坐下来吃口饭，郁闷一天了。唉，听她班主任说，她今天竞赛成绩发下来了，说是特别不理想，退步挺大的。你说说这孩子，我天天这么努力地工作，想尽办法、排除万难地为她创造条件，现在她最擅长的物理竞赛也考得不行了。我真是该好好反思反思。不过我也确实反思了，真不觉得自己有哪点儿疏漏……"

这是我听到的第一段话。对于这样的话，我早已见怪不怪了，心里诸多的不满积压着。在我眼中，我的母亲不会也不可能真正反思自己对孩子的不好的。

"孩子他妈，你怎么在这儿呢！给你打电话你不接啊？"父亲匆匆赶来，大声且急躁的态度打断了母亲的聊天和我的思考。对我来说，这样着急的呼唤，无疑是十分恐怖的。

"快走吧，房产中介要下班了，现在过去还来得及。"父亲说。

"啊？什么房产中介？不是，你能不能好好说话啊，说清楚点儿啊。"母亲也焦急地回复。

"签字啊。我不是跟你说过嘛，咱们南边那套房子要卖！现在你跟我签字去。"父亲说的每个字都加了重音，说得慢了，但毫不掩饰不耐烦和着急。而此时的我只是愣在那里听着，这些事情是我从来都不知道的。

"不是，啊？你又要卖什么房？南边那套房子好好的为什么要卖？你至少跟我说一下啊？卖了你又要拿钱做什么？"母亲实在着急了。五个问题毫无间隔地发出，让人难以回答。对父亲而言，这些问句的答案正是他不想面对的。于是冲动战胜理智，他大步走到母亲面前，用很重的语气说："家里要钱啊，你以为我想卖的嘛！还钱，我爸要钱，剩的真不多了，这次就带你签个字，不签别的只是卖个房！"

"什么只是卖个房、只是卖个房，你已经急到一刻都等不了了吗？那房子不是咱们家的财产吗，你就这么不闻不问地就叫我去签字？你到底要干什么啊！"母亲大声地喊叫。

我看到母亲突然从座位上站起来，手机一下摔在了地上。整个世界仿佛只能听到母亲的咆哮似的，母亲眉头紧皱着，张开嘴大喊着。我不知道他们所争吵的一切，现在耳边只有巨大的吼声，和平日母亲训斥自己是完全不一样的，那种激动、狂怒，我从未见过。如此恐怖的场面，让我感到如同被困在牢笼中而无人理会一样的无助。我只是站在那棵树下，而那弱小的树干怎么抵挡得住这怒火？

这出乎所有人的意料，食客们站了起来，父亲解释不清，也站在那里，眉头紧锁，无奈至极，于是抃着腰、时而踱步，不变的是低着头、机械地点头的动作，无数次地重复着，那态势好似随时要爆炸的定时炸弹一般，而我是直接的被害者，我就要因为这压抑的气氛窒息了。整个世界处于焦灼的气氛中。彻底爆炸，只是一瞬间的事。

听着无休止的争吵，我差点瘫坐在那儿，大脑已经无法思考了。我想闭上眼睛，但是四周的灯光、黑影化作一条又一条混乱排列的极白的线，像幽灵一样朝我袭来。我受不了了、受不了，不要，内心深处的潜意识一遍一遍告诉我。我看不下去，因为事态越来越夸张了，而我从来都受不了别人大喊大叫，这些会让我感到无比慌张。而我不知道这是为什么，也不知道我到底怎么了。一遇到这样的场面，我都会双手捂住头克制着那不知从何而来的慌张。而我睁开眼，喘起气来，那些人又会说我疯狂了，好似一切都一直平静着，只有我自己在发疯一样。我受不了这样的眼光，我想尽力克制，于是，我尽量小声嘀咕："你们别吵了，不要吵了……"

可我实在忍不住了。我从树后冲了出去，拼命大喊了声：

"你们不要再吵了啊！啊——"

可世界并未就此安静下来。而如窒息般平静下来的，只是我的世界，和以前一样。周围仍在争吵，甚至相比之前又多了更多交头接耳的喧嚣。站在街心三秒，我才刚刚意识到人们已经看不见我、听不到我说话了。人类的争吵从未停歇过，时而会震撼自然，这种仇恨连自然都为之震撼的，而我一个只活过十五年的女孩儿，你们让我如何承受呢？我只好喊出来，我想让他们知道我的无力。

"我已经忙了一天了。孩儿他爸啊,我今天早晨一起来就被领导骂啊,你听到了吧?今天孩子物理竞赛,开车送她去六十公里外的西城参加考试。你不送,我说什么了?你又做了什么呢?中午我不得给孩子带饭吗?工作怎么办?请假呗,这是你会说的。但是……"母亲放慢语速,含着哭腔说出了刚才的话。这时又不住地哽咽着,眼睛红起来了,泪水如潮水一样往下流,那状态和刚才截然不同。我仍站在那里听着。

"但是,我爸今天突发心脏病,我等孩子一比完就买车票去安城看他了。所以我才会在这么晚的时间、坐在这样一个饭馆吃饭。而你,有问过一句吗?"母亲再一次爆发出来。

空气再次凝固住了,没有人敢说话。父亲仍然以之前的姿态站立着。而我,这时只是默念着姥爷、姥爷、姥爷……

"这一盆红烧肉,是我妈在安城租的厨房给孩子做的。就为了让孩子别多想,好好学习,别担心姥姥姥爷。"

我愣住了。红烧肉,姥姥的拿手菜,每每去姥姥家,姥姥都会做给我吃的。这道菜,总能让我感受到亲情的温暖。可以说,有红烧肉能吃到,我就能感受到家还在,从而心里受到极大的慰藉了。所以我此时内心深受震撼。我看着现在的自己,因为一盆从安城来的红烧肉,哭得神志不清了。这是爱,是能治愈一切的,对吧?治愈这个受伤的我自然不在话下。这是最正确的爱,是爱的底线啊。我此时无比感动着,也被深深触动了,不只那得了重病的姥爷,还有来自母亲的一点儿心酸。

"孩子他爸啊,你看见什么叫家人间的亲情了吗?你还有一点儿人情吗?"

母亲刚才的那句话,实在是震撼到人们了。那嗓音高到惊走了方圆百里内的一切鸟儿,甚至伴随着一股风的呼啸,猝不及防地来了。那乌云像是被震开一刀裂缝那样把凄冷的月光抛洒在地上,光下是母亲的身体不住地颤抖着。在场的所有人,都从未见过人激动到如此地步。他们把嘴张开,吃惊地看着眼前的女人,没有人敢上前劝解,没有人敢挪动一步,没有人敢呼吸一次。父亲愣愣地看着她,不知她是怎么了。

或许只有我知道妈妈怎么了。那是积压到将要溢出人体的不满的发泄。这种发泄、这种情感的确可以将人推向极端的地步。若情感的力量不是如此的强大，我怎么会像人们说我的那样发疯、我又怎么会想离开这冰冷的世界呢？

我又慌张起来了，因为父亲说："你到底想怎样？"

这对于现在的母亲是无比致命的。我看见母亲正睁大了眼睛颤抖，像是被人类玩弄一生的野兽怒视人一般怒视着父亲。看来，今天她一定要让她的丈夫为自己的行为付出代价。

而令人不敢相信而又确实发生的是：母亲竟跑到前台那，拿起一把水果刀！一把锋利的水果刀！

"啊！不！妈妈！妈妈你要干什么啊，妈妈！"我又不知喊什么好了，花生平最大的力气大叫出来这样一句话，然后集中了一切力量向母亲扑去，展开双臂想把母亲扑倒。扑通！我摔在地上。我再次完全忘却了自己只是旁观者的事实。

母亲仍然冲过去了。我疼痛难忍，但仍然艰难地爬起来，疯狂地挥舞着自己的双臂想要抓住母亲，但是那道生死的隔墙实在给我开了个玩笑。我深刻认识到自己就像一个虚影，无力，无助，想尽办法却也触及不到现实世界。我实在不能理智了，把这一切都忘记，只管再次起身，用手肘冲过去抵挡母亲挥过来的刀。结果只有一个，我再次摔在地上，这次有骨折般的疼痛。

我没有任何办法了，只是躯体在无力地挣扎。阴阳的界，不是凡人能够触及的。我选择离开人间，这阴阳的界便收走我的一切力量，留给我的只是痛哭。

母亲只是无力地挥舞着刀，并未伤及任何人，父亲已跑到了屋外。人们报警了，警笛声终于斩断这荒诞而又真实无比的夜晚。警车把我那痛苦的母亲带走了。她走了，会发生什么？这一切怎么了？我以后还见得到她吗？没有人告诉我。我不想她走。

"妈妈！你别走啊，妈妈！"我终于让那无力的躯体冲起来，以我从未体验过的速度奔跑着，跑向那走远的警车。我，一个平常不怎么锻炼的女孩儿，面对飞奔的车，就像面对回不去的人生一样无力，但仍冲刺着。终于，这是第四次摔倒了，我因为摔倒而停下，膝盖流下鲜血。

我在人间什么都不剩，只剩哭泣，然后瘫坐在恢复寂静的街上，任那夜晚的月光洒在身上，无论这月光是否凄凉。我渐渐冷静下来，回想今晚经历的事，突然明白，原来痛苦的人不只自己，还有我一直痛恨的母亲……

痛苦的我们不应互相怜悯吗？是这样。爱仍存在，悲痛更是常在。但他们抹去我生命的美好，又让我怎么和他们感同身受呢……

"小远！欢迎回来！"一位温柔的灵司姐姐迎接着我。我扑在灵司姐姐的怀里，又呜咽起来。

"一定是你们……一定是你们让我看到这一切的……"我哭着说。

几位灵司沉默不语，只是面面相觑，他们没有反驳。

"走，小远，去吃晚饭吧。"灵司长缓缓开口道，说着，他带着我向中心餐厅走去。

今天晚上，我吃到了中心餐厅为我专门改良的牛肉面和烤串。视线回到大厅那些柔和的灯光，想到那些深夜食堂、值得回味的味道，的确给人带来了不少温暖呢。

回想起那天早晨妈妈满脸疲惫地回来，"远远，过来吃早饭，今天妈妈给你买了油条、鸡蛋，凑合吃口吧，抱歉啊，昨晚有事，才回来，顾不上给你做早饭了。"她刚从派出所回来吧，但昨晚的事，她只字未提。母亲的隐忍，我知道得晚了些。

2214班陈卓尔创作

第六章　选择记忆

"小远，昨天睡得可好？"灵司长关切地问着。

"嗯，我睡得很好，今天流程是什么呢？"

灵司长慈祥地看着我，脸上的皱纹汇聚成浅笑。这里很冷，他却给了我莫大的温暖。

"小远，如果你决意去往亡世界，那你除了要做档案记录和体验弥补遗憾之外，后面还要选择影像放到你的档案盒里，然后和自己告别，最后参加去往亡世界的仪式，便结束了。"

灵司长呼出一口长气，算是给我做了一个交代，完成了任务似的。

在这一路上，灵司长没有说话，我静静地跟在身后。

我思考良久，终于鼓起勇气问道：

"灵司长？"

"怎么了，小远？"他笑答。

"我们这一路远行，只是为到达道路尽头的那一束光。步入光明后，我将失去所有记忆，进入新的世界，您何必如此费尽周折地弥补我生前的遗憾？"

"小远，一个人逝去时，这件事并不是只发生在你自己身上的，而是依旧会于在世的人身上发生。他们继续着自己的生活，继续着自己的感情，他们悼念逝去的人，等待心里的伤结痂，留下无法褪去的伤疤。也许突然有一刻，悲伤如狂风暴雨般袭来，伤疤又裂开，溢出鲜红的血。"

"他们……也许不会在意我了。"我沉思着，"我又怎么可能成为狂风暴雨呢？"

学业的压力，父母的逼迫，已经抹去了本该属于我的那份童真。我不想让这位灵司长为我感到忧愁。他那慈祥的面孔，佝偻的身躯，对我无微不至的关怀，他不像是一位护送我去亡世界的灵司长，他像是……

他像我已过世的爷爷。

我不想去上学，他们说我是坏孩子，我才不是呢！

乖，小远，好好上学，爷爷回来给你做好吃的。

我要吃糖醋排骨、红焖大虾，还有还有……

好好好，爷爷都给你做，来，背上书包，乖孙女要去上学咯！

爷爷最好了！

脸颊一阵滚烫，泪水滚落，坠入地面。

"灵司长，人的一生中，只会有一缕清风拂面而过吗？"

灵司长摇头。

"人的一生中，除了清风，更多的是不是狂风暴雨？"

灵司长还是摇头。

"在世上的人，不断向自己的终点前进，也许某一天，或是清风，或是狂风暴雨会突然迎面袭来，你无法制止，也无从逃避。"

我抬头看着灵司长，声音哽咽，说不出话，我的生命中都是狂风暴雨，一直不停。他用那黑色的长袖袍轻轻拭去我的泪水。

"小远，该出发了。"

"嗯。"我领悟着灵司长的话语，半知半解，但时间已到，便只好继续前行。

这一路我们走得很慢，我明白，这将会是此番旅途的后半程，他在前面引领着我，却时常回头，旅程很短，而我却对灵司长产生了一种亲切的情感。我凝望着他的背影，眼前忽然涌出一个个画面：

校门口，挥手告别，爷爷的背影。

自行车，小学放学，爷爷的背影。

下雨天，墨绿的伞，爷爷的背影……

一种幻觉，我身前的这位灵司长，化身成了我的爷爷。

我的爷爷……

他再一次回头凝视着我，恰巧我也凝视着他，他面色祥和。

"小远，我们到了，这就是我们此次目的地——忆昔录影馆。"说着，灵司长用脚轻点地面，一座复古的建筑刹那间映入眼帘。

"咚，咚，咚——"钟声响起，有人来了。

这座建筑正面的墙壁很窄，却很高。抬头向上望，屋顶是一座硕大的钟表，构造精妙。钟表呈半透明状，使内部的结构更加清晰，大小齿轮，环环相扣，带动着指针转动；跟人间截然不同的，就属表盘的分化了，表盘的四周平均分布着六盏荧光灯，发出的光入射到与其相对的平面镜上，再反射回来，这样光线就十分明目了。荧光将表盘分成了六部分，指针在其间旋转。

我指着屋顶的钟表，问道："这就是这里的时间吗？"

"哦？"灵司长随着我指尖延伸的方向看去，"在这里，时间的概念就与人间不同了。在人间，时间用来规定作息，记录昼夜更替，记录着生命的流逝；在这里，时间是命运的轮回，每当指针转回原点时，在人世间，一个新的生命，就此诞生。你听——"

"咚——"

"想必，"我看着嘀嗒作响的灵钟，思绪万千，"当我穿过那尽头的光门时，这座钟也会为我响起吧。"

在进入这所宏伟的建筑前，我侧过身，想观摩观摩它的侧面。但我怀着激动的心情绕过正面的墙壁时，眼前的景象让我情不自禁地深吸了一口气。

在这座建筑的侧面，雕刻着精美细致的花纹，花纹规则有序，巧夺天工。让我没有想到的是，它一望无边，像是没有尽头。灵司长看出了我的诧异，笑着说：

"它不是没有尽头的，它通向一个遥远的地方。"

"它通向哪里？"

"记忆的尽头。"

"记忆……的尽头？那是一个什么样的地方？"

"也许是人记忆的原点，又或许是无尽的深渊……"灵司长也向远处凝望着。

"难道，这里也有你不知道的事情？"我一直认为灵司长是无所不知的。

"哈哈，当然。我也不清楚记忆的深处是怎样的，它实在太遥远了，对我来说也是遥不可及。"他很坦然，但他的眼神中却闪着点点星光。

"咚——"钟声再一次响起，它预示了人的逝去，暗示着行者——该动身了。

我们来到大门处，门的正中央是一枚镀金的齿轮，在齿轮的中间，有一个小巧精致的圆洞。灵司长从裤子口袋拿出一枚金色钥匙，将钥匙嵌入洞中，完全吻合。

门开了，层层白雾扑面而来，遮挡住了视线。待雾帘散开，"忆昔录像馆"的内部构造也显现出来。向前望去，道路的两侧紧密陈列着楠木柜架，柜架上整齐摆放着一个个黑盒子。道路没有尽头，给人以置身于无尽走廊的错觉。

"这些黑盒子里装的是什么？"我抚摸着柜台上一排黑盒子的号码，柜台陈列了太久，镌刻在其上的"2107"字样已经模糊不清。

"生活录像带，这里储存着人们在人世间生活的记忆。"灵司长没有看着我，他像是在寻找着什么，"小远，拉住我的手。"他向我伸出那布满茧的左手，我抓住了他。

这里很冷，他的手像爷爷的手，宽厚而充满温暖。

"小远，给你。这个盒子里都是你的生活回忆。"灵司长把盒子递到我手上。

楠木盒子发出淡淡清香，让我紧绷的神经放松下来。我注视着这些黑盒子，注视着我的记忆。

"小远，下面就该你选择自己的记忆了。"灵司长扶着我的肩膀。

"选择……我的记忆？"我感到莫名其妙。

"对，选择一部分记忆，放到你的档案盒里。另外，与你脑海里的记忆相比，不同的是，你看到的影像是以第三视角储存的。"灵司长说了一句意味深长的话。

我浏览着自己一盒盒的记忆录像带，犹豫不决，不知该选哪一个，思绪良久后，我挑选了编号为"1216"的录像带，我把它捧在手心。

我把它递给灵司长，他小心地接过，随后走在前面，我紧跟其后。

视野突然开阔。

我们来到了一个地方，灵司长说，这是暗室。

"如果这里是暗室，那为何如此明亮呢？"我问道。

灵司长笑而不语。

"是要播放我的回忆吗？"

霎时间，四周被黑暗吞噬。

"灵司长，灵司长？"我四下摸索，盼望找到灵司长。

冥冥之中，我听见隐约的钢琴声，渐渐地，四周开始明亮起来，循着音乐声，我转过身，是一扇门。

这是我琴房的门。

我走上前，想握住门把手，却攥空了。

我径直向前走，穿过了那扇门，我看到了"我"的背影，她坐在钢琴前，熟练地弹着那首《致爱丽丝》。

四周是黑暗模糊的，唯独"我"是明亮清晰的。"我"灵活的指尖在琴键之间跳动，没有生命的钢琴却在她的演奏下富有了活力，仿佛即将随着音符跳动起来。

我欣赏着"我"的演奏……

我走进她，走进我自己，这场景像是在歌剧舞台上的钢琴独奏，聚光灯打在我一个人身上。

我沉浸在我的演奏世界里。

两个身影，渐渐靠近……

聚光灯依旧打在我的身上，琴键上多出了两个突兀的影子。

"爸，妈，你们来了，这是我今天新学的曲子，你们觉得怎……"

"你的数学卷子呢？"

"在这里呢，妈，我考了九十五分，是全班最高……"

"为什么扣了这五分？""你怎么考的？""下次再考不到九十八分，就别买那件衣服了！"

"可是，这次题……"

"可是什么？我们不看你的可是，我们看的就是结果！"

"知道了，爸，妈。"

那一晚，印象深刻。

我不喜欢钢琴，但我努力寻找对它的兴致。直到那一晚，我学会了《致爱丽丝》，也是那一晚，我数学考了九十五分，全班最高分。我很自豪，在回家的路上我都在想象着父母对我是怎样地欣喜、怎样地骄傲。

而他们呢？他们只在意我丢掉的五分，是否达到了他们满意的成绩……

"咔！"储存记忆的录像带弹了出来，四周的投影渐渐消散。

"小远，小远？"灵司长出现在我的身后。

我愣在原地，凝视着消失的投影。

"小远，还好吗？"我转过身，已泪流满面。

"灵司长，我们走吧。"我拭干泪水。

这是我最后一次哭泣了。

我向着那不远处的光门，缓缓移动。

灵司长，我们做最后的告别吧。

"小远，"灵司长的声音似乎有些哽咽，"在离别之际，你愿意为我弹奏最后一首钢琴曲吗？"

我停下脚步，转过身，注视着他。他貌似更加苍老了，像极了我的爷爷。

他像极了，我过世的爷爷。

他像极了！

我冲向他，抱住他。

这里很冷，他的怀抱却充满温暖。

我走近钢琴，轻轻坐下，开始弹奏我生前的最后一曲——《致爱丽丝》。

悠扬的琴声响起，回荡在这里。

"咚——"钟声响起。

乐曲进入高潮。

"咚——"钟声又响起。

乐曲进入尾声。

"咚——"钟声再次响起。

乐曲结束，我站起身，最后拥抱了灵司长。

是的，这里很冷，他的怀抱却很温暖，他的泪水也很烫……

"小远，今天钢琴课学什么啦？"

"爷爷，今天我们学了《小星星》。"

"来，给爷爷弹弹。"

"爷爷，你听——"小女孩不熟练地弹奏了《小星星》。

"真好听，我的乖孙女。"

"爷爷，等我学会了《致爱丽丝》，我还给爷爷弹。"

"真乖，我的乖孙女长大咯！"

直到爷爷的葬礼，小女孩也没有学会那首《致爱丽丝》。

"妈妈，爷爷去哪里了？"

"他去了一个很遥远的地方。"

"爷爷还会回来看小远吗？"

"也许，爷爷会回来看你。"

"爷爷最爱小远了，爷爷一定会回来看我的。"

"是啊，一定会的……"

爷爷，您听到了吗？

我会弹《致爱丽丝》了……

我推开灵司长，向着门走去。

再见，我的爷爷……

此时，灵司长正悄悄打开另一个录像带。

四周被黑暗笼罩。

向前走，看见一扇门——我琴房的门。不同的是，这扇熟悉的门展开了一道缝，琴房里的灯光从缝隙中绽出。

外面很黑，所以光，便有了形状，仿佛一根无音的琴弦。

不同的是，门外又多出了两个身影。

父亲和母亲……

我站在他们的身后。

"孩子他爸，你看小远的手，多么灵巧！我的闺女好棒啊！"

"什么你的闺女，是咱们的闺女好棒啊！比他爹强啊！哈哈，这就是那首《致爱丽丝》吧，真好听。"

"哎，真说不准，咱爸估计也在另一个世界看着小远呢，他一定骄傲得不得了！"

我看见，父亲的脸上满是欣慰。我看见，母亲的眼里，有点点星光……

"下周就是小远的生日了，你看我给小远准备了什么。"父亲取出一条项链。

四周很暗，那条项链却熠熠生辉，美丽，动人。那是我期盼已久的项链，现已不是奢望。

"真好看，我们对小远总是太严苛，也许，也应该好好反思一下自己了。"母亲看着"我"，对父亲说。

"暑假就带她去西湖吧，小远想去那里很久了。"父亲注视着弹钢琴的"我"。

我愣住了，直到现在，我才懂得，他们在等一次机会。那天生日，我同母亲吵了一架，想必是父亲的项链也没送出手……爸爸妈妈，我是你们的骄傲，对不对？可你们却从不当面对我说？是怕我骄傲吗？

选择

从琴房散射出来的光芒化为光影，两个身影逐渐朦胧、模糊，直到化作尘埃……

四周再次被黑暗笼罩。

"回忆"没有结束。

"啪！"一盏灯被打开，浅黄的光涌入我放大的瞳孔，我下意识地用手遮住眼睛。

待到眼睛没有了不适，我看清了，那是父亲的背影，他站在我的门前。

同样能看清的，是客厅的那扇窗，天色已晚，长夜将至。

我离家出走的那天晚上。

父亲站在我的门前，看着断裂的锁。他静静地蹲下身，用螺丝刀将门把手卸下，取出破碎的锁芯，再将新的锁芯嵌入，重新装上门把手。

父亲从未有过的仔细。

原来，是父亲修好了我的门锁。

但，本该结束的录像还在继续。

父亲走进我的房间，坐到我的书桌前，目光集中在桌上的笔记本。

那是我的日记。

父亲翻开第一页，"日记本"三个字工整地写在正中间。我看着父亲的背影，等待着一个必然的抉择——翻开我的日记。

但父亲并没有这样做。

他将笔记本轻轻合上，取下一张便利贴，写下一行字，贴在日记本的背面。

他只是没有放回原位。

我看到便利贴上写着：小远，你得奖状那天是爸爸冲动了，爸爸向你道歉，爸爸没有考虑你的感受，请你原谅爸爸。

父亲起身，离开了我的房间，穿过了我。

当晚的回忆涌现在我的脑海中……

晚自习结束了，到家放下书包，回到我的小房间。看到书桌，却愣在原地。

拉开的桌椅，日记本已不在原位。

"爸，你是不是偷看我的日记了？"我冲出房间，对着坐在沙发上的父亲。

我看出父亲异样的神情，自作聪明地以为自己戳穿了父亲的"罪行"。

他只是在期待，期待我看到已焕然一新的房门。

我真是聪明过分。

"怎么会？爸爸很尊重你的隐私，更不会看你的日记。"父亲看着我，我愚蠢地把父亲期待的神情看成了做了错事后的无地自容与心虚。

我冲进房间，抓起日记本狠狠地扔向窗外。

父亲的便利贴，随着沉重的笔记本坠落。

随后，我摔门而出，离开了自以为阴暗的家。

自始至终，我都没有注意到已被修好的锁。

思绪又回到录像带。

父亲来到客厅，一下倒在沙发上，长叹一口气。

结局总是那么不尽如人意……

看向窗外，夜已深。

2214 班陈卓尔创作

一扇门，一扇窗，一个背影，便是这段录像带的内容。

我看向父亲，父亲已化为飘升的尘埃，再看窗和门，也随风飘散。

等我回过神，四周的影像霎时间灰飞烟灭，只留我独自一人呆呆地站在原地。

"小远，你还好吗？"

灵司长再一次站在我的身前，用长袍的袖子轻拭我的眼泪。但这一次的泪水，却是截然不同的情绪的表达。

也许我从来没有好好和父母沟通过，我选择逃避，不和他们对话，我选择忽视了他们，正如他们选择了太过于重视我。

"小远，此刻你拿定主意了吗？真的不准备回去了吗？"

第七章　无声告别

这是最后的抉择。

"小远，此刻你拿定主意了吗？真的不准备回去了吗？"

灵司长在身旁轻声再次询问道，我从他语气里听出一份浅浅的希望，内心中情绪五味杂陈，犹豫一番，还是决定坚持最初的选择。

"嗯，不回去了。"短短几天内经历的一切让我有些触动，可每当再次回想起以前压抑的生活还是让我感到迷茫。我垂下眼眸，避开灵司长期待的目光。见状，灵司长发出一声叹息，随即又挂起一个无奈的笑容说："那我们准备走下一个流程吧，和自己告别。"

话音刚落，他抬脚往前迈，我从复杂的思绪中脱离出来，连忙跟上前去。

不知不觉到了走廊的尽头，映入视线的是一扇白色大理石雕琢而成的门，圆拱状，周围一圈有着细腻的花纹，星星点点的蔚蓝色点缀其上。

灵司长停下脚步，轻轻拧开了中央的金色把手，一层淡蓝色的屏障映入眼帘，我们几乎在同时跨过门槛，随即出现的景色使我备受震撼。

原本喧嚣的环境被隔绝在外，连带着那条走廊也一同消散了，刹那间世界成了星空般的深邃暗黑，但我又见到层层柔和的光芒翻涌而来，如同梦境般斑斓神秘。

"这是精神界海，它连接着我们灵云厅和现实世界。穿过它，你能看到现在你的世界状况。你会以灵魂的形态出现在你原先的世界里，但你碰不到任何东西。"灵司长大概猜到我心中的疑惑，开口为我解释道，"好了，再去看一眼你的家人，看一眼自己，做最后的告别吧！"

他脸上仍旧是那副慈祥和蔼的微笑，可我心里却笼罩上一种莫名伤感的情绪。

悬浮在半空的身体缓缓降落在光浪上，触碰到它的瞬间四周骤然亮起，一幅幅画面展开，像是电影开了场，我辨认出这些场景的主角都是我。

小学时，我总盼望着放学铃响起的那一刻，刚走出校门，我就迫不及待地冲向母亲，牵着她的手走在回家路上，与她分享学校里发生的故事。股股光浪流淌，推着我身体向前，我察觉到自己的身体也渐渐成了透明，画面也随之而变。上了初中，我不再像曾经那样活泼。与母亲的话题也只是围绕着学习展开。画面的色调也从原本的温馨渐渐转变，一次次地吵架，背地里哭泣，我的世界里几乎只剩下黑、白、灰三种色泽。

我短暂一生的走马灯到这里戛然而止，随着最后一幕彻底黯淡下去，精神界海也抵达了尽头，猛然间迸发出强烈的白光刺得我下意识抬手遮住。

等白光渐渐弱下去，我睁开眼睛巡视了一圈身处的环境，此时已是深夜，但医院走廊的灯光依然透亮，阵阵刺鼻的消毒水味道，让我皱了皱眉。一位护士迎面匆匆跑来，直直穿过了我的身体。我身上除了感觉有点儿钝之外没有任何不适。

我的意识不由自主地飘向 403 病房，无声无息穿过了病房门。空气中弥漫着的茉莉清香扑面而来，钻入我鼻腔，心情也随之舒畅几分。

茉莉茉莉，莫离莫离。

视线再向远处望去，靠窗的病床上躺着的，正是我真正意义上的肉体。这真是奇妙的感觉。向前凑近了些，我看清楚了那个熟悉的身影——我的母亲，她抓着"我"的手，嘴里轻声呼唤着我的名字，眼中的红血丝像是几天几夜没有合眼，眼光中的担忧浓重得像要溢出来。在医院灯光的映衬下，她的脸更显得苍白憔悴，似乎比病床上的我还要脆弱几分。

我从未见过她如此无助的样子，印象中的她总是严肃而坚强的。我的内心掀起波澜，很心疼她可又不禁想问一问："我只有这个时候才值得被怜爱吗？"我的思绪正在脑中翻搅着，身后突然传来吱呀一声，我猛地转头，对上了父亲那张蜡黄消瘦的脸，每个毛孔都在释放着疲倦之态，像是老了十几岁。

"孩儿她妈，这是小远的日记，你……还是看看吧！"父亲的手中紧捏着一本小册子，声音嘶哑着对母亲说道。

"日记？哪里来的？"母亲一边说着，一边用颤抖的双手接过它，可迟迟没能翻开它。或许，是失去了真正了解我内心的勇气？

"那天，孩子把日记本扔到楼下了，我给捡回来了，还没找到机会给孩子。"父亲低声诉说着。

母亲终于鼓起了勇气，缓缓地打开日记本，映入她眼帘的是一段段的文字：

> 2019 年 6 月 17 日，今天我好高兴啊！妈妈给我买了我心心念念的运动鞋，我最爱我的妈妈了！
>
> 2019 年 7 月 20 日，今天妈妈带我去了游乐场，我们排了很长的队才坐上激流勇进，妈妈和我的衣服都被水打湿了，但是真的很开心！
>
> …………

母亲脸上浮现出了几许对那些幸福记忆的怀念，唇边勾起了一抹笑容。我不由自主地也回忆起曾经温暖的时光。但我深知那是回不去的。

> 2019 年 8 月 21 日，今天，我终于没辜负父母的希望，学会了《致爱丽丝》，我还考了数学全班最高分，爸爸妈妈一定会很高兴吧！
>
> 窗外的夜很黑，我糟糕极了，我糟糕极了。数学最高分又怎么样呢？在他们眼里，我是学习的机器，机器就不该有失误！

此时母亲苍白的手拂过纸面，张了张嘴却没有发出声音。我看到她的

选
择

眸中已是泪光闪闪。我的心微微颤抖了一下，鼻子开始发酸。

2021 年 1 月 3 日，她的情绪又失控了，英语测试又没考到理想的分数，可是明明我比上次进步了，她为什么总是说班里谁谁多优秀？是不是我不是她的女儿她就高兴了？……

2021 年 3 月 6 日，我快喘不过气来了，好想要一个拥抱，好冷啊，看到竞赛我真的很头疼，该死的竞赛！

2021 年 3 月 25 日，凌晨两点，夜安静极了，沉睡中被喊醒去打卡，你有没有经历过？微信群里谁谁打卡了，你赶紧背诵打卡，你怎么总是被人赶着做事啊？不也有很多同学没打卡吗？你怎么不跟好的比比？谁是好的？谁是不好的？我注定是不好的那个。

2021 年 4 月 10 日，凌晨三点，也许睡不着也挺好的，这个时间是属于我的，黑夜真的安静，没有了一切声响，可我又想好好睡一觉……

2021 年 4 月 11 日，凌晨两点，窗外对面楼上面还有四个窗户透着亮光，他们在干什么？是不是与我一样，辗转难眠呢？

2021 年 4 月 12 日，凌晨三点半，我好困，我好想睡一觉啊……

2021 年 5 月 4 日，我的生日，我实在是坚持不下去了，我讨厌钢琴，我不想学了，可妈妈还是一如既往地说是为了我好，算了，也不是第一次了，就这样算了。

一滴，两滴，三滴……母亲的泪打湿了日记，上面的字迹变得模糊不清，她再抬起头时，脸上布满了泪痕，嘴唇颤抖不已。她的泪继续掉下来，滴滴晶莹的泪水沾湿了我的心，我生生将快要流下的眼泪憋了回去。

2022 年 8 月 29 日，早晨六点，今天就是钢琴比赛了。我记得父母说过，只要这次比赛得个高名次我以后就可以不练琴了。

我很期待，我相信我会成功的，我也相信我妈妈不会食言的。

记忆犹新，又恍若隔世。

赛后，我内心无数次告诉自己："小远，不哭。小远，忘记这次比赛吧。"可是真的忘不了！

比赛结束回家的途中，我坐在车内，气氛一度压抑，父母都冷着脸不说话，我在车内反光镜上和母亲对视的一刹那，好似看见她无比嫌弃的眼神，我的情绪再也忍不住爆发了。

"妈，你嫌弃我什么！你们现在指责我不好，可你们有没有想过，这个比赛我准备了很久很久，就因为你们和评委吃了顿饭，我的努力就前功尽弃了！"我声嘶力竭地吼着。

"我们的初衷不是为你好吗，你拿到名次，大家都开心。"母亲不想承认他们的问题。

"为我好，都是为我好，可你们这样做真的是为我好嘛！"我的眼滑下，身体颤抖着，头脑发晕。

"你这种语气是在和长辈说话吗？你自己好好想想吧！"见母亲这副姿态，我往后一靠，不再说话了。

回到家后我回到屋子把门一甩，将门锁上了。紧接着就听见父亲愤怒地在门外怒吼："你甩什么门！把门给我开开，听到没？"靠在墙上，抱紧自己的身体。紧接着就听见门锁在咣当咣当地响，看架势像是要破门而入。

我没有理会，而是自顾自地坐在钢琴前了。

我看着摆在钢琴上的那束花，花瓶中的水跟着我按下琴键的节奏波动着。我看着那水波一点儿一点儿变高、聚合然后破碎，一次又一次。

我看着那浮在水上的叶子随着水波漂动着，枝头的花瓣一片一片被震落。看它们挂在枝条上摇摇欲坠的样子，想必在许久之前就与枝条断了联系，只是挂在那里。那繁荣的假象，也只是强装出来的罢了，实际是一戳就破的。

我继续弹着，疯狂地弹着。我看着从花瓶中洒出的水聚成一片，看着那支离破碎的花瓣，看着那被浸湿的、泛黄的乐谱，弹着 *FLOWER DANCE*。那琴随着我手指的奋力击打发出一次又一次仿佛要击碎那花瓶般的刺耳之声。

　　我就这样看着、听着。看那水中自己的影子，看那支离破碎的花瓣，看那安静的世界被这琴声震碎，看那些如利剑般的过往如何刺穿我心。只需一击，我那早已残破不堪的内心就如那花瓣一样崩溃了。

　　我忍不住了。

　　就放任那泪如雨般洒落吧。我站起身来，继续那从未中断的演奏，以我最高的水平、使最强的力度、最投入的状态。我已经想不出什么能发泄我心中的委屈和压力的方式了。你看那水中的影子就是我啊，那肆意散落的花瓣就是我的心啊。妈妈、爸爸，你们看得到吗？

　　我要击碎这个不堪的自己，我要亲手撕碎这委屈的世界。

　　说来也可笑，我又能怎样呢？就这样弹吧，我不会停下的。或是因为想证明给他们看，或是气不过那个失败的自己，或是向这个世界示威，或是这几种情绪夹杂在一起，总之，我不会停下的。

　　因为我不知道我之前的事该如何面对，更不知道以后该怎么活，我不知道这样下去会怎样。

　　为什么我的父母要我变成这样？

　　为什么我要去弹钢琴？

　　为什么我不能选择去做我喜欢的事？

　　为什么我没有一个知心朋友？

　　为什么我有这样的人生？

　　为什么我永远做不到他们想让我做到的那样？

　　这真的是我吗？

　　伴随着饱含悲情的曲子，我看向窗外。我看着那自由飞翔的鸟，看着那洒脱奔放的夕阳，看着那风吹动草木掀起一片片翠绿的浪，看着那覆盖上藏蓝面纱的殷红色天空……

那是我的归处，对吗？

可我分明看见这沾满指印的钢琴，看见这封闭压抑的小房间，看见这打不开的窗，看见这堆满书本的书桌……

突然，一声"你不要再弹了啊——你给我停下！你疯了啊！"闯入耳中。

是我母亲喊的。我不知道她下一秒会不会夺门而入。对此，我从来没有一点儿办法。

我瘫坐在地上，说不出一句话，放任那大脑一片空白。但我内心深处呼唤我继续弹下去。可我连握拳的力气都使不上了。于是，我靠在床边，静静等着。不过母亲没有像往常一样冲进来。过了一会儿，她便拉着父亲走了，走时使了很大力气把门"砸"响。

"你砸什么——你砸什么啊——"我冲着小房间锁着的门用尽力气咆哮着。

我再次坐在琴前，一遍遍地翻着谱子，一遍又一遍地弹，格外用力。我就是要证明给他们看，就是气不过那个失败的自己，就是要向这个世界示威。

"你们不是要我练琴吗，你们不是嫌我没得奖吗？我弹给你们听，来啊——"我抑制不住泪水，伴着浓重的哭腔，用早已哭得嘶哑的嗓子磕绊地说出这么一句话来。

这一声，划破长夜。

我只记得那晚下起了大雨，但月光在下雨前一刻还十分明亮，如白炽灯一样。伴随着刺耳的风声，我好像用尽了这辈子全部的力气，最后看着那惨白的月色、极亮的白色灯光一点儿一点儿渗进我的眼球。我听见好像是雨的声音，但早已分不清是泪水击打地面还是大雨敲打玻璃。就这样，伴随着这突然的大雨，我就像潮汐一样淡出这世界了。

"我的小远啊……我都干了些什么？"母亲压抑地低声传来，将我的注意力拉回现实。她的嗓音满含着悲痛与后悔。她抬起头，用一双红肿的眼睛紧盯着父亲，颤抖着声音对父亲说："孩子她爸，我们这次，是真的做错了选择。曾经以为咱们小时候没有好的物质条件，错过了很多，我想学钢琴但没办法学，我就想让咱孩子学，别人家孩子学钢琴，我也让她学，让她一定不比别的孩子差……"她又哭倒在父亲怀里，万般悲伤却已崩溃到哭不出任何声音。

"可是，我们从来没有了解过孩子，我甚至没有一次好好跟孩子说话……"

父亲强压下心中苦楚，抽噎着安慰着："小远一定能醒过来的，只要她醒来，我们就能弥补我们的过错，这个社会发展太快了，也太卷了，我们每个人都在选择自己生存的方式和人生的价值，但很多时候我们的选择被社会裹挟了。孩儿妈啊，咱选的不是小远需要的啊，她人生不应该被咱来定义……我们应该考虑孩子的需求……"

母亲转过身拽住我的手，嗓音沙哑："小远，你听到了吗，小远，爸爸妈妈真的后悔了，只要你回来，我们重新弥补留下的遗憾，你不愿做的事妈妈绝不逼你，我们……我们会支持你的梦想，小远，妈妈现在别无所求，只愿你平安快乐地度过一生。"

我的母亲曾经一点点抢走了我生活里所有的色彩和光亮，她规划了我的人生，她绝对没有想过，我的人生，我的路，需要我自己来走。

冰凉的泪，滴在我的脖颈儿里，我抬手抹了抹脸，才发觉我早已泪流满面。我身体一软，跪倒在地，泪如雨下。

"如果，天下的父母能够真正理解孩子，明白这些道理，亡世界大概就不会再出现小远这样的孩子了吧？"灵司长旁观着这一切，心底微微叹气。

我起身，擦干眼泪，踱步过去抬手摸了摸我的脸颊，苍白，毫无生命力，甚至像已故的人。我又转头看向心电图，直线延续一段，又波折一下，仅仅只是显现出来还有生命迹象，微乎其微的希望还存在在他们心中吗？躺在病床上的我像个安静的瓷娃娃，仿佛只轻轻碰一下就会碎。他们似乎要随时做好失去我的准备。

医生过来查房了，走到床前询问我的情况。

"医生，我的孩子到底怎么了？怎么还不醒啊？"

"这不好解释，她昏迷了，该查的都查了，没查出什么问题，也许只是情绪过激引起的，也许是压抑了很久，脑劳累过度引起的，也许……"

　　哪知父亲突然跪下，颤抖的双手拉住医生的白大褂乞求道："医生，求求您一定要救活我女儿，求求您……"说着就要把头往地上磕。这是我第一次见父亲为了我如此放下面子，委曲求全。"小远爸爸，您快起来，这种情况我们也很棘手，现在要看小远自己的求生意识了，只要她求生欲望强烈，她就能闯过这一关。"医生托住父亲的臂膀，试图将他搀起，"好了，小远爸爸，我还要去其他病房，您快休息一下吧，熬了两天了，再这样下去您自己也撑不住。"听完医生的话，父亲双手捂住了脸，一阵呜咽……

　　我又一次失声痛哭。

　　灵司长看出了我内心不舍，开口道："小远，现在你真的决定不回去了吗？只要你明天走进亡世界的大门，你就不可能回来了。"

　　父亲的下跪，母亲的悲痛，美好回忆带来的温暖希望……这些无疑影响着我，使我的内心震颤，改变着我内心深处的想法。我动摇了。

2214班陈卓尔创作

第八章　最后仪式

　　灵司长看出了我的犹疑，知道我有所动摇，他不忍我这般美好年华的孩子带着遗憾离开人世。

　　"小远，我先带你回房间休息吧，你好好考虑一下，明天的仪式，就是最后一个环节了。"我们通过一条幽暗的走廊回到了房间，环视一周，淡粉的墙面，让我感觉很温暖，我的情绪缓和了一些。屋子中间摆放着一张大床，旁边的茶几上还放着许多水果。

　　"那是我最爱吃的水果！"我惊喜地跑过去。"哦，那个水果呀，我看到你的档案上有写，就想着给你准备一点儿。""谢谢你。"曾经没有人那么用心对待我，那么注意我的喜好。"孩子，不妨给自己一次机会，也可以给你的父母一次机会。"灵司长一边说一边走出房门。"好，我知道了，谢谢灵司长。"

　　我关了灯，安静地坐在床上，向北面的窗户外望去，只有零零散散的灯光，昏黄的，但给这无尽的黑暗增添了些许色彩。我坐在床边望着这些灯光，一时出了神。明天就是我要去往亡世界的日子了，内心说不出的滋味。该如何选择？我躺在床上，被子很温暖。我已经很久没被这种温暖包围了，望着灰蒙蒙的天花板，再也忍不住陷入了沉睡。

　　第二天，我早早地就起来了。打开衣柜，看见的是很多款式的衣服，我挑了一件淡紫色的长裙，梦幻而美丽。刚打开房门就看到灵司长站在门口，灵司长见到我平静地说道："孩子，走吧，今天对你很重要，我就要带你去参加仪式了。"我低声回了句："好。"

灵司长带着我走出了房门，但面前的布局却与昨日截然不同。四周飘着各种颜色的气球，路面上有许多鲜花，白里透红，娇艳欲滴，气球上还挂着小时候各种各样的照片。路的尽头有一座玉石镶嵌的大门，大门上还刻着石楠花的花样。我喜欢石楠花，因为她代表美丽和高雅。

我跟在他后面一路走着看着。桌上几张照片吸引了我。那是我小时候拍的，每一张照片的背后都有各种有趣的故事。

粉色气球的照片上的我穿着粉色的公主裙。肉乎乎的手指比着"耶"，笑得很开怀，眼睛弯成月牙形。记得那年我看的一部动画片，主角经常身着一件粉色裙子，就和母亲说了一句"我也要当小公主"，没想到，没过几天，母亲给了我一个精美的礼盒，打开它发现是我期待已久的公主裙，我惊喜地尖叫出声。母亲笑着刮了刮我的鼻子说："我还不懂你这个小鬼，喜欢吧？"我重重点头。没关系，远远的愿望有妈妈来帮我实现。母亲带着我去公园拍照，相机咔嚓咔嚓的声音一直从上午到黄昏，边拍边玩，笑声也一直没断过。那时我觉得我真是天底下最幸福的小孩儿了。我对妈妈说："妈妈，我最最最爱你啦！"

往前走了两步，蓝色气球上是我戴着头盔、护膝在自行车上的照片。头发因为汗而有几根贴在额头上，看起来有些滑稽。红通通的脸显得整个人累坏了一样。有一年暑假，我心血来潮告诉父亲想学自行车。父亲一口答应，带着我直奔自行车行，让我挑选款式。我们回到小区，他开始教我骑行护具的佩戴方法，又告诉我怎么起步顺手。后面就是一次次的练习，他总在旁边举着手臂护着我。几百次的练习，始终如此。终于最后一次，我做到了，顺利骑了很长一段路。我开心地冲过去抱住父亲说："我成功了！"他对我说，他一直相信我可以。听到这，我有些鼻头发酸，也许是因为练习无数次后苦尽甘来的泪水吧。那天，父亲在他手机里留下了我和自行车的合影。直到现在，我依旧会怀念。

直到我看到那张照片，我不由得愣住了。那是一张全家福，爸爸妈妈在两边拥着我，我们三人依偎在一起，照片上的我们笑得多灿烂。那时候每晚妈妈都会温柔地哄我睡觉，给我讲一些有趣的经历……

想着想着我的眼泪不知不觉顺着脸颊流到了鼻尖。我调整呼吸想要掩盖住我内心的情感，颤抖的鼻音却出卖了我。

"这些都是你们准备的吗？"我转身问灵司长。

灵司长回答道："对，让你再看一看，给你留作纪念。到了亡世界，你便没有记忆了。"

我跟着灵司长继续向着大门走去，可是心像是被一块胶布封住，无法跳弹。

不一会儿走到了大门前。大门旁边云雾缭绕，不知不觉中又增添了一抹神秘。我回想刚才看到的一幕幕场景，随着大门缓缓打开，内心深处的记忆被唤醒，眼泪不知不觉顺着脸颊流了下来。看着眼前幽深的隧道，身体不禁抖了抖。这一路上我的脑袋里一直有个声音在循环播放："你确定想好了吗？你确定不回去了吗？你确定吗？"每一句都敲击着我之前做的心理准备。

我做不出任何决定。经历这几天，很多别样的情绪涌上我的心头，让我无法控制自己的思绪，我分辨不清自己是否真的不愿回去了。

灵司长似乎把这一切都看在眼里。"你要想清楚，迈进了这扇大门，你就不能再出来了。"我死死咬着嘴唇，一遍又一遍回想着那些痛苦的回忆告诉自己不要回去，那些压抑的灰暗的日子使我不愿回到人世继续那样的生活，可情感的力量如此强大，左右着我的选择。

我缓缓抬起脚……

2214班陈卓尔创作

启　航

第一章 有"杏"遇见你

宋夏简刚刚放学，就看见叶从琛站在校门口兴奋地朝他挥着手大喊："宋夏简！快过来，有好消息！"宋夏简在叶教练身边跟了五年，从没见过叶教练像现在这样兴奋，嘴角都要扯到天上去了。他疑惑不解地走过去："叶教，这是发生啥事儿了，您这么兴奋？"叶教目不转睛地盯着宋夏简："还记得上次我跟你说，我向省队推荐你了吗？"

"知道啊，怎么了？"

"恭喜你，你被选中啦！"

"啊？"宋夏简直接愣在了原地，"这么突然？"

我被选中了？我真的被选中了！

年少懵懂的男孩儿此刻的大脑只允许他说出两个字：欧耶！只要他能进入省队，就离升入国家队更近了一步，夺得大满贯更是指日可待！到了那个时候，他就能背着他的梦想、他的汗水站上领奖台，唱着国歌，望着国旗，被国家和人民记在心中……

"嘿！有梦想是好事儿，"叶教仿佛能读心，"但是还有个事儿要告诉你，就是进省队还有个选拔赛呢，赶紧回去训练，里面有很多比你厉害的人，别掉以轻心！""啊？不是只要推荐就能进了吗？"宋夏简的美好幻想被打断，失落地低下头来。叶教无奈地叹了口气："人才输送，即便教练再好也是需要比赛成绩的，你妈妈之前不是经常来干涉你参赛吗？你

启

航

不仅很多重要赛事没有比完，正常的比赛成绩也不全，拿什么推荐？我能拿着你仅有的一些成绩推荐你去参加比赛，是因为人家相信我，不然你说什么也是去不了的……所以啊，夏简，要好好训练，别辜负了你自己。"

男孩儿沉默不语，他不知道母亲会怎么看待这件事。母亲容忍他训练至此，若是让母亲知道了他要加入省队，会不会和他翻脸？从小到大，他的追求就只有乒乓球。即便母亲试图通过关掉体育频道、撕掉有关乒乓球的报纸让他改变想法，但他还是会偷偷买回来乒乓球明星的海报、有关乒乓球的书自己翻看。他爱母亲，不想让母亲失望，因为他只有母亲这一个精神支柱。母亲为了这个家奔波着，劳累着，他觉得他没有理由不服从母亲。可他有爱好，有梦想，因此他痛苦着，想象不到这么执着的母亲如果坚持摧毁他的梦想，他会变成什么样的人。

少年久久迷惘地沉溺于对未来的一切可能的想象中。

幸亏那个人会再次将他拍醒。"夏简？夏简！你现在要做的，不是回去跟你说不动的妈对峙，而是好好准备比赛！""她就算去体校闹，去省队闹，只要你有了成绩有了资格，她闹不动！一个天才说走就走，谁会答应？"

宋夏简相信叶教真的会读心。

"走吧，去训练了！"叶教甩甩手。宋夏简深吸一口气，脸上又绽开了笑容，应了声："这就走！"

此时宋夏简的前面，是一棵古老的银杏树，在这个盛夏散发着绿油油的青春气息。太阳即将落山，幻化成美丽的夕阳之景，渲染着银杏的叶，也渲染着少年的心。宋夏简不知道，他即将在银杏染上夕阳颜色的季节结识一个人，一个相伴一生的救赎之人。

8月10号，M省的省队选拔赛正式开始。这是宋夏简是否能进入省队的关键时刻。

进入场地，有工作人员给了他比赛牌并叮嘱："不要弄丢，没了它你就不能比赛了，这个可不能补办！"宋夏简郑重地点了点头，并把比赛牌放到兜里。他找到了运动员休息室，换上比赛时穿的衣服，而后，带着装备前往现场的休息场地。

到了场地，把装备放下，开始热身。他抬手把胳膊背到头后面，弯曲小臂，用另外一只手拉住肘部往后拉。一只胳膊伸直，另一只成弯曲向上，把伸直的胳膊放到弯曲胳膊里用力往里夹，嘴上喃喃道："肩部必须充分得到伸展，比赛好用力。"做完这个动作，他微抬眼眸，看向头顶的白炽灯，内心一片波澜，"这是能否进入省队的关键赛，一定要赢……"宋夏简把胳膊背到背后双手手指交叉，往后伸展，做完了最后一组热身。正要动身前往比赛场地，转头望到陆祈安、时成景的单打比赛，眉眼间透出些许崇拜，"真的是强强对决……"

但是，宋夏简却看不出陆祈安和时成景的内心纠结。

时成景认为这次的比赛目的就是打败陆祈安，让观众看到自己的实力与陆祈安不相上下，同时内心忐忑怕辜负了教练的期待，也担心对面的这个老狐狸会跟他耍阴招儿。陆祈安也藏着自己的想法：从小到大时成景都是我训练的对手，这次比赛我一定不能输。双方摩拳擦掌，生怕自己不安的表现被对方察觉。

比赛开始。

观众A："怎么又是时成景，我看过他的比赛，他打得稀碎被对手完虐。"

观众B："不会吧？我记得他以前打得挺好的，战绩还可以啊！"

观众A："反倒是陆祈安以前的战绩保持得不错。"

只见两人的手灵活地挥舞着球拍，步法灵活地移动，发丝随着他们的动作迅速摆动着，两双眼睛专注地盯着球生怕错过，鼻尖上已经渗出细细的汗珠。上步搓球，侧身进攻，后退拉球……

观众A："完了，陆祈安不会是轻敌了吧，怎么漏球了？"

"三，二，一。"计时器上红色的数字渐渐趋于零，时成景以一球的优势取得了比赛的胜利。

天逐渐黑了下来，宋夏简决定去请教请教陆祈安。想到自己一会儿就能见到训练队里最厉害的人，心里便美滋滋的，而后想到他今天的战绩，

启航

又开始有些忐忑。两边的路灯亮起来了，宋夏简慢悠悠地向陆祈安的宿舍走去……

"咚咚咚……"听到敲门声后，陆祈安慢吞吞地将门打开。

宋夏简望着眼前的人：脸上的稚气还未褪尽，却显出一丝冷峻，比赛场上那一双锐利的鹰眼此时的疲惫都快要溢出来。

"请问你有什么事吗？"不耐烦的声音打断了宋夏简的思绪。

"我看到你的排名每次都在第一名，你能告诉我你平时是怎么训练的吗？"宋夏简百感交集地看着陆祈安，心想这人还真是冷漠。可陆祈安并没有回答他。

他回想起今天下午的事情：陆祈安在返回宿舍的路上，忽然他听到一声阴阳怪气的挑衅，循声望去，发现声音的主人，正是他的死对头时成景。

"这家伙还真是阴魂不散。"陆祈安心想。他不耐烦地盯着时成景。

"陆家大少爷——积分赛的第一名——哦，目前的第一名——陪我再打一场怎样呀？"时成景继续挑衅他。

"来啊，你个只会说话的手下败将！"陆祈安被激起了好胜心，不愿示弱，脑子一热答应了。时成景扔给陆祈安一个球拍，却被陆祈安扔了回去："谁稀罕用你的啊，我自己有拍儿。"两人摆好架势，直接开始比赛。

谁知，陆祈安才刚刚输赛，状态不佳，打了半小时后，时成景抓住破绽，一个扣球便赢下了这场比赛。

一旁围观的人群惊呆了——平日总是名列前茅的陆祈安竟然被一个普通的省队选拔赛选手接连击败两次！人们纷纷议论起来，各种模糊不清的话语如巨石滚落般向陆祈安砸去。

陆祈安阴沉着脸，把手里的球拍重重地摔在了球台上，转身就往宿舍跑。时成景还不忘用调侃的语气向他喊："第一名——你的球拍没拿，送我了！回见！"

"第一名……第一名怎么了！"陆祈安停下脚步，语无伦次地朝他大吼。

现在，宋夏简口中的"第一名"三个字再一次刺痛了他的心。面对宋夏简如机枪般问出的一个又一个问题，陆祈安不耐烦了："我累了，慢走。"宋夏简顿了一下，小心翼翼地低下头，想要看看陆祈安的脸色，可陆祈安猛然抬起头："你没听见吗？！"他猛然发觉语气太重，"对不起。你走吧。"

宋夏简倍感委屈，刚想说什么，又把话咽了回去。他站起身，走到门口时，小声嘟囔："哼，没有你的指导，我也可以取得跟你一样的成绩！装什么啊！"

令他没想到的是，这句话被耳朵尖的陆祈安听到了，心里一阵暗笑："这小子真是让人无语。"可那天晚上，陆祈安总觉得，自己还会在未来的某个地方与宋夏简相见。

自从那次的不愉快后，宋夏简发誓一定要进省队。在接下来的时间里宋夏简把自己封闭起来，每天拼了命一样的训练，与自己较真，而正是这样的训练，让宋夏简的问题慢慢浮出了水面，他开始学着总结错因，总结自己的不足，提出改良方案，有针对地训练，这让宋夏简大大节省了时间，就这样一直坚持到了省队选拔的那一天。

省队选拔的那一天终于到来，宋夏简不断地搓着手心，心脏怦怦地撞击着胸腔。叶从琛帮他调整呼吸，平复心情，并给予他必要的鼓励。很快，选拔开始了，面对对手宋夏简丝毫不敢怠慢。最后一个球以宋夏简的一个漂亮发球成功拿下比赛。宋夏简在比赛中过五关斩六将，实力也被展现得淋漓尽致。最后，宋夏简如愿以偿进入省队。

进入省队当天晚上，宋夏简去外面散步。在小路上他憧憬着未来，他想到给母亲打个电话报喜。

"喂，妈……"

"嗯，咋了？"

"我进省队了！我的努力没白费，怎么样？"

"啊……嗯……哈哈……真厉害啊……"

"妈……你……你咋了呀？"

"夏简，明天你回来吧！"

"为什么？"

"我允许你学习乒乓球是让你当成一项特长，但是我不会让你走这条路的，你又不是不知道家里的情况……"

"妈！叶教练都说过好多遍了，他会资助我的……"

"停停停，我跟你说，就算叶教练会资助你，那你也要以学习为重，把学业完成，完成之后你想干什么就干什么，我绝对不会管你的。明天你就……"

"嘟——嘟——嘟——"宋夏简听不下去了，不自觉地挂掉了电话。他本来以为妈妈会为他感到骄傲，但没想到妈妈会让他放弃乒乓球，宋夏简忍不住哭了出来。

与此同时道路的另一边。

室友 A："恭喜啊，咱们都入选了，没白费陆哥对我们的帮助。"

室友 B："是啊，是啊。"

室友 C："咱买这么多零食够了吧？"

室友 D："肯定够啊，到时候咱可要好好庆祝庆祝。"

陆祈安："哈哈，咱赶紧回寝室吧！"

这时，陆祈安看到了坐在台阶上哭的宋夏简，他认出了这是上次找他请教问题的人。

陆祈安："你们先回去吧，我有点儿事。"

室友 E："陆哥，你有啥事啊？"

陆祈安："这你不用管。"

陆祈安："唉，你们等等。"

陆祈安从袋子里拿了一包零食，走到近前，把那包零食扔到了宋夏简的怀里，说："没关系的，不就是没进省队嘛，你还有机会的。"宋夏简抬头望向陆祈安，淡淡地说了句："不劳您费心，我进了。"陆祈安一愣。听完宋夏简的讲述后，他又不知道该说什么了。

"那个……嗯……坚持你自己的梦想，他人说的只是参考罢了，不要自我否定……那以后我们就是队友，别哭了……我不会安慰人……"

看着陆祈安语无伦次的样子，宋夏简的心里不禁泛起一丝笑意。

"喂，陆祁安，你先别走。"

陆祁安转身应声："还……有什么事吗？"这次，语气柔和许多。

"那个，我还想跟你聊聊。"

陆祁安径直走向宋夏简寝室，没有再回头，看来是答应下来了。

微弱的月光透过半开的窗子泻了进来，照亮了桌上的一张张获奖证书，宣告着少年毫不收敛的热爱。陆祈安半张脸暴露在白炽灯光下，五官散发着锋利的锐气，挑眉看他。

"你要说什么？"

宋夏简面上一热，欲言又止。陆祁安沉默着看了他许久，眉眼线条凌厉，视线却温柔。

"你想说什么就说，我听着。"

宋夏简顿了一下，仍未开口。陆祁安低头思索了几秒，先开口道："你是瞧不起我的技术吗？"宋夏简在恍惚间摸不着头脑。陆祁安笑着看向宋夏简，学着他的语气说："装什么啊？""还不是因为你那臭脸！"宋夏简为自己辩解着。

"呃，那，对不起！我当时只是因为比赛输了心情不好，仅此而已。"

"没关系啦，我观看了你和时成景的对决，这样来看，我自己和你们的差距更大了哎，没必要让自己心情不好，友谊赛嘛，输一次没什么的，更何况你每次都在积分榜第一名的位置，这次只能说是发挥失常喽，别沮丧。"知道了陆祈安失落的缘由，宋夏简也开始安慰他。

陆祁安抬眸，"嗯，知道。但谢谢你了，没想到你心态还挺乐观，刚才你哭的时候怎么没有这样安慰自己一下？"

宋夏简神色黯淡下去，微微低头道："那件事情我没有办法安慰自己让自己不去想，因为我热爱乒乓球。"

"为什么不和母亲说热爱乒乓球好好沟通一下？"陆祁安闻言便问。

"你以为我不想好好沟通吗？我是单亲家庭。"宋夏简咬咬牙，选择了相信这个人，"家里条件不算优越，一直跟着母亲，很少能见到父亲。我母亲控制欲很强，经常给我施加一些压力，而我自幼热爱乒乓球，教练说我有惊人的球感，而我希望能走上奥运会的赛场，为国争光，拥有光明的前途。但母亲很反对我走这条路，因为家里没有钱供我走专业，我也体谅母亲，不想让她背负着比常人更大的经济压力，但我的情绪总是被她压抑，这让我对母亲充斥着戾气，所以我经常躲避母亲，从而导致我们母子关系越来越差……"

沉默了几秒，陆祁安说："这样啊，看来平日的你不是真正的你。"

"嗯，确实不是真正的我，像你说的，我骨子里怕事，没有平时的阳光。那你呢？和父母关系怎么样？他们有去反对你所热爱的运动吗？"

陆祁安抬头和宋夏简对上视线，轻笑道："我啊，我父亲是国家级乒乓球教练，我家庭条件不错，因此从小接受专业的乒乓球培训，后面受父亲的影响，从小渴望着登上奥运会的赛场，为国争光，在史册上留下自己的名录。我爸在训练我期间挫了我的傲气，让我塌下心来面对以后的种种比赛。"

宋夏简的脸上看不出任何情绪，但可以从眼神中感受到他闻言后那股从心底抒发出来的羡慕。

"我好羡慕你啊陆祁安。"

"宋夏简，不必去羡慕我，我是后天培养出来的热爱，但你不是，你是自幼热爱乒乓球，是与生俱来的热爱，我很欣赏你这种幸运，况且你有惊人的球感、远超常人的肢体协调能力和体能，我觉得你天赋比我要强，没开玩笑。宋夏简，你应该多去发现自己身上的这些闪光点，不要因为别人让它们暗淡，也不要过于在意自己身上的缺点，它就像不完美的裂缝，那是光照进来的地方。我认定你宋夏简一定可以。"

宋夏简抬高视线，与陆祁安对视，眼眸中有颗颗泪珠滚动。

"陆祁安。"

"嗯？"

"你觉得……我们会登上奥运会赛场吗？"

下一秒，他挺直了脊背，话音一改往常，字字坚定铿锵。

少年清冽的声音响起："会的，会实现的。"

正值初秋，是银杏落叶之时，缕缕清风轻微拂过，陆祈安随手拾了两片地下的银杏叶，握在手里把玩。宋夏简轻轻抬起一只手，在阴影中悄悄抬眼看向他。打转的风经过，又有几片叶落，他的白色外套被轻轻扬起一角。下一秒，他掌心出现一片银杏叶。

"嗯？给我干什么？"宋夏简带着疑问的语调抬眼望向陆祈安。

"有幸遇见你，我的，呃，队友。"

"怎么突然这么说？"

"银杏叶，有杏遇见你。"

"你好土啊！"

2202 班张洛伊创作

第二章　找回我的球拍

　　经过了两人那次的交心，他们一起训练、打游戏、登山……友谊越来越坚不可摧。太阳一次次升起，又一次次落下，他们一起度过了每一个充实美好的白天，每一个满天繁星的夜晚。

　　为了提升自己的能力，他们每天都练习对打，大汗淋漓过后，换来的是球技如树藤一样慢慢地攀升。这一天，和往常一样，他们走进球场后，开始训练。可是宋夏简像是生病了一样，平日里陆祈安打给他的球，他几乎都能迅速做出反应，敏捷地回击给他，但是今天，宋夏简显得有些心不在焉，面对对面发来的球，他只是象征性地挥一下拍，有时能击中，有时，就放任球滚落到地面上，再迟钝地把球捡回来。陆祈安很快意识到了宋夏简的反常，他拍了拍宋夏简的肩膀，把他拉下了球场。

　　他们肩并肩走到了台阶上坐下，陆祈安默默地把一瓶水递给了他，等宋夏简喝了几口水后，陆祈安有些责怪地问："你今天是怎么了？怎么状态这么差？是生病了吗？生病了要去医院啊。"

　　宋夏简只是木然摇了摇头，面对朋友的关心，他却不想把实情告诉他，不想让他再次为自己担心。

　　陆祈安有点儿着急了："你怎么不说话呢？你是不是家里出什么事了？"在陆祈安的盘问之下，他终于忍不住，鼻头一酸，两滴豆大的眼泪滚落到地上，他呜咽着说了实话："我妈又叫我回家学习了，你也知道，我家庭条件不好，妈妈只想让我把乒乓球当作兴趣爱好，不想让我变成专业乒乓球运动员，我和她之间仿佛有一道永远也不会融化的冰墙，我不敢也不愿违背她的意愿……"

陆祈安愣了一下，他知道宋夏简从小的难过经历，他理解他的苦衷。他只是轻轻地拍了拍宋夏简，从包里拿出了一张纸，递给了他。"那你打算怎么办？"陆祈安问道。

"我不知道。"宋夏简眼里满是无奈。

天色渐晚，时间把天空染成了橘黄色。宁静夏天的傍晚，宽阔的人行道上，微风轻轻地吹过两个少年的发丝，却吹不走两人各自的烦恼。

与宋夏简分别后，陆祈安的心情久久不能平静，他一整夜翻来覆去睡不着，思绪像水池开了闸一样流出来，把仅存的一丝睡意都冲得荡然无存。宋夏简真的不打球吗？我该怎么帮帮他？我能说服她妈妈吗？……无数个问题在他脑海盘旋，眼皮不停打架，思绪越飘越远……

第二天一早，陆祈安早早就来到了训练场。明媚的阳光照进来，一切都如往常一样。队友们陆续到场开始训练，陆祈安的目光不断在球场中扫寻，一直没有找到那个熟悉的身影。陆祈安心里有些不安，球打得心不在焉。两个小时过去了，宋夏简依然没来，陆祈安心里越发觉得不对劲，立刻起身找教练。

"叶教练，宋夏简今天怎么没来？"陆祈安焦急地问道。

"他暂时停训了。"叶教练说。

"为什么呢？是因为他妈妈吗？"陆祈安追问道。

叶教练抿了抿嘴唇，什么也没说，默默走开。

陆祈安还是不死心，冲回了宿舍，依然没有宋夏简的身影。

这时，室友 B 走过来问陆祈安："你在这里干什么？"

陆祈安边跑边答："找宋夏简啊！"

"你不知道吗？昨天晚上宋夏简就一个人收拾东西搬出去了。"

"搬出去了？"陆祈安诧异地问道。

"对呀，你不知道吗？"室友 B 说。

陆祈安冲进宿舍看那空荡荡的床铺，心里也空荡荡的没有着落。昨天还和好朋友在球场厮杀训练，今天就各奔东西，真的很难接受。

有人心不在焉地应付着训练，有人已经奔波在回家的路上。

回去上学，把心爱的球拍擦了又擦，宋夏简任由连串泪水从脸上无声地流下来。此刻，他的梦想再次变得遥不可及。他不敢反驳妈妈，也不想再让妈妈为难，放弃打球回学校学习似乎成了唯一的道路，别无选择。

陆祈安那边也不怎么样。在训练中一次次失手，一次次败给曾经的"手下败将"。人们都说他打不了比赛了，他自己也这么认为。于是，他求爷爷告奶奶终于找到了宋夏简的学校。在窗口远远看到那个熟悉的身影蜷缩在角落，脸上没有一丝神采。

"放弃打球真的是对的吗？你真的甘心吗？"陆祈安想问他也是想问自己。陆祈安在心中暗暗发誓：他一定要想办法把宋夏简带回球队。

陆祈安与宋夏简惺惺相惜，既是棋逢对手的良性竞争，又是志同道合的亲密队友。两人一起训练，陆祈安深感自己球技提升的同时，心态也愈发好了。宋夏简虽不算很自信，可也有属于他自己的骄傲。冥思苦想几天后，陆祈安想到了办法。

这天下午，身着黑色球衣、头戴白色球帽的陆祈安出现在了宋夏简家门前。浓密的树荫遮掩着脱落的院墙，十几年前流行的菱形格子里印着少年的身影。

咚咚咚，陆祈安礼貌敲门。里面一个女声传来："谁呀？"

"阿姨您好，我是宋夏简的队友，请问他在家吗？"

"稍等啊，马上来。"一边回答，宋妈妈一边哄弟弟，"宝宝不哭，妈妈抱。"

宋妈妈一手抱着宝宝，一手打开门："请问你是？"

"您好，我叫陆祈安，您叫我小陆就行。"

"夏简去补习班上课了，你在家等他吧。"

"阿姨……其实我今天来，主要是找您。"

"找我？"

"对。阿姨。这是弟弟吧？几岁啦？真可爱。"

"找我什么事呢？"宋妈妈没有回应陆祈安的示好，而是狐疑地上下打量着陆祈安，不明白陆祈安葫芦里卖的什么药。

"我想跟您商讨一下宋夏简回省队训练的事儿。"太直接吧？陆祈安也有点儿忐忑，但踌躇再三，陆祈安决定开门见山直奔主题。

宋妈妈没有回答，她不知道这个初次上门的小男生为什么抛出了这个话题。但这并不影响宋妈妈对陆祈安殷勤招待，毕竟十二三岁就一身潮牌球衣的队友，一定是非富即贵的，替儿子交好这样的队友，不吃亏。即使儿子暂时离队了，就冲着上门找人的仗义，这人也是个不错的朋友。宋妈妈的精明在此刻体现得淋漓尽致。

"小陆，喝果汁。"

"谢谢阿姨。"

顿了顿，陆祈安说道："阿姨，宋夏简很优秀，不管是他的球感，还是速度、反应能力，在我们队里都是出类拔萃的，他退出省队，太可惜了。"

宋妈妈微笑道："训练影响学习，我对夏简未来的规划是要考一个好大学，而不是做一个职业球员。奥运冠军能有几个？优秀的球员万里挑一，成功的球员更是屈指可数。综合考虑家里的情况吧，还是觉得他应该以学业为主。"

在宋妈妈看来，她的决定是一个母亲深思熟虑之后能想到的对孩子最好的安排。乒乓球界遵循着优胜劣汰的规则，普通球员工资仅仅也就温饱水平，只有获得全国冠军才能拿到高工资，竞争非常残酷。与其苦练十年，最终却只能做一个在温饱线挣扎的职业球员，不如从现在开始就让宋夏简聚焦学业、高学历、高薪、过上衣食无忧的生活。现在宋夏简的年纪还小，但他总有成家立业的一天，有直面成年人生活压力和考验的一天，她不想让儿子以后跟她一样紧张拮据。

陆祈安说："但是夏简真的很努力，他有能力、有天赋、能吃苦，为什么不能给他的理想一个机会？每个人都有追求梦想的权利！"

面对眼含期待的陆祈安，这样一个跟儿子同龄的少年，宋妈妈想了想，向他说明了宋夏简目前回归省队的现实困难。

"梦想需要物质基础的支持，除了日常训练，膳食营养、基础体能、专项体能……这些都需要专人来给夏简打理和安排，他爸爸不在，我还要照顾弟弟，的确是有心无力。"

"阿姨，如果是这个问题，您不用担心。夏简在省队训练期间，我可以帮忙找保姆来照顾弟弟的。"陆祈安一听有门儿，心中大喜，忙给出了自己的解决方案。

宋妈妈见陆祈安并没有听明白自己的婉拒，又柔声说道："这不是保姆的问题，而是我的经济能力和体力、精力都无法满足，没有办法在宋夏简进省队后同时兼顾他和弟弟。"

陆祈安还想争取，又说："阿姨，我理解您的顾虑。费用的问题您也不用担心，保姆的费用我来出，您只要照顾好夏简就行。"

宋妈妈露出一个温柔的微笑，说："陆同学，谢谢你的好意。你能这么说，我很感谢你，我也很替夏简庆幸，有你这样的一个好朋友、好队友。我想知道，你做出这样的承诺，你的父母知道吗？"

陆祈安赶忙道："我爸爸是省队教练，他也很看好夏简，我相信他会支持的。"

"我和宋夏简约定好，要以奥运为目标为国争光！"陆祈安又赶忙补充道。

宋妈妈怔了怔，沉默良久，缓缓说道："这并不是一个夏天就能结束的事情。省队、省赛只是一个开始，国家队、国赛，直到奥运国际赛场，我们没有那么强大的物质基础支撑他一路夺冠，难道要一直靠你们的帮助吗？培养一个奥运冠军有多难，我想，你身为省队教练的爸爸比我更了解。用十年的时间陪跑，你的家庭也许可以，这也是你得天独厚的优势，你有万里挑一的天赋，优渥的物质条件，更有近水楼台先得月的训练优势……你可以心无旁骛地追求你的梦想。可是夏简情况与你不同，如果没有弟弟，那么我会拼尽我的全力去支持宋夏简的梦想，可现实并非如此。我要照顾宋夏简，也要照顾弟弟，弟弟会慢慢长大，会上学，会需要我辅导，就像我以前辅导宋夏简一样，这些，并不是外界可以代劳的。"

听着宋妈妈的话，陆祈安沉默了，他没有想到这些深层次的原因。可是，他还想为宋夏简再争取争取："阿姨，打乒乓球是宋夏简的梦想，如果扼杀他的梦想，阿姨……"

陆祈安话还没说完，就被宋妈妈打断了："小陆，无论如何，谢谢你。与其十年苦练拼搏一个未卜的前途，我觉得还不如让宋夏简好好学习，努力上一个好大学更重要。"

陆祈安低头思索片刻后说道："阿姨，我不是想逼迫您继续和我讨论夏简回去训练这个事情，您不妨去看看夏简打一场球，我想您会改变想法的。"

宋母抬眼和陆祈安对上视线开口道："小陆啊，我知道你是为了夏简的理想前途着想，但说了这么多，我还是想让夏简好好学，考上一个好大学，给我长脸。去看他打一场球？我看还是算了吧。如果没有别的事情了，那么同学你慢走，我还要照顾弟弟，就不方便送你出去了。"

这次不太愉快的会面和劝说最终以失败告终，陆祈安低垂着头慢走在回去的路上，耳畔回响着和宋夏简一起定下为国争光的目标，他并不想让宋夏简这颗星星失去光明，可他又有什么办法呢？

陆祈安有些烦闷，出了宋夏简家的小区就一直紧锁眉头低着头，一边走一边踢着路边的小石头，小石头骨碌碌地向前滚着。

突然，陆祈安似乎想到了什么，猛地抬头，眼前一亮，用手拍了一下自己的脑袋，"对呀，我怎么早没有想到呢？！"陆祈安打定主意，加快了脚步向着补习班方向走去。

"宋夏简，宋夏简——"陆祈安远远地望到补习班门口刚刚下课的宋夏简，一边跑向宋夏简一边喊。那人听到熟悉的声音愣住了，眼神中随之多出一丝光亮。

"走，快跟我走。"陆祈安拉起宋夏简的胳膊就拽着走。

"走？去哪儿？什么事这么着急？"

"去找叶教练，路上说。"

陆祈安抬手看了看手表，"离训练还有一段时间，来得及。"

体校离课外班并不远。两个人边走边谈。

"到底什么事？"宋夏简有些着急。

"我今天去找了阿姨，我想劝说阿姨同意你继续训练，结果……"陆祈安看了一眼身边的宋夏简，见他低头不语，表情凝重。

"不过，你别担心，我想到办法了，我们去找叶教练，他是你的教练，又和阿姨比较熟悉，肯定可以说服阿姨的，而且……"

"没用的！"一直沉默的宋夏简停下了脚步，打断了陆祈安的话，"找谁也没有用的！"

"哎呀，走吧，来都来了。"陆祈安推着宋夏简，两个人一起来到了叶教练的办公室门口，轻扣三声。

"请进。"里边传出来叶教练的声音。

陆祈安推门而入，右手还拽着宋夏简。两个人同时说："叶教练好。"

"呵呵，你俩怎么来了？坐。"叶教练坐着桌前笑呵呵地说。

陆祈安和宋夏简坐在叶教练对面的凳子上。陆祈安先开口："叶教练，我们想请您帮个忙。是这样，宋夏简的妈妈不同意他参加省队，让他回家好好学习，最近宋夏简都不来训练了，我非常着急，就去找阿姨了，结果没有说服阿姨，所以想请叶教练帮忙劝说一下阿姨，让宋夏简来参加训练。训练很紧张，不能耽误呀。"

叶教练拿起桌上的茶缸，喝了两口，没有说话。

陆祈安焦急地看向叶教练，一旁的宋夏简则是低头不语，但是两手交叉紧紧握在身前。

叶教练沉默了一下，目光转向宋夏简开口询问道："小简，你怎么想？"

宋夏简忙起身，顿了顿，还是鼓起勇气小声说道："我想参加训练，可是……我……"

"父母之爱子，则为之计深远。父母都是会为孩子的长远考虑的。"叶教练起身来到宋夏简身边拍了拍他的肩膀，"每个人都有美好的梦想，只有坚持，你的梦想才能实现。"

"我知道了，叶教练。"宋夏简眼眶微红，看向叶教练大声说，"我要继续参加训练！"

叶教练呵呵一笑："好，那其他的事情包在我身上。"三人相视一笑。

球队训练结束后，陆祈安同叶教练一起来到了宋夏简家门前，烈日炙烤着大地，树上的知了执着地叫着，好像在和他们示威。

陆祈安再次礼貌地敲了敲门，时间不长，宋母轻手轻脚地把门打开，一看又是陆祈安说："你怎么又来了？上次不是跟你说清了吗，这位是？"

陆祈安赶紧说："阿姨您好，这是我们球队的叶教练。"

"哦，叶教练您好，快请进，不好意思，孩子刚睡着。"

进屋之后，叶教练又大概了解了夏简的一些基本情况，平静地对宋母说："夏简这孩子性格比较内向，刚来时不爱说话，因为家庭条件不好又有点儿自卑，总觉得自己不如身边的同学们。但在队里和队员们一起训练后，明显比以前开朗了许多，重要的是他充满了自信，他的意志力也影响了这个球队，这对一个孩子来说，这是多么难能可贵。假如因为某些能克服的困难退出省队，那就太可惜了，不仅不能发挥他的天赋，也熄灭了他远大的理想和为国争光的远大抱负。您的顾虑我们也大概清楚了，请您放心，我会和上级组织申请，也会和队友们共克难关，训练和学习两不误，一起同宋夏简实现他的梦想。"

宋母听后，眼里噙满了泪水说："我们家庭条件不好，没敢想他能有这么大的理想，也没想到他有这么大的决心，谢谢叶教练对孩子这么用心，我答应您，我一定去看孩子比赛。"宋夏简都没想到，事情这么容易。

晚上，宋夏简为了感谢陆祈安，送给了他一副球拍……

比赛开始了，叶教练："小宋，注意我的发球动作。""放心吧，教练。"话音刚落，叶教练猛地把乒乓球打出，乒乓球以迅雷不及掩耳之势冲向了宋夏简，宋夏简瞳孔猛然一缩，但还是下意识地做出了动作，啪嗒，乒乓球被宋夏简接下并打向了叶教练，"不错，能够快速反应过来！"叶教练的心里默默赞赏了一句，"小心，接下来我要认真了，小心一点儿。"宋夏简："我一直都很认真，来吧！"叶教练嘴角划过不易察觉的微笑，随后叶教练猛地一下把乒乓球打向宋夏简，这一次比上一次要快得多，宋夏简愣了一下，快速地用球拍去接球，虽然接住了，但还是偏移了方向，乒乓球从身边划过掉落到了地上。叶教练："这就是你说的，你一直很认真？你这样的话是没法进入省队的。"宋夏简默不作声地把乒乓球捡了起来说："刚才是我大意了，再来。"在最后的一局对决里，宋夏简已经筋疲力尽，握球拍的手不禁开始颤抖，但他并没有放弃，仍顽强地接球并把乒乓球回敬给叶教练，叶教练看着他的状态，不禁眯了眯眼问："小宋，你还能坚持吗？"宋夏简："我什么时候表现出不能坚持的样子了？"叶教练闻言，不禁一愣，虽然表面没有说什么，但还是放慢了打球的速度，宋夏简也察觉到打球速度的变慢，"教练，不用管我，我的状态现在很好，恢复刚才的速度吧。"叶教练默不作声，恢复了刚才打球的速度，直到宋夏简快坚持不住的时候，叶教练故意卖个破绽，让宋夏简赢了。宋母不禁微微一愣，擦了擦眼睛，看向自己儿子的身影，仿佛儿子在和她说：母亲，答应我吧，我会为了我的梦想不断努力，直到成功为止。宋母的心中有些触动。

自从得到宋母的支持和陆祈安的帮助以后，宋夏简终于跨过了心里的那道坎。

他们从打球的基本技巧开始训练，然后，再互相对打练习一些高水平

2202 班张洛伊创作

技术动作，如练发一些回头球和近网边线球等。在互相对打的过程中，宋夏简和陆祈安也会注意到对方的漏洞和弱点，并反思自己的缺点和不足。对打结束之后他们会互相讨论如何弥补自己的缺点和弱点，研究发球的规律，利用组合发球技术从而提升威力，并调动对方来控制场上的局面和比赛的节奏，使攻球可以频频得分。生活中通过观察对手比赛的视频或报道，尽可能了解对方的基本情况和打球的一些特点。

经过一系列的高强度训练，宋夏简和陆祈安的实力进一步加强，他们终会在赛场上散发自己的光芒。

第三章　进入全锦赛

梦想得到了母亲的认可，宋夏简每天放学后就飞奔到球馆找陆祈安练球，汗水的挥洒让他感觉如获新生。叶教练趁他们休息时突然蹿到了他们眼前，笑嘻嘻地对他们说："看你们打这么长时间球，也很累了，我批准你们出去玩两天。"

宋夏简一脸疑惑，怀疑地看着叶从琛教练："您不是前两天还要求我们认真打球吗？"

"我不是看你太紧张了吗，出去玩两天吧！"

宋夏简推了正在思考的陆祈安一把："你买机票啊！"

陆祈安撇嘴道："薅羊毛也不能照这一只薅啊！"

三个小时的飞行后，他们到达了 H 市机场。踏出大门，夹杂着鱼腥味的海风扑面而来，宋夏简被阳光刺得睁不开眼，还不忘眯着眼东张西望。

"真不懂这有啥好看的……"

"不懂欣赏……"

宋夏简和陆祈安又到了日常拌嘴时刻。宋夏简伸手打了一辆出租车。

"靓仔，去哪里呀？"

"W 海滩。"

"好啊！我跟你们说啊，去那儿好，那最适合潜水了，我可去过那儿的海里，水又清又蓝，鱼也超级多，拍照打卡最适合不过啦。"

宋夏简有些许心动，他看向陆祈安："姓宋的，你可别想啊，那么贵。"

"啊呀，您堂堂富家公子，还差那点儿钱吗，走啦！"

陆祈安被宋夏简强拉着来到潜水基地，拿起一套潜水服，递给宋夏简，教他怎么穿，宋夏简第一次玩，笨手笨脚地穿上潜水服，一个跟头栽到了水里，陆祈安见宋夏简下去了，也跟着跳了下去。

潜进水里宋夏简被惊呆了："原来海底的世界这么美啊！"

陆祈安隔着两层潜水镜都看到宋夏简那被好奇而无限放大的目光，好像能装下整个世界。海水碧蓝清透，除了斑斓，还是斑斓。鱼儿与他渐近，他伸手，它们却调皮地逃开。最终还是时间催促他上岸，要不然他想永远待在下面。

"姓宋的，我给你买的是最贵的套餐，你要怎么感谢我？"

"要不你再让我下去一次？"

"可以呀，我给你买一根棍子，你自己打晕你自己，梦里啥都有。"

宋夏简眼里闪过一丝失落。陆祈安跟在他身后，夕阳西下，照亮了海天一线，宋夏简身上似被镀上了一层金，发丝根根分明，随着微风轻摆。天空中几只海鸟孤零零地飞过，渐行渐远的帆船消失在海岸线的尽头。阳光温暖地照着金色的沙滩，使沙子泛出点点亮眼的银光，海浪不知疲惫地拍击着礁石，溅起阵阵白色的浪花。沙滩上的游人三五成群，快乐地追逐嬉闹着……两人悠闲地坐在沙滩上，略带咸味的清新海风迎面扑来，不时传来阵阵欢笑声和海浪的翻滚声。忙里偷闲，两人要陷在这温柔乡里了。一阵急促的电话铃声打破了这片刻的宁静，是陆祈安的，他伸手拿起电话，本来轻松的面容渐渐严肃起来。

"怎么了？"宋夏简小心翼翼地询问道。"是省体育局打来的，今年体育局打破了教练确定的名单，所有队员都要经过严格的选拔赛才有资格参加全锦会。"陆祈安若有所思。"所以，咱们要离开这里了？""看来是的。"陆祈安说，"参加全锦赛是咱们的共同目标，取得了好成绩就有机会杀进国家队，将来才有可能为国争光。这是个千载难逢的机会，我们艰苦训练不就是在等这个机会吗？千里马常有伯乐不常有的道理咱们都知道吧，现在就是关键时刻，眼前这美丽的风景只能放一放了，抓紧赶回去训练吧。""好。"两人一起匆忙离开了这美丽的海滩，向着他们心中更高的理想和目标迈着坚定的步伐出发了。

陆祈安和宋夏简刚回到训练营，教练们便着急地召集他们进行训练，可以看出两位教练真的很在乎这次选拔赛。长途奔波，再经过一天的高强度训练，陆祈安和宋夏简疲惫不堪，衣服上都能拧出水来。此刻，他俩只想在床上"躺尸"。

"没想到假期没歇几天，体力倒是下降了不少，真是有些放松过头了！"宋夏简想到自己今天的表现，不禁自我检讨起来。

"没事，这是正常现象，多认真持续训练几天就好了。"陆祈安在一旁安慰道。

第二天，陆祈安和宋夏简早早来到训练场，开始了新一天的训练课程。训练刚开始一会儿，陆祈安的死对头时成景就跑过来了。

"怎么样，刚恢复训练不会受不了了吧？"时成景笑着问道，语气中明显带着些挑衅的意思。

陆祈安轻声一笑，反问道："我倒没什么问题，只不过你假期结束后球技怎么样了，不会大不如前了吧？"

时成景才不示弱："谁说的，有胆量的话，结束训练后咱俩就比一场。"

"比就比，又不是打不过你。"陆祈安欣然接受。

比赛的消息不胫而走，晚饭刚结束，比赛场地就热闹起来，队友们甚至有的教练也来围观。本来是一场小小的较量，里三层外三层的围观人员一下子让陆祈安和时成景的压力陡增。两人不敢懈怠，全身心投入比赛中。陆祈安和时成景本身实力就不相上下，纷纷使出看家绝学，运用的战术也算是无懈可击。比赛7局4胜，两人的比分咬得非常紧，前面6局打成了平手。第7局一开始，两人的分数就你追我赶，很快比分10∶9，陆祈安领先一球。陆祈安擦了擦汗，回到乒乓球台前，时成景已经严阵以待。他稳了稳心神，随即紧紧盯住手中的乒乓球，抛出，击球，乒乓球以一个漂亮的弧线飞过去，时成景犹豫了一下，输了。周围人群中爆发出激烈的掌声。

不管谁输谁赢，这都是一场精彩的高手对决。陆祈安走过去和时成景握手，时成景心服口服："但是我不会放弃打赢你的。"

这场比赛，磨掉了时成景的一些傲气，直到选拔赛前也没有再生事端。陆祈安也深深感受到了来自队友们的竞技压力，在后续的训练中，也更加刻苦。他的这股劲头，也无形中带动着宋夏简。经过一段时间的高强度集中训练，陆祈安和宋夏简正式迎来了选拔赛的考验。

进入比赛现场，映入眼帘的是无数台各式各样的摄像机与一张方方正正的蓝色球台。尽管陆祈安与宋夏简训练了很久，但面对着成千上万的观众和数不胜数的摄像机，他们心里仍是忐忑不安。在做热身运动时，宋夏简向陆祈安问道："马上就开始了，你紧张吗？"陆祈安毫不犹豫地答道："既然咱们能参加选拔赛，难道还怕他不成？放心吧，我们一定能赢！"

伴随着裁判员的一声哨响，首先上场的是陆祈安，只见球在刹那间像闪电一样嗖的一声飞过来，陆祈安全神贯注地紧盯来球，以迅雷不及掩耳之势击球回去，一声声清脆的拍球声在场馆中回荡。几个回合下来，虽然陆祈安汗流浃背，但是他丝毫不给对方机会，连连得分。终于经四十分钟的激烈战斗，陆祈安以 3：1 的比分取胜。

2202 班张洛伊创作

接下来是宋夏简出场，宋夏简面对身材健壮的对手，丝毫没有畏惧，利用自己独特球感多次挫败了对方的"阴招儿"但在后半段时，由于体力原因加上发球力量没有控制得当，导致对手有了可乘之机，宋夏简为了与陆祈安的约定——打进决赛，有机会冲进国家队这一目标，亮出了自己的撒手锏——回击弧圈球，他连赢两球扭转了不利局面。最终经过整整六十分钟的对决，宋夏简以3：2的比分拿下比赛。最终陆祈安和宋夏简二人以精湛的球技，惊人的毅力赢得了本次选拔赛，成功晋级全锦赛，他们向"入选国家队"这一目标又前进了一步！

经过前期刻苦的训练，最终，他们通过了选拔赛的激烈角逐，成功取得全锦赛名额。在一次训练中，宋夏简的手腕被拉伤了。陆祈安："你快去休息，你的手腕都拉伤了。"宋夏简："没事没事，这就一点儿小伤，没什么大不了的。"宋夏简的妈妈得知了宋夏简的手腕因为打乒乓球而拉伤了，急忙来查看伤势。宋夏简妈妈说："你先去休息一下吧！等伤好了再训练吧。"宋夏简："我想为全锦赛做准备，我知道你很为我的伤势着急，可是，我这次的伤势真的不严重，而且我真的想在全锦赛上夺得冠军，让我训练吧！"

第四章　跨过迷茫

　　宋夏简和陆祈安在乒乓球训练场上，球拍如剑，你来我往，激烈无比。宋夏简如同一只猛虎在球场上游走，每一次挥拍，都带着猛烈的风声，让人无法抵挡。而陆祈安则如同一只灵动的燕子，每一次接球，都灵巧地将对手的节奏打乱。场边的教练们吹着口哨，手中的笔记本在不断记录着两人的招式和战术，他们表情严肃，眼神专注，仿佛也在球场的激战中寻找着新的灵感和突破口。

　　乒乓球在球拍之间飞射，犹如繁星在夜空中闪烁。它旋转着从一侧飞来，又以另一种方式迅速反弹回去。每一次的接球和反攻，都是对两人技术和意志的考验。汗水从两人的脸颊上滑落，浸湿了他们的运动衣。两人呼吸急促，心跳如鼓，仿佛每一次的呼吸都能感受到比赛的气息。他们全神贯注，全世界仿佛只剩下那个小小的球和他们来回挥拍。

　　陆祈安突然一个迅速的下旋球，让宋夏简不得不跳起来去够球，只见宋夏简一愣，然后迅速调整自己的步法，把球打回去。陆祈安立刻反应过来，用拍子灵巧地击球，球像闪电一样向宋夏简飞去。宋夏简面无表情，双眼锁定飞来的球，手中球拍如同利剑一般挥出。球在空中划出一道优美的弧线，然后准确地击打在陆祈安的反手位。砰，乒乓球落在桌上的声音，像是最后的钟声，宣告着他们的结束。宋夏简和陆祈安相视一笑放下了手中的球拍。他们知道，今天的训练已经达到了他们想要的效果。周围的气氛仿佛也为他们的球技而欢呼。教练们吹着口哨，记录本上的笔也在唰唰地写着。

宋夏简和陆祈安向教练们走去，准备接受他们的点评和建议。乒乓球训练场的气氛仍旧热烈如火。宋夏简和陆祈安的身影在球场上显得格外醒目。他们的每一次挥拍都充满了力量和决心，仿佛要击破所有的困难和挑战。乒乓球的每一次击打都像是在敲击他们的心灵，让他们更加坚定了自己的信念。他们知道，只有通过不断的努力和训练，才能在这个激烈的比赛中获得胜利。训练结束后，宋夏简和陆祈安静静地坐在场边，边补充水分，边望着夕阳下的训练场。他们的脸上还带着未干的汗水，眼神中充满了满足和自信。这一刻，他们不再只是对手，而是并肩作战的战友。

宋夏简和陆祈安在训练的时候，恨不得把所有的技术都练一遍，但时间紧迫，他们只能通过训练时教练的评估决定自己要练的专项，宋夏简决定来练一练发球技巧，但陆祈安还在纠结要不要去练习扣球技巧，他现在经过紧迫的训练，不管是从体力上还是脑力上都已经疲惫不堪了。他看了看认真训练的宋夏简，决定去忽悠一下他，好陪他去打游戏。他若无其事地走过去，瞥了好几眼宋夏简："别练了，你不累吗？咱们来放松会儿吧。"宋夏简说道："累呀，但比赛迫在眉睫，为了赢得比赛，我们得再拼一把。"听完这话，陆祈安想都没想，就把宋夏简拉出了训练场，陆祈安说："训练强度都这么大了，稍微歇会儿吧，不然身体也会吃不消的。"宋夏简听了这话，也决定歇会儿，刚打了没两局，队友就打电话叫他们出去吃饭。他们到达餐厅后，发现所有的队友和教练都在，宋夏简和陆祈安原以为只有他们经常在一起的几个人一起吃个饭，没想到却是为庆祝他们成功入选全锦赛的聚餐，他们两个都被这突如其来的大阵仗整蒙了。但得知是为了庆祝全锦赛的聚餐后，他们开始享受聚餐的快乐。

"宋夏简，有你的信！"宋夏简刚一进校门，门口大爷就大声喊着他的名字。宋夏简接过那封信，望见那信封上烫着一个乒乓球拍形状的金边。他望着那封信，心脏像揣了一只兔子一般怦怦跳得飞快，他一点儿一点儿沿着边小心地拆开了信，里面赫然写着"全锦赛乒乓球男子双打参赛函"。

宋夏简小心翼翼地捧着那封信，将邀请函的规则和参赛时间、地点翻来覆去看了不下十遍，又将上面每行字都读了一遍，翻来覆去小心地望着那信封，生怕漏读了一个字。一封短短一百来字的邀请函硬是让他生生读了一刻钟。他摩挲着那封面的烫金乒乓球拍，觉得那标志仿佛越发烫手了起来，顿时觉得自己浑身的血液都像一锅沸腾的水一样飞速地流动起来。

　　他小心翼翼地将那封信折好放回信封里，并揣进了自己最安全的一个衣兜，飞快向宿舍跑去。他越跑越快，仿佛脚下踏着弹簧一般有力。他的嘴角随着愈加紊乱的气息也抬得越来越高，他一推开宿舍的门就大声喊道："陆祈安！"紧接着他看到了陆祈安的手里也握着一个烫金乒乓球拍形状的信封。陆祈安见到他的一瞬间也猛地站了起来，眼里像是有星点光芒闪烁。"你也收到邀请函了？""你也可以去男子双打了吗？"两人同时开口，一瞬间二人明白了一切。两个少年兴奋地用力拥抱在一起，"太棒了！以后我们可以一起训练，一起向国家队努力了！"宋夏简嘴角不由自主地上扬，高兴地开口。陆祈安兴奋地点了点头，二人相视一笑，走向了训练场。

　　俗话说，能力越大，责任越大。为男子双打做准备，宋夏简和陆祈安二人不仅要每天练习基本的单兵作战技术，而且二人还要试着打配合，磨合二人的默契度。但是即便二人再熟悉，对于男子双打也会有很多需要练习的地方。两人每天都付出比之前翻倍的努力。

　　"我觉得我现在整个人都要散架了！"宋夏简瘫在乒乓球台上，一边扇动着衣襟一边开口吐槽。他浑身仿佛冲了个澡一般被汗浸透，脸上也透着刚运动完后的红晕。陆祈安放下球拍，气喘吁吁地走到他身边靠着，"是啊……每天的训练量都翻倍了。"二人无力地躺在乒乓球台上，精疲力竭地换着气，似乎连嘴都不再想张开了。一阵安静过后，紊乱的呼吸声渐渐平缓了下来。"我们打进了全锦赛的男子双打呢，肯定要付出比之前百倍的努力。"陆祈安轻轻开口，嘴角微微上扬。"是啊，我一想到今后我们也许可能会打进国家队，我的心就怦怦地跳！"宋夏简笑着说。

　　二人仰望着蔚蓝如洗的天空，阳光洒在身上，暖暖的，痒痒的，很舒服。宋夏简抬起手来，望着从指尖间隙漏出的阳光，轻轻笑了笑，把手伸到了陆祈安面前说："加油啊，搭档。"闻言，陆祈安笑了笑，伸手用力击向了那手掌。"嗯，扬帆远航！"

于是，宋夏简和陆祈安开始了难度极大的双打训练，随着训练难度不断增加，陆祈安与宋夏简训练时的压力随之不断增加，陆祈安与宋夏简打球的状态也越来越差，两人打球时越来越不耐烦，有时对方的球打过来自方不愿去接球，积极乐观的宋夏简还保持着平常心，自己打不好球就仔细反省自己的失误，想着怎么避免问题。然而自傲的陆祈安在失误输球后脸色不怎么好看，常常把失误的责任全怪在宋夏简身上，总说宋夏简妨碍自己。宋夏简气不打一处来，认为陆祈安不在自己身上找问题还把对方当作出气筒，宋夏简与陆祈安互相指责对方失误的地方，矛盾大幅加剧，甚至到了要大吵一架的地步，于是，宋夏简和陆祈安都开始厌倦与对方一起训练双打，各自练习各自的球，而没有想着如何让两人更加默契，更加团结起来，连在奥运双打赛场上大放光彩，拿下冠军的梦想也抛之脑后了。

到了模拟赛这天，陆祈安还是冷着脸。伴随着裁判的一声哨响，比赛开始了，首先是对手发球，他发了一个低球，陆祈安轻松地推挡了回来，对手看准时机，用力扣了一球，陆祈安和宋夏简一起向中间扑，砰的一声，两人撞到了一起，球快速弹了出去。"1：0！"裁判喊道。宋夏简无奈地摇了摇头，没想到第一局就输了。第二局开始，陆祈安和宋夏简接连失球，没有配合，转眼间比分就来到了6：3，陆祈安竭力拼搏，目不转睛地盯着球，可惜还是丢了第二局。第三局也输了。到了决胜局，对手看出两人状态越来越差，于是攻势越发猛烈，陆祈安和宋夏简有些招架不住，连连失利，比分很快来到7：4，这时两人才意识自己的愚蠢，双打是两个人合作的比赛，必须两人合作才能获胜。打完后，宋夏简找到陆祈安，说道："抱歉啊，我们一起训练吧，我们一起合作才能获胜。"陆祈安点了点头："不用道歉，我也有错，一起训练吧。"两人现在关系缓和，一些关于双打上两人出现的问题也就能提出来，一些话也能说出口，陆祈安直接道："就咱们现在打得这样，在全锦赛上，不出意外绝对输。"迟疑了一下，他又认真地说，"不对，就算别的选手出了什么意外，就咱们这状态打，也得输。"宋夏简笑了笑，莫名觉得陆祈安这样挺可爱，又点了点头，正色道："嗯，我们去找叶教练，毕竟他比我们有经验，我们出现的问题自己可能察觉不到，但在他看来一定是显而易见的，我觉得他一定能帮助我们解决，这对他来说一定是小菜一碟的。"陆祈安一边听他说，一边点头，但心里却是不露声色地想：为什么我觉得你这语气怎么这么像……炫耀自己的父亲，好奇怪。

两人去找了叶从琛，叶教练听完他们现在的情况后，先是微笑地说："我还以为像你们这样的关系，再怎么着也不会吵架的。"接着他又语气一转，"不过你们现在这样的状态，的确也不行，我给你们制定个方案，你们这几周就按照我的方案来训练吧。"他顿了顿，又严肃地看着两人，"但是，你们每天日常的训练也得照常进行。我给你们制定的方案只算是加练，别想着偷懒。"

接下来的几周，两人开始了严格的高强度训练。他们一次又一次不厌其烦地发球、接球，累到抬不起腰也一遍又一遍地咬牙练习跨步、滑步、交叉步……随着时间的流逝，两人的默契成倍地增加，技术也越来越娴熟，越来越成型了。

正当二人自信满满地认为他们能顺利完成比赛时，一次意外却宛如惊天之雷劈向了他们。

时间来到赛前最后几个训练日。这时，陆祈安和宋夏简正在和陪练进行双打训练赛。他们必须聚精会神地迎接对面发出的每一个球，并完美地击回——为了全锦赛，必须在平日的训练中做到零失误。

他们必须超越自己。

他们一定要进入国家队。

这场训练赛紧张、激烈到了极点，双方的默契都几乎天衣无缝，实力不分伯仲。因为比赛许久也没分出胜负，气氛已和全锦赛相差无几，所以使得一旁的教练们看得都屏息凝神。

"现在，每一场训练赛都要当成全锦赛现场来对待。"宋夏简心中默念，"我们必须赢。"

就在这时，对面由于体力不支，反手攻球时机掌握不佳，露出了破绽，宋夏简明显感觉到对手心态已经开始不稳。

他在一瞬间清晰地捕捉到了对手的弱点，心中已有了数。"现在，我只需要进行一记漂亮的侧身攻球，就能完美地赢下比赛。"

他迅速地转腰，挥拍，预备发力……

三，二，一，击球！

他在那一瞬间突然发觉手腕有一种熟悉的痛感。

在教练、对手以及陆祈安惊叹的目光下，宋夏简自信地……

微笑着……

单膝跪在了橡胶地面上。

一只手还撑着球台。另一只手抽搐着半悬在空中。

他嘴角也在抽搐，但还在微笑，疼得抽搐。

"宋夏简，你怎么了！"陆祈安惊讶地大吼。

教练宣布训练赛中止后，陆祈安换着宋夏简回到了休息区。他中途没有说一句话，但能从他阴沉的脸色中感觉到，情况不妙。检查清楚宋夏简的伤势后，教练叹了口气："宋夏简，你的手腕伤，是不是因为最近没有拉伸好？"

"不是，是、旧、伤。"宋夏简强忍着手腕的疼痛，从嘴里艰难地吐出五个字。一旁的陆祈安，在教练接下来的询问中安静地听着，仍然一个字都没有说。

但在训练结束后，陆祈安还是担忧地找到宋夏简："宋夏简，你当时拉伤了，为什么不去看医生？

"你这次伤势比上次严重，那全锦赛怎么办？如果你的妈妈又改了主意，不同意你打球怎么办？

"如果你的梦想没有实现，你为了这份事业拼搏的理由又是什么？我们白费了那么多又是为了什么？为了换来这样的结局吗？

"宋夏简，我们离实现梦想只差一步之遥，我们要么踏出这一步，要么止步不前，但是没有退路。我们现在，是能摘到星星的人。因此，对于全锦赛，我们不能再存有一丝不确定因素了。这些道理，原本是你该讲给我的。"

"你打算怎么办？"陆祈安意识到自己有些焦急，叹了口气问他，"你要退赛，还是坚持比赛？"

"我要坚持。"宋夏简像陆祈安所期望的那样，坚定地说出了这四个字。他望着眼前惊喜又欣慰的陆祈安，又坚定地重复了一遍，"我要坚持。"

陆祈安笑了，他本来想夸两句宋夏简，可最终也没说出口。他最后只说了一句话："不管怎么样，我会永远支持你。"

这不仅仅是陆祈安对搭档的鼓励，这也是他想对自己说的话。

在接下来的日子里，宋夏简还是咬牙进行了简单的训练保持球感。只要一天不练习，就会被眼尖的对手看出来。

"记住，全力以赴。"

全锦赛当天，叶教练特地到了现场，鼓励宋夏简和陆祈安。

"以你们的实力，打进个前十没问题。受伤了也一样！心态最重要，相信我。"

"谢谢叶教练！"

二人谢过叶教练，便开始最后争分夺秒的练习。

全锦赛开幕了。

在全锦赛中，单项比赛的正赛采用淘汰制，其中，单打比赛和混合双打比赛为每场比赛 7 局 4 胜制，每局比赛 11 分制；男、女双打比赛半决赛、决赛采用 7 局 4 胜制；其余轮次比赛采用 5 局 3 胜制，每局比赛 11 分制。

而二人需要在单打中，进入前八名。这对手腕负伤的宋夏简来说，是极其艰难的挑战。他必须，一定，绝对要保持完美的心态。

刚上场时，他闭着眼睛，紧握球拍不断回忆练得滚瓜烂熟的各种动作……

裁判示意比赛开始，宋夏简猛地睁开双眼，迅捷地发出了一球。

那是一发超越肉体上的疼痛与知觉发出的球，这是宋夏简的精神所击出的球。在对方惊愕的目光中，他凭这一球就拿了一分。

接下来，就是真正的凭实力的战斗了。

陆祈安那边的情况在所有人的意料之中，他非常顺利，一路连胜，毫无坎坷，异于常人的天赋几乎令众人倾倒。

二人在各自的舞台上，披荆斩棘，乘风破浪。

七天后，比赛结束了。

二人不负众望，以综合比分第三和第六的成绩，进入了国家队。

陆祈安拿到了铜牌。他站上领奖台的那一刻，脸上洋溢着喜悦和幸福的笑。这是平时连他的父亲也不常看到的。

闭幕式后，宋夏简和陆祈安坐在休息室里畅快地闲聊。

他们的教练来找他们了。陆祈安往上一瞥，瞧出了他嘴角掩饰不住的弧度，"你俩都进了，哈哈哈哈哈……"

"一个全锦赛单打第三，一个第六！其中一个手腕还有伤，裁判们一个劲儿地夸你俩！哈哈哈哈哈哈……"

"您这么高兴啊？是不是因为我们马上就走了啊？多来看看我们呗。"宋夏简的伤已有好转，他浑身轻松地和教练打趣。

"你小子，你们走了别忘了来看我是真的！这么给我长脸我恨不得每天都去找你们呢，哈哈哈哈哈哈……"

教练边笑边要出门。"对了，叶教在外面等你俩呢，快出去让他也笑会儿，哈哈哈哈哈哈哈哈哈哈……

二人连忙出门去见叶教练。叶教练嘴角的弧度比他们的教练还要大。

"你们俩，可以啊！尤其是宋夏简，我还以为你卡第八名进呢，没想到是第六名，厉害！"

宋夏简不好意思地笑："哪有哪有，都是您的栽培啊。"他说这句话的语气无比真诚。

"叶教练，我比他名次高，您怎么还光夸他呢！"陆祈安半开玩笑地说。

"你也一样厉害，小子！"叶教练哈哈大笑起来。"不过等他伤好了，谁厉害还不一定呢！"

"只要他还是我的搭档，他就会很强。"陆祈安也笑。

"合着我的成绩都归到你身上了呗！"宋夏简朝他龇牙。

"别闹了，小伙子们。"叶教语重心长地说，"我还有点儿事情，马上就要走。别看你们现在进了国家集训队，以后的路还长着呢，别太骄傲！国内就算以后没有能和你俩打的，还有国外的选手呢。

"你们进了国家队，就要为国争光。以后时刻记住：你们代表的是国家。

"行了，我就说这么多，咱们到时候见。"

2202 班张洛伊创作

叶教练随后便离开了，留下两个童心未泯、此刻还在玩闹的孩子……前面，是一棵银杏树。

叶教的身影停在银杏树下，

他抬头凝视着泛黄的树叶。

他见证了两个少年的成长，

他记录着他们生命的故事。

如同这银杏般美如图画，

如同这梦想般璀璨如歌。

最终，他将化为落叶归根入土，连接着无数枝叶，传颂着两个乒乓少年的传说。

第五章　常胜，常败？

　　进入国家队，陆祈安和宋夏简为了增强自己的体能和技能，他们夜以继日地训练。训练过程是辛苦的，准备姿势、发球、接发球、反手攻球、正手攻球、推挡球、搓球……每一个动作反复练习，常常累得满头大汗，甚至晚上都没顾上洗澡就瘫倒在床上睡着了。但他们相信努力一定会有收获，他们就这样相互鼓励，要求自己每一天都要进步一点儿。

　　终于，陆祈安和宋夏简等到了第一次正式比赛的通知。听到这个消息，两人十分兴奋，验证实力的时刻终于到了，这是他们所期盼的。可是他们也得知了一个不太好的消息——这次比赛他们的对手虽然年轻，但都是被外界看好的天赋型选手，他们都曾经参加过大型比赛并且拿到过不错的成绩，参赛经验也是比较丰富的。而宋夏简和陆祈安除了参加过几场小规模的比赛外没有任何经验，属于球场上的新面孔，所以很多人并不看好他们，大家认为陆祈安和宋夏简的胜算很小，最多也只是增加一些比赛经验而已，甚至还有人认为他们是托关系才进入这次比赛的。

　　外界的种种说法传到陆祈安和宋夏简耳朵里，难免让两个人有点儿担心和失落，但是他们相信自己前期的努力也不会白费，因为他们所有的努力都是真实的。所以他们决定全身心投入比赛，不听外界任何议论。就这样，陆祈安和宋夏简摆正心态，相互鼓励，决定用比赛成绩证实自己的实力。

　　接下来，陆祈安和宋夏简便更加努力地训练。为了赛前做更充足的准备，他们请教了老师也查阅了资料；同时他们分析了比赛对手的优势和劣势，反复观看他们曾经比赛的视频，希望做到"知己知彼，百战百胜"；利用闲暇时间闭目冥想，想象比赛场景，想象自己轻松自如，势不可当，想象自己超水平发挥……这样能给自己带来更大的信心。

陆祈安和宋夏简每天的生活就是训练、吃饭、睡觉。每当他们感到心神疲惫时，就看看日历牌上比赛的日期，便有了力量，觉得每天的生活再累也值得……

终于，陆祈安和宋夏简站在了赛场。这一刻，他们感受到身边的气氛紧张而激烈。周围的观众热切地等待着比赛的开始，他们的目光都集中在这对双打选手身上。他们的胸前佩戴着Ａ国的徽章，这是一种荣誉和责任。虽然陆祈安和宋夏简已经做好了充分的准备，但内心的忐忑仍然无法避免。他们的心跳加速，思维变得异常敏捷。他们互相对视，彼此鼓励，但也能看到彼此眼中的不安和紧张。他们深呼吸，试图平复自己的情绪，但内心的焦虑像野兽一样无法轻易制服。他们将来要代表国家出战，这不仅是他们的荣誉，更是他们的责任。他们清楚，每一次挥拍，每一次防守，都需要全力以赴，因为这不仅仅是一场比赛，这是国家的象征。他们不仅仅是为了自己的荣誉而战，更是为了国家而战。

第一场比赛开始了。陆祈安率先发球，只听砰的一声，那橙色的小球像一颗炮弹一样飞了出去。"0：1！原来是陆祈安用力过猛导致球飞出去了！"解说员的话刚出口观众席里就发出了阵阵的讨论声。

"这个陆祈安是不是不行啊？"

"一看技术就不咋地！"

突然观众席中一名男生大吼道：

"你们行你们上啊！"全场瞬间安静！仔细一看原来是时成景！

赛场上宋夏简小声问陆祈安："你是不是紧张啊？"

"是有一点儿紧张。"陆祈安也小声回答着。

"也是啊！没想到能有这么多人，我也挺紧张的。"宋夏简小声感慨着。

比赛还在继续，比分已经到了1：2。又到了陆祈安发球了，只见球被他在桌上轻轻一颠，球拍猛然摩擦，球被发射直击对手的球桌！对手被这凶猛的攻势所震住导致没有接到从桌子上反弹来的球。"2：2！"解说员激动地大吼着！宋夏简则是在欢呼！陆祈安却只是松了一口气。因为他知道比分只是刚追平而已，结局未定还不能高兴得太早。对方发球，在对方发球之后双方僵持了七八个回合，最终以对手的一个暴扣结束了战斗。

"第一场输了……"陆祈安嘴中嘀咕着走到了休息区坐下，同样来到休息区的宋夏简边擦汗边鼓励道："胜败乃兵家之常事，不要气馁我们还有希望！"陆祈安没有说话眼睛直勾勾地盯着地面，汗慢慢地从头滴到地上，越聚越多。

第二场开始了，陆祈安强行从沉闷中挣脱，继续比赛。"第二场双方比赛继续！这回由Ａ国队员宋夏简发球！"只见宋夏简一手拿球一手拿拍，突然，宋夏简猛地将球抛起，那球在半空中转了几圈后慢慢降低高度，宋夏简看准时机大臂一使劲儿将球拍挥了出去，球被击中飞向对方的桌面，对手以同样的方式回击。时间在扣杀中流失，很快，比赛时间又要结束了，可是陆祈安和宋夏简却低于对方二分。在最后一次发球中，陆祈安渐渐有些力不从心，突然对方的一个上旋球向他飞来，但他没有接住。最终他们以１：３的成绩输给了对方。

裁判吹响表示此局比赛结束的哨声，会场上几个荧屏同时打亮，显示出最终的比分，陆祈安和宋夏简输得很难看，尽管这个结果并不出乎意料。他们两个人黑着脸从赛场上走下来。虽然没有被彻底淘汰掉，但是，对手的强大和首战实力，让Ａ国的主力垂头丧气。这时，教练叶从琛走过来，拿毛巾帮陆祈安擦擦汗，没有提输掉比赛的事情，他只是说了一句说："你就把他当作时成景。"叶教练用毛巾指着得意的对手说，"当作训练打就可以，你没有问题的。"听了叶教练的话，两人露出一个比哭还难看的笑容，他们从心理上调整，似乎在说服自己这只是一个再平常不过的训练，既然是一个训练就不需要有心理负担，放开打！

一分钟的休息时间很快就结束了，运动员们重新走上球台。陆祈安用手握紧了球拍，抬头看了看他的队友，然后发出了第一球……

两人在给自己一阵心理疏导后再次站在了他们连输几场的赛场上，只不过这次他们脸上多了几丝自信，相对于前几场比赛，这一场比赛接球轻松了不少，最终以宋夏简的一记杀球结束了比赛，终于他们赢得了一场比赛，两人的脸上也有了笑容。

宋夏简："总算赢了一场，只要咱们的心态放平，就一定能赢！"

此时的宋夏简还沉浸在胜利的喜悦中。

陆祈安："可是咱们如果想要赢的话就必须在下面的两场接连获胜。"

宋夏简："的确，但是下面两场对手的实力也不容小觑，咱们还得赶紧训练。"

很快，下一场比赛到来了。由陆祈安他们发球，因为他们的对手是江阔和沈清这一对天赋型选手，两人心里难免有一些紧张和害怕，害怕自己一个失误就输掉了比赛，害怕如果比赛输了，自己怎么面对叶从深，由于心理压力大，这场球两人打得力不从心，结局就是输掉了比赛。下一场比赛他们重整旗鼓，决定无论如何也不能输，一定要赢。他们慢慢放平心态，将所有精力投入这场比赛中。此时两人眼神坚定，势必一定要赢，这场比赛是对方先发球，前两个球两人接得游刃有余，两人的眼睛就没离开过那一颗白色的乒乓球，但到了后半程比赛两人明显感到了吃力，最后还是输掉了比赛。

两人陷入了深深的自我怀疑中，觉得前期所有的努力都是徒劳，甚至不该走这条路。

接连的挫败感让宋夏简和陆祈安进入了低谷期。宋夏简问陆祈安："是不是我们之前所有的努力都不堪一击呢？"陆祈安心情不佳，但还是安慰道："可能是老天看我们打得太顺利了，怕我们骄傲想让我们收收心呢。"宋夏简笑着回答道："那就要看看我们什么时候可以让人拉咱俩一把啦。"陆祈安笑了笑也没有搭话，但宋夏简和陆祈安都心知肚明，他们现在不仅遇到了平台期还遇到了低谷期，这两个事情放在任何一个人身上都足以击垮他的所有信心。他们两个人也不例外，无数次升起想要放弃的念头，但他们又想要问问自己是否真的甘心，如果现在放弃那么就代表自己付出的所有努力都将付诸东流，这辈子都可能不会再见到自己的老朋友——乒乓球。

　　不甘和挫败无时无刻不环绕着他们的生活，他们也没逃过外界的言语骚扰。不少网友纷纷对宋夏简和陆祈安喊话："看来你们的努力永远都比不过我们的天赋型选手，不就是有点儿训练强度吗？你们有的大家都有，就这么点儿实力和心理素质还代表 A 国呢，脸都被你们丢完了吧！"甚至还有一些记者落井下石，做了一个专版来评价他们这次的比赛。对于这些言论，虽然教练已经告诉过他们不要在意网上的评价做自己就好，他们也表示明白。但说一点儿不在意还是不可能的，本来两人就够怀疑自己的了。现在这些网友和记者还来雪上加霜，两个少年面临着更加严峻的挑战。

2202 班张洛伊创作

第六章　破晓

高低错落的木头房子渐渐浮现在眼前……

两人来到了宋夏简小时候的住处以后先安顿了下来，随后来到了以前宋夏简打球的野球场，两人先做了一下拉伸运动：踢腿、弓步、扩胸、压腿、高抬腿等，随后站到了乒乓球台的两端。

宋夏简轻轻地抚摸着球台："老伙计，好久不见。"

这场对战由陆祈安先发球："准备好了吗？"

"嗯。"

只见乒乓球好似离弦之箭，飞向宋夏简。宋夏简只是一拍，将那球还了回去，形似凶猛之青龙。陆祈安反手又是一拍，形似迅捷之朱雀。此时两人接球的力量一次比一次大，似乎在宣泄着自己的不甘与委屈……

"累了？"

"…………"

陆祈安和宋夏简坐在路边，宋夏简不想激怒陆祈安，更不想让他继续消沉下去，便以两人平时聊天的方式尝试和他沟通。陆祈安攥紧球拍，紧紧盯着前方。一直以来，陆祈安从不将情绪展现在面容上，宋夏简今天第一次发现他眼里闪烁着凶光，还有被他极力遮掩着的自卑与怯懦。

宋夏简期待着他的回复。"你累吗？""不累啊。"宋夏简下意识回答道。他想象了陆祈安所有的回答，埋怨、自我否定甚至和自己大吵一架，自幼的环境和经历让他太难以接受失败了。但是宋夏简唯独没有想到陆祈安会反过来问自己，他不明白陆祈安这句话是何用意，这一时让他手足无措，不知该如何继续，平时能说会道的他在这时面对自己最交心的兄弟竟一个字也说不出来。他不知道该安慰还是鼓励陆祈安，他第一次看不透他，话刚到嘴边就被咽了回去。

"我们继续。"陆祈安快步向球桌走去，宋夏简赶忙跟上。

陆祈安不等宋夏简准备好便抛起球，俯身，击球，一气呵成。宋夏简刚摆好姿势，球即刻到了眼前，凭借多年的训练的反应速度迅速进入状态，接下一球。球刚刚过网，便遭到陆祈安以迅雷不及掩耳之势的一记重击，旋转着飞向桌边，在空中画出一道漂亮的抛物线。宋夏简一个大跨步，抡圆胳膊才救下这一球。宋夏简瞪大眼睛紧紧盯着不断落下跃起的乒乓球，在以往的训练和比赛中从没有采取过这样不顾一切大开大合的打法，他不得不严阵以待。两人打得有来有回，酣畅淋漓，面对陆祈安雨点般疯狂袭来的球，尽管宋夏简能够抓住他的破绽，但体力还是渐渐不支，就将要败给他。宋夏简的球即将触案，正当陆祈安挥拍之时，球突然弹跳出诡异的路径，从他耳边掠过。他正在气头上，又认为自己出现了这样低级的失误，顿时强烈的自卑和气愤涌上心头，就要将手中的球拍砸向地面，又看到了拍柄上镌刻的宋夏简的名字，实在不想伤害这个对自己意义非凡的球拍，便压下怒火。

陆祈安冷静了一些，在球案前站住，伸手摸了摸这张"历尽沧桑"的案子。桌上全是划痕没有一处像平时训练时那样完好光滑。自他们走后，这个案子几乎不再有人使用，灰尘在上面铺作一层毯子。案子被重物压得倾斜、扭曲，球显然不能正常地在案子上弹跳。案子上的网不知所终，取而代之的是一块已经发霉的木板，歪歪斜斜地钉在案子上。但他已经不在乎这些了，输了如此重要的赛事，他不认为自己还能更进一步。他在面对比赛时紧张，也只是因为首次参赛的激动和对比赛对手的重视。

从没有过的，陆祈安对自己的天赋和努力产生了怀疑，甚至一度以为自己没有参加世锦赛的实力。从小到大，在同龄人中他都是天之骄子，哪怕是宋夏简和时成景都没有带给他压力。

"世锦赛……我们还参加吗？"陆祈安的颤抖的声音带着哭腔，他双手撑在球案上，似乎马上就要瘫倒在地上。

"……"这次轮到宋夏简沉默了，他不敢相信眼前发生的事。这还是自己认识的陆祈安吗，他什么时候这么颓败过？"我们一定可以夺冠。"半晌儿，宋夏简才说出这句话。他们输了比赛，陆祈安低落绝望，宋夏简又何尝不是。小时候，是陆祈安让他坚定了梦想，一次又一次地鼓励他，帮助他。面临两人职业生涯有史以来最大的失败，宋夏简深知两人不能就此堕落，一旦放弃这次机会，他们一定会更加怯场，陷入更深的自我否定，他们的未来也将在大众否认、埋怨的目光下变得寸步难行。因此，他必须坚强一次，带领陆祈安走出阴霾。

看着陆祈安魂不守舍的样子，宋夏简万分焦急。他要陆祈安跟着自己，带着他又一次来到自家门前。

"你知道吗，刚才那个破球桌曾是我梦寐以求的东西。"

陆祈安当然知道，他并不想理会宋夏简。

宋夏简推开门，他的母亲早已搬离这里，但这里的一切物品，仅有一层灰尘附在上面，没有之前的破败，也没有之前因漏水东西脱落的墙皮，更没有之前发霉的家具和刺鼻的味道，一切给人的感觉只有陈旧和沧桑。宋夏简瞪大了眼睛，他立刻想到了这些都是陆祈安为他准备的。

"我本想比赛结束后给你一个惊喜，现在看来不用了，我们不会再一起比赛了。"陆祈安不再掩饰他深深的失落。

"别这样说！就算是为了我你也应该继续下去！"

"你另寻高明吧。"

"是你一直帮助我，让我走上了这条路，明白了梦想的意义，你现在却要放弃，放弃我们一直以来苦苦追寻的梦！"

"…………"

"我们为了参赛付出了多少努力，你甘心吗！"

"…………"

"呼——"宋夏简长出一口气，"我没跟你谈起过。在我小时候，我们一群孩子围着黑白电视，看着球赛断断续续的画面，羡慕得不行。那是我第一次看到乒乓球这种运动，只是第一眼，两个运动员矫健的身姿就深深地刻在了我的心里。在离家很远的地方，我们一群孩子偷偷从工地里捡了许多砖，垒成四根柱子，费了老大劲才找到一块足够大的木板放上去当案子，用随处拾的石片和木板当拍子，没有球网，集钱买了一个乒乓球，就开打了。我们的'球桌'吸引了好多周围的孩子和大人来打球。我知道这件事肯定瞒不住我妈，只能就此作罢。我知道，你想要打球只是一句话的事，家人不会干预你，还能给你提供所有你想要的。但我和你不一样，梦想对于我来说是真正的遥不可及，哪怕只是打球这样一件事，对我来说都如此难以实现。你从小的环境让你无法理解这样的事，我并不乞求你能理解，只是想你知道梦想对于我有多重要，我已经走到现在，我一定不会半途而废，更不想你因为这一次而自暴自弃。如果我放弃了，我对不起你，对不起叶教练，对不起我母亲，更对不起我自己。你这个不需要为生计担忧、衣来伸手饭来张口的大少爷，一定理解不了，你对他人的恩情根本没有清楚的概念！"

"我能理解。"

"嗬，你没有经历过这些，你如何明白？"

"我能理解。"

"不可能。"

"不可理喻。"

宋夏简一怔，才反应过来，陆祈安和自己都钻牛角尖了，自己本来是要劝说他，怎么反倒情绪失控了。等他意识到不妙，陆祈安已经夺门而出。

宋夏简跑出屋子，天公不作美，豆大的雨点砸在他头上，冰冷的雨水不仅没有使他冷静下来，反而更让他担心陆祈安。他知道，必须马上找到他，比赛迫在眉睫，他绝不想陆祈安因此后悔。他无法使自己冷静下来，他只能想到陆祈安曾带自己登上过的一座小山，他没有犹豫，立即冒着雨向山那边冲过去。

宋夏简没有抱任何希望，他只有抓紧时间碰运气，他没有用手机联系陆祈安，以陆祈安的孤僻高傲，只能当面找到他才有办法。到山脚下时，雨停了，依然没有陆祈安的消息。宋夏简不知道陆祈安和自己的距离有多远，平路上跑步，陡峭的地方手脚并用。半山腰上，他突然听到了陆祈安的喊声。他加快脚步，陆祈安的声音还在山谷里回荡，宋夏简又听到了另一阵声音。"这是……水声！他要干什么！"宋夏简一激动，平地上绊了一跤。等找到陆祈安后，他才发现自己真是幼稚，关心则乱，陆祈安就是再绝望，也不会做出伤害自己的事。

　　"陆祈安！"

　　"陆祈安！"

　　宋夏简狼狈不堪地爬上山顶，火急火燎地跑到两人曾一起去过的湖边，看见陆祈安正在湖边踱步，低头寻找着什么，悠然自得。直到现在宋夏简才感到一些轻微的疼痛，低头看看自己，好像是刚从泥坑里爬出来一样，伸手拍拍身上的泥，没有任何作用。他走到陆祈安旁边，低头环视一遍，没有发现什么他找的东西。这时陆祈安眼睛一亮，似乎知道了他想要的东西。然后，宋夏简就看着他捡起一块石头，弯腰打了一个水漂，陆祈安运气不错，石子在水面上一连跳了二十几下，溅起一圈圈月晕般的涟漪，然后，他转过身来，微笑着看着宋夏简，眼里清澈了许多。宋夏简哭笑不得，脸上的表情从没有这样难看过。

　　"我那么担心你，冒着雨追你到这，你还跟没事人一样在这儿打水漂？我还……"宋夏简想起自己因为怕他陆祈安轻生，连滚带爬地爬了上来，现在冷静下来想想，这里的水还没有陆祈安的膝盖高，清澈见底。他刚跳下去就又站起来了。宋夏简想起这些事后，顿时对自己即将出口的话语羞愧难当。

　　"还什么？"陆祈安戏谑地问。

　　"你还调侃我，我真的生气了。"宋夏简朝陆祈安肩上拍了一下，然后立正，朝陆祈安微微鞠了一躬，"陆祈安，对不起，我的话太过分了，我向你道歉。"

陆祈安微笑着对宋夏简摇摇头，表示没关系，和他一起在岸边坐下，对他说："你真的了解我，就知道我不会放在心上。你还这样一本正经地跟我道歉，不拿我当兄弟啊？""你没事了？"宋夏简试着问。"嘿嘿，当然没有，我也没想要去攻击你，真的，我冲动了，我只是想告诉你，无论别人怎么说，你就是你，对手强又不代表我们弱，无论比赛输赢，你就是你，你永远是我的兄弟。"

宋夏简举起一个乒乓球，将它和将要落山的太阳重合在一起，刹那间夕阳的光辉为这颗乒乓球镶上了金，两个男孩儿的梦想骤然变得光彩夺目，尽管二者大小悬殊，尽管只存在于日落时这短短的一瞬，小小的乒乓球也在这一刻迸发出了太阳的光彩。"你要记住，有光芒才有阴影，属于他们的太阳即将落下，属于我们的太阳就将升起，属于我们的时代终将到来！"

"谢谢你，我都明白。"陆祈安的瞳孔中又激荡起了光芒，相较之前有过之而无不及，但是这一次，他眼中闪烁的是自信，是骄傲，是必胜的信心。"我不会服输，无论是为了你，为了所有爱我的人，还是为了我自己，我都不会放弃。"

"你能这样想就好。"

"当你心处光明，你就看不到黑暗；当你心处黑暗，你就看不到光明。"

"是啊，当你心处光明，你就看不到黑暗；当你心处黑暗，你就看不到光明。"

阳光透过茂密的树叶洒在湖岸上，两个少年的背影渐渐模糊。

两人坐车回到了训练场。

"我认为我们还有很多需要改进的地方，像你刚才的快攻略显僵硬，需要仔细观察是可以找到破绽击破的。"陆祈安指出了宋夏简的不足。

"你的手早就将你的下一步暴露了出来，只需看你的手就能知道你要往哪里打。"宋夏简同样指出不足。

"没错，不仅如此，你太过容易紧张了，你明明打得并不差，却因为紧张发球就失误了。"

"我……我也不想，只是一到赛场上就害怕，害怕因为自己输了，害怕因为自己学艺不精引人看笑话。"

"那么我问你，输了会有什么后果？输了这一场会让咱们被踢出队伍吗？"

"不会。"

"嘿，我以为要抢我的鸡蛋呢，既然输了这一场不会让你我离开队伍，那你就放开了打，输了就下次赢回来，你说怕被别人嘲笑，放屁，你管他们说什么笑什么，赢了都得来夸你打得好，真正强大的人是不会被他人的三言两语影响的。"

在陆祁安的指导下，宋夏简终于不再畏惧于别人的话语，不再紧张。

两人各自反思了自己的不足，相视一眼，共同商定了未来的计划，陆祁安开口道："我们需要更系统的训练，加长训练时间，练习基本功，多多练习，多磨合才能默契。"

每天固定的练习时间，练习基本的步法，练习接球、发球、扣球等技巧，夜以继日地练习，时常连洗澡都忘了就睡着了。

每天的训练十分乏味、枯燥。但他们心中对胜利的渴望支撑着他们的意志。为了练习双打，他们邀请了时成景和顾洛。

"陆祈安，看球！"时成景找准角度，用力挥出一拍。

"反手侧边发球。"陆祈安挑了挑眉，只听砰的一声，乒乓球被陆祈安大力扣杀，如同流星般飞向对面。时成景反应不及，只能任凭乒乓球从耳边飞过。

"哼！肯定是侥幸！"时成景抬起手臂，背过了身去。

顾洛跳过去拍了拍他，表示安慰。他看了看陆祈安，心中不由得生出钦佩之情。自从陆祈安与宋夏简锦标赛落败后，他们一直都在刻苦练习。凭他们现在的心态与技术，无论是发球还是进攻都显得十分得心应手。最终，陆祈安与宋夏简以 2：1 胜过了他们。

时成景抓起了自己的球拍向场外走去。"不打了！不打了！都打一天了，小爷还要回家吃饭呢！你们俩也是，球场那么多人。不要天天找我对练！"

启航

顾洛大步走了过来，对他们说："唉，宋夏简。你刚才那手削球改天教教我呗。"说着他低头看了看表，收起了球拍，跟他们道别，"时间不早了，我该回家了。再见！""再见！"宋夏简微笑着向他挥手。

目送顾洛离开后，宋夏简扭头看向了陆祈安，"你进步了。现在可以把时成景打得落花流水了。"陆祈安仔细回想了这几日的训练，他知道他们正以肉眼可见的速度进步着，但他的心中还是有一丝担忧。"锦标赛……你准备好了吗？""当然，你也准备好了，不是吗？"陆祈安抬起头，与他相视一笑。"嗯！"他想，现在，他准备好了。

时间飞逝，转眼间就来到了世界乒乓球锦标赛开赛的日子。

世界乒乓球锦标赛是由国际乒乓球联合会主办的一项最高水平的世界乒乓球大赛，具有非常广泛的影响力。对于陆祈安和宋夏简来说也是人生中第一次参加如此重大的比赛。

两人又一次站在赛场上，肩负着A国的使命与责任，内心无比忐忑和激动，经历过上次比赛失利的洗礼，两人学会了在挫折中成长，此时，陆祈安和宋夏简眼神坚定地望着对方，两个拳头紧紧握在一起，相互加油！

第一场是单打，陆祈安坚定地走向了赛场。没想到这次又遇到了M国的老对手江阔，江阔一看对手竟然又是陆祈安，眉头一挑，嘴角上扬，满不在乎地调侃道："老对手，又见面了！"

陆祈安眼神坚定，没有回应。

此时，裁判示意对方发球，没想到对方上来就给了陆祈安一个下马威，打了一记漂亮的快攻球，陆祈安开始有些紧张，险些没接住球，心里慌了一下，但马上又镇定下来。只见陆祈安双脚分开，微弯着腰，眼神坚定地盯着对手，心里想着："尽管放马过来吧，这次我一定要一雪前耻！"

幸好这段时间，宋夏简每天和他一起练习，让他的反应速度变得更快，后面更是打得游刃有余，只失手了一个球。

最终以碾压性的优势赢得了冠军！

双打比赛要开始了，陆祁安和宋夏简对视了一眼，不需要多说一句话，仅仅是一个眼神，便能让彼此拥有力量，充满信心，然后两人一起走上了决定命运的舞台。

第一场比赛开始了，发球权在对方手里，对方一个球员将球高高抛起，一挥球拍，将球快速击出去，这时，球如同一只翱翔的小鸟，从天空划过一道弧线，快速地朝陆祁安飞去。陆祁安双眼紧盯着球，手里紧紧握住球拍，看准时机，准备将球拍挥向左面，可是，球却出乎意料地飞向右面，宋夏简反应迅速，高举球拍，使出全身力量，将球击了过去，对方也奋力反击，场面更加激烈。

几个回合下来，陆祁安和宋夏简明显感到这次的对手很强，不过，他们也已经不是以前的他们了，经过长时间的刻苦训练，两人已经配合得非常默契，仅仅只是对视一眼，便知道对方要做什么，这个球应怎么来接，两人相互配合，猛烈地还击、扣杀，好像拥有了无穷无尽的力量，又像是给球施加了魔法一样。时间一分一秒地过去了，对方明显落入了下风，两个人乘胜追击，宋夏简猛地挥动球拍，使出一招儿"绝杀"，球擦着对方的球拍而过，陆祁安和宋夏简以较大优势赢得了比赛。

第一场比赛的胜利，使两人的信心倍增，这也仿佛预示着接下来的胜利。不出意料，在后来的比赛中，两人接连获胜，虽然两人已经汗流浃背，气喘吁吁，不过明显感到对于比赛更加得心应手了。

比赛过后，为了庆祝胜利，爱好独自一人登山的陆祈安竟破天荒带着宋夏简去登山，这是陆祈安第一次带别人去爬山。

两人坐上了陆祈安家里的车，路上他们聊到了他们相遇的那一天，回想起他们训练的时光，他们一起打过的每一场比赛，以及两人站在颁奖台上举起奖杯那辉煌的瞬间。四目相对，两人没心没肺地笑了出来。好像爬山对于他们来说并不是什么难事，相较于队里的高强度训练这次登山更像是放松。但到了半山腰，路开始变得崎岖不平，人也变得多了起来。陆祈安笑着对宋夏简说："半山腰的风景的确很好看，所以有人便放弃了登顶，他们认为自己已经看到了足够漂亮的景色，可他们又怎么会知道山顶会不会更美丽呢？"宋夏简对陆祈安这突如其来的一句话有些不理解，便也没有放在心上。登顶的路上，人越来越少，但看到的景色越来越美。一路上

启航

2202班张洛伊创作

他们相互扶持，相互鼓励。

终于，他们登顶了。宋简夏开心得像个孩子，又蹦又跳，好似在为自己能登上山顶而欢呼，又好似对自己将要看到的美景而充满期待。宋夏简迫不及待地拿出准备好的帐篷，就搭了起来，他望向陆祈安，看到陆祈安还在那儿站着愣神便喊道："愣着干啥，快来帮我啊！"陆祈安被这突如其来的一声吓了一跳，但还是说了句"好"便配合着，三下五除二就把帐篷搭好了。

夜幕降临，月光柔和，在这黑沉沉的夜里，宛如一盏天灯悬在暮色中。点点繁星，也成为这黑夜的点缀。陆祈安对宋夏简说："明天我们一起看日出吧。"宋夏简一听，便赶忙说道："好啊好啊，这还是我第一次在山顶看日出呢。"宋夏简十分高兴，第二天早早就起床了，他使劲儿摇晃着身旁的陆祈安，硬生生把他从睡梦中晃醒。起来以后陆祈安用他那埋怨的眼神看着宋夏简，不过宋夏简是真没注意，他的注意力可全在日出上。

太阳初升，划破云层，阳光从缝隙中流出，为世间万物点染了淡淡碎金。两人并排坐着，看着这世间的美好，或许两人早已成为对方生命中不可缺失的一部分。

第七章　新的丰碑

又是一个早晨，少年们眯着眼渐渐脱离了梦乡，宋夏简走出了宿舍，看着那轮红日感慨道："今天又是美好的一天啊！"队员们像往常一样站好队，等着教练给他们下今天的任务，但队员们等了将近半个小时教练还没出现，不仅让他们有些疑惑。

"教练咋还没来呢？"

"不知道，是不是发生什么事情了？"

听别人这么说，陆祁安也不由得担心起来，自己的爸爸不会真出什么事了吧？

就在众人讨论正欢时，教练才姗姗来迟，"不好意思，来晚了，今天不训练，带你们去一个地方。"

"啊？去哪儿啊教练？"众人又疑惑又兴奋。

"等到了地方，你们就知道了。"

陆祁安的爸爸也就是教练带着所有人一起来到了游乐园，不少队员都傻眼了，因为在路上队员们都在问教练去哪儿，但陆祁安的爸爸只是露出一个神秘的微笑，其他的一字不说。不少人都调侃教练。

"教练，你怎么比我们还放松啊？都要比赛了，还有心情出来玩？"

"对啊，教练，怎么还来这么幼稚的地方？"不少人都附和道。

"这不是让你们出来放松一下嘛，而且这几天这么紧张你们难道不累吗？"

"既然教练都这么说了，那咱就敞开了玩吧！"宋夏简大声地对队友们喊道，然后马上拉着陆祈安跑走了。

宋夏简拉着陆祈安来到了鬼屋入口前。

宋夏简："陆祈安！走，咱们进鬼屋去玩。"

陆祈安："啊这……我不想！"

宋夏简："啧……要不，咱们打个赌！"

陆祈安："打赌？打什么赌？"

宋夏简："咱们就赌……嗯……谁进去要是害怕了吧就请对方吃冰激凌！怎么样？"

陆祈安："行啊，走！你就等着给我买冰激凌吧！"

宋夏简："哈哈，走！"

进了鬼屋，陆祈安和宋夏简两人离得远远的，谁也不搭理谁。突然，听见嗖的一声，一个白色身影带着一股冷飕飕的阴风从陆祈安身边飘过。陆祈安头皮一阵发麻，他心里想：这是什么鬼东西？陆祈安忐忑不安地转过头，"我的天啊！"只见身后，一个披头散发、脸色苍白的女鬼，眼里闪着红光，嘴里发出怪声，手上沾着鲜血，一蹦一跳地向陆祈安逼近。陆祈安被吓得浑身都在颤抖，他蹲在墙角抱着自己，嘴里一直喊着："宋夏简！宋夏简！宋夏简快过来！"

宋夏简和陆祈安两人终于走到了终点，那是一扇布满红手印的大门，陆祈安不顾害怕推开了大门。

宋夏简："你就等着给我买冰激凌吧，是谁在鬼屋里喊：宋夏简！宋夏简！过来过来！"

陆祈安："……"

宋夏简："走，给我买冰激凌去。"

陆祈安："唉！走吧。"

陆祈安和宋夏简到了冰激凌店。

宋夏简："老板，来两个冰激凌。"

陆祈安："一份就行，我不吃。"

宋夏简："你不是挺爱吃冰激凌的吗？"

陆祈安："我被吓得什么也吃不下去了。"

宋夏简："哈哈……"

老板："您的冰激凌好了，给。"

宋夏简："哦，谢谢！"

宋夏简："陆祈安你胆子也太小了吧，哈哈哈！"

陆祈安："你别说了，我以后再也不玩了！"

"姓宋的，想啥呢？"陆祈安裹着浴巾从浴室里出来。

"想着快比赛了，好紧张。"

"啊呀，有什么紧张的，又不是没经历过。"

"呃，可是这次不一样，这是世界杯啊！"

陆祈安也陷入了沉思说："咱们制订一个完美计划吧，到双打的时候一定能用上。"

宋夏简比了一个 OK 的手势："行，可是我不太会制订作战计划，你来吧。"

陆祈安在宋夏简身旁徘徊了一会儿，说："咱们第一把双打是 K 国的一对高手，在他们国家的国家队里算数一数二的，但是他们有一个致命的缺点，太自以为是了，还有骄傲，所以抓住他们这点就一定能赢。"

"你说着简单，可是到了实战该怎么办？"

陆祈安感觉头上像浇了一盆冷水，但马上又想到了什么，说："咱们可以自己模拟对手，进行适应性比赛。"

"好，说干就干，开始吧！"

他们像飞一样冲出了房门，跑向了球场，拿起了自己的专属球拍，气势汹汹地走向了一个空球台。经过几番折腾，陆祈安好像明白了什么，"这样下去也不是办法，还是安静休息吧，养养精神，以应对比赛。"宋夏简疲惫地回到了宿舍，迷迷糊糊地坐在了陆祈安床上，一会儿，累得睡着了，陆祈安回来一看，也是哭笑不得，躺在宋夏简的床上，也睡着了。

醒来已是晚上，他们互相加油打气，准备后天的比赛。

转眼来到了比赛的日子。

在紧张激烈的乒乓球世界杯单打赛中，宋夏简面对着被世界各国都看好的天赋型选手沈清。

比赛开始，沈清发球，宋夏简迅速调整好了自己的状态。他全神贯注地盯着每一个球，以全身心的投入和百分之百的专注度应对沈清的攻势。他利用自己精湛的球技和灵活的身法，将沈清的猛攻一一化解，保持住了自己的优势。

场上的比分逐渐追平，在关键的赛点时，宋夏简展现出了他惊人的爆发力。他运用着精准的击球落点技巧，在沈清猝不及防的情况下，以迅雷不及掩耳之势将球打入对方的空当，取得了宝贵的一分。

这一得分让整个场馆都陷入了短暂的寂静，然后爆发出雷鸣般的掌声和欢呼声。宋夏简深吸一口气，感受着那股胜利的喜悦涌上心头。

接下来的比赛依然充满了激情和对抗。宋夏简没有放松自己的警惕，他再次展现出自己的拼搏精神。每一次击球都充满力量和准确性，每一步都充满灵活和敏捷。他与沈清的对决异常激烈。比赛进行到了关键时刻，沈清只差一个球就能够取得胜利，而此时 A 国的教练喊了暂停。队长陆祈安走到了宋夏简身边，他深情地注视着年轻的选手，然后说道："如果百分之九十九的努力比不上百分之一的天赋的话，那我们就用百分之百的努力打败百分之一的天赋。"

这句话仿佛一股清流涌入了宋夏简心灵的深处。他感受到了这句话背后蕴含的强大力量和信念。于是，宋夏简的眼神变得坚定起来，内心迸发出了无限的斗志，经过一番拉锯战，最终宋夏简以微弱的比分险胜，成功地翻盘。

全场爆发出了热烈的掌声和欢呼声，观众为这场精彩的比赛竖起了大拇指。宋夏简喜极而泣，他感受到了背后全队的支持和自己百分之百努力的回报。这场胜利不仅是一场比赛的胜利，更是对于他个人实力和团队凝聚力的肯定。

两人对他们原先的不安感全部消散了，并且越打越顺手，两人对视一眼并走向各自比赛的赛场，他们虽然不在一起并肩作战，但他们都知道自己的好兄弟不会失手，两人带着这样的信念在接下来的比赛中过关斩将，不管是碰到难缠的对手，还是自己的体力大幅度下降，他们都全力以赴。尽管小有失误输了两场比赛，但是他们几乎淘汰掉了所有与他们对打的对手。

　　然而，危机感并没有消失，毕竟还剩下最后一场决定冠军的比赛。不出所料，在这场决定谁是冠军的赛场上，对打的就是他们各自的好兄弟。这是一场冠军比赛，是由宋夏简对战陆祈安的一场比赛。在登上赛场的那一刻，宋夏简的额头渗出一层薄汗，说不紧张是假的，他并不认为自己可以赢得这场比赛，但如果自己的好兄弟赢得冠军他也会非常开心，毕竟陆祈安的实力是毋庸置疑的。带着这样的矛盾情绪，宋夏简踏上了赛场。

　　此时，另一边的陆祈安也怀揣同样的心情，但他强制自己通过深呼吸放松下来，微笑着走向了赛场。

　　他们清楚地知道，这场比赛的输赢其实已经不重要了，接下来两人只需要以自己日积月累的努力训练和汗水为后盾，打出不让自己后悔的比赛就是完美。

　　比赛进入后半程时，两人的体力明显下降，他们靠着坚强的毅力在坚持，两人心里都非常清楚，现在发出的每一球都是决定性的。然而，此时的他们却是以一种轻松的心情对战。无论胜负，都无愧于心。

　　实力与实力的碰撞，呈现的是一场精彩的视觉盛宴，最终因为宋夏简走神而输掉了一球，比赛以陆祈安的获胜落下帷幕。

　　此时，宋夏简年少时的梦想已然实现，他并无遗憾。他很负责地为自己的青春努力过，这就足矣。

　　随着时间流逝，世乒团体赛接连而至。

　　陆祈安眼底看不出情绪波动，抬眼望着头顶刺眼的白炽灯光，嘴里喃喃道："一切都是最好的安排，希望今天团体赛顺利。"因心思全在将要进行的团体赛上，没留意站在身旁许久的国家队教练，教练伸手在陆祈安眼前晃了两下，眼前蹙眉的少年才回过心神。思索一番，感到教练早就站在这儿等他，忙道："啊，不好意思教练，我刚才因团体赛分神了，没注意到您在这里。"

教练嘴角勾笑，挥挥左手，陆祁安便注意到那手里握着张世乒赛团体赛比赛安排名单。

"祁安啊，世乒赛团体赛安排我再给你细说一遍。第一场一单对二单，第二场二单、三单对一单、三单，第三场三单对三单，第四场一单对一单，第五场二单对二单。"教练说完坚毅的眉眼又深了几分。

"教练我记住了，您和他俩嘱咐过了吗？"

"刚已经说过了，不用担心这个。你们三个是国家队最看好的人选，这次世乒团体赛……首先发挥自己最好的实力，其次与夏简、谢语的配合要打好。一人凑一分，我们会赢的，会看到 A 国国旗在冠军位缓缓升起……"说到这里便有些哽咽。

陆祁安察觉到教练哽咽的神情，伸手拍打教练的背说道："教练，我们会看到 A 国国旗在冠军位升起的，会看到的。"

转眼来到世乒团体赛第一场，一单对二单，陆祁安的对手是来自 M 国的强者，是被世界所关注的沈清。

随着时间的推移，陆祁安在发出拿手的上旋转球给沈清后，沈清一个侧步未接住球，第一场以 M 国输球为结束。

陆祁安张开双臂朝 A 国座椅位置大步走来，身上带着少年酣畅淋漓打完第一场带来的燥热。陆教练起身拿过毛巾，递给陆祁安说道："打得好儿子，这是第一场，后面还有四场，第一场打得相当不错，但要稳住心态，对手毕竟是 M 国的天赋型选手，随时都有翻盘的可能。"

陆祁安边低头擦汗边应道："知道了爸，下一场是夏简和谢语对江阔和一单，您还是给他赶紧做思想工作吧，看他刚刚那表情，都能拽到过年了。"

第二场开始，大家都明显能察觉到谢语状态不是很好，但比赛无法叫停，就这样持续着，宋夏简和谢语后面打配合时接连出现两次失误，在最后一刻没及时接到江阔打来的球，以输局结束了第二场。

在场缘紧盯赛事的陆祁安和陆教练顿时蹙眉，在看到大屏上大比分变成1：1后，同时向前倾身看着走来的谢语和后跟来的宋夏简。

经过一番询问，破案了，是谢语突犯低血糖导致不在状态。

陆教练手忙脚乱从身后包里掏出功能饮料递给谢语道："小谢，赶紧把水喝了缓缓，下一场是三单对三单，发挥真正实力，咱们赢回来。"

时间转瞬即逝，第三场开打二十分钟后，迎来了A国把大比分打到2：1的机会，谢语一个快准狠的发球，让对面的江阔来不及接住，本以为这回胜券在握，但反转总是来得突兀，沈清一个前倾身接住并来一个用力推挡，局势突变，谢语并未及时接住球，以比分5：11宣告输掉一场，大比分随之变为1：2。

沈清异常兴奋地朝着A国队挥拳挑衅，国家队教练被挑衅叫嚣到忍无可忍，对三人道："就别让他们活！知道吗？"

三人同时点头应声，目前形势比分咬得比较紧，第四局A国必须赢。

第四局开始，宋夏简对阵沈清。

解说员在直播里紧跟赛程道："好，我们看到沈清右手削球往右削，球是下旋，但左手反手打回去的方向刚好也是下旋，而宋夏简根本不吃旋转甚至还能借着旋转加力击回去。"

宋夏简更是在后面以11：1、11：4、11：4的比分毫无悬念地连赢下三局。随后解说员以兴奋而急切的语调说道："漂亮！这局比赛A国在前一场时已经丢了一分了，在这背负着层层压力的一局中再一次经住了考验，宋夏简也是完成了自我蜕变，这就是团体比赛的魅力！希望在最后的决胜盘里，可以继续保持。"

那时候站在赛场上的少年，有尚未完全长开的凌厉眉眼，有属于十八岁少年的意气风发，有眼底淡淡一抹睥睨众生的不屑。

那是他后来很多年来，最怀念的样子。

大比分变为2：2后，两国教练都在给决胜盘需要对阵的两位主力讲解技巧和打法。

团体赛决胜局很快开始。

解说员开始紧跟赛事直播："我们看到江阔和队友在这局表现极佳，A 国队发出的球直接干脆地打回去，形势逐渐紧张。"

"陆祁安和谢语在一次又一次的极限输出中，直接将 M 国选手打得无回手之力。反手接住，好！陆祁安和谢语以 3：2 战胜了 M 国的两位选手，在决胜局当中为 A 国队拿下第三分。A 国的三位主力今天也是遭受到了来自对手极大的冲击，对手确实是超水平的发挥，但我们 A 国队团魂，一人凑一分，这就是大家看到的，A 国队并不是一路走来特别轻松，看似辉煌风光的背后，其实每一步他们也是走得战战兢兢、走得如履薄冰，在比赛当中也会遇到很多困难，但是今天我们拿下了这场比赛。"解说员有些哽咽道。

主力陆祁安，有人曾形容过他，说他是一种高度，一种境界。或许这就是仰之弥高、钻之弥坚的工匠精神。

主力宋夏简，是在比分紧咬关头时用七年苦练换来的夺命一分为团体获胜奠定了基础，他完成了儿时看似开玩笑说的远大梦想，成为站上世乒

2202 班张洛伊创作

赛赛场耀眼的少年。

主力谢语，你可以说他是大器晚成，也可以说他是厚积薄发。

A国队教练，在结束后台采访时说："A国队一路走来也不可能场场获胜，都有可能输球。我们在这一次共同扛住了许多挑战，这是一场团体的胜利。我们的三位主力在赛场上诠释了'更快，更高，更强，更团结'的现代奥林匹克新口号。"

新时代青年，自当秉持拼搏、团结、坚忍和智慧的乒乓精神葳蕤生长，奔赴新的丰碑。

第八章　番外

两人的精彩故事在十年后仍然延续。

光阴荏苒，时光仿佛一瞬间的念想般迅速流失在少年的人生长河中；命运多舛，可即使命运再怎样无情地嘲弄少年，少年独有的桀骜与不甘也总能使他们站起，在时空的门中飞速地穿梭。

在这十年看似漫长的时光中，他们已不再是初露锋芒的毛头小子或意气风发的傲气少年——两人当时在青春年华的凌厉与狂气，已在接近而立之年毫不意外地被岁月洗刷，被打磨得圆滑。

当年在赛场上无畏大风大浪，坚定且顽强的两位世界冠军的事迹，在A国运动史册中掀起了一瞬的浪花。

这十年里，陆祈安和宋夏简仍然在携手为乒乓球事业奋斗。他们从未放弃过乒乓球，也从未想过要放弃乒乓球。

他们从来不接代言商业广告，出席无关乒乓球场合，录制节目或过多地接受媒体专访，甚至商业团建场合也不见他们半个人影。他们不厌其烦地拒绝媒体或公司的邀请，有一家公司缠了他们七年也没能得到他们的代言机会。这在整个乒乓球界甚至是体育界都是相当少见的。在如今这露个面就能捞钱的媒体圈，当下人气最高、实力最强的运动员，其中一个还是球二代，竟然连商业代言和活动都不参与，这是自视清高还是神经中枢出了点儿类似紊乱的问题？

可唯独了解他们的人才知道，他们不自视清高也不傻。他们的理想非常单纯：追求乒乓精神，为国争光，用热爱、追梦人来形容他们是再恰当不过了。

他们愿意挥洒汗水，却不愿偏离初心。

3650 天后，他们还是如此执着。乒乓球在他们心中，不仅只是他们的梦想，现在也成为少年时期经历的风浪、受过挫折后积累的精神财富和坚固友谊的象征。两人在对方心中，都是不可磨灭的。

时间来到十年后的队友聚餐时刻。

陆祈安站在两米高的穿衣镜前，传统的黑色西装白色衬衫，他越看越觉得像是父亲那个年代的着装，便一把扯下了那系得歪斜的领带，换上了一身休闲而不失庄重的行头。仔细瞧着镜子里的自己，黑色的衬衫轻贴在身上，隐约勾勒出宽肩窄腰和饱满的肌肉线条，领口微张。宽松而笔直的裤筒，油亮的皮鞋，满意。

该去赴那十年之约了。

走进包间，气氛并不是想象中那样火热，事实上，甚至可以说是尴尬，毕竟十年没怎么联系。大家你看看我我看看你，不知道说什么便东拉西扯，并用礼貌的微笑回复对方的话。"呃……你们要不要喝点儿什么？"陆祈安忍不住打破了僵局。

"对对对，我们去买点儿喝的。"

"来点儿啤酒吧。"

"我要可乐！"

众人也终于因此打开了话匣，述说着十年来的经历。饭菜备齐，谈天说地。

陆祈安看向宋夏简，他脸上已经全然褪去了稚嫩，棱角线条越发清晰起来。"你最近怎么样？"陆祈安问。"挺好啊。"他笑起来还是那般甜，"我和我妈搬进大房子，那奖金够花一阵啦，就是没兄弟们陪着还挺没意思的，我家住得又远。想想我们那时候，真好啊，要我说，你那会儿真是厉害！"陆祈安不动声色地笑笑，是啊，那是我的全部啊。

2202班张洛伊创作

"聊啥呢？"时成景用力一拍陆祈安的肩，"随便聊聊。要我说啊老安，你当年还是真轴，居然能不用阴招儿跟我打个平手。"陆祈安无语。抬眼看，宋夏简已经又跑到别的队友那儿聊得火热了。一个酒瓶子伸到近前，"整口。"时成景正直勾勾盯着他，陆祈安不好拒绝，便一口吹了半瓶，他毕竟还是有点儿酒量的。时成景瞪大眼睛看着他，"不是哥，你给我喝完了呀，真是跟以前一样能吹。""跟我玩一语双关？不过我以前那是实力。"这回换时成景无语了。小学生斗嘴也不过如此。

随着空酒瓶的增加，屋内气氛逐渐热闹，到达高潮。大家随手都抄起空酒瓶当话筒唱起歌来，听不出什么动听的旋律，只是喧闹，有些宣泄的意味。"我呀，"陆祈安和时成景两人还在聊，只不过吐字已是含混不清，"那会是嫉妒你呢，怎么会有家境又好、长得又帅、乒乓球还打那么好的人啊？"时成景眼中透出点儿落寞。

"你猜我怎么想？"陆祈安双手扶在时成景双肩上，轻趴在他耳边小声说："怎么想？""我也羡慕你啊！"双臂突然伸直，从轻语变为大吼，把时成景吓得酒都醒了一半儿，"你有个美满的家庭，爱你的家人，还有许多我没有的。"时成景头一次了解到自己的"死对头"，抱抱他，心里说不出是什么滋味。"咱们那会儿真是苦啊，每天都练到我想吐，也不知道是怎么坚持下来的。"时成景及时转移了话题。陆祈安沉默一会儿总结道："热爱可抵岁月漫长。"

聚会还在继续，少年的未来也在继续，可我们的故事要结束了。坚持吧，别怕失败，那只是你未来的饭后谈资；别怕缺点，那是光照进来的地方。

九　铜铃

第一章 缘起

"足蒸暑土气，背灼炎天光。"七月正是盛夏最燥热的时节，空气十分干燥，只过一会儿皮肤上就会冒出豆大的汗珠，地面被晒得滚烫滚烫的，好似放个鸡蛋上去都能烤熟了；七月也是莘莘学子最美妙的暑假，董古今、杨子寒、苏言、苏薇四人约好一同前往气势磅礴的故宫。

伙伴四人于巳时到达故宫，正所谓"紫禁城中一线穿，观宫看殿百千间。皇家气派余惊叹，文物古迹旷世鲜"。故宫一直都是无比气派。看着那金色屋顶的华丽建筑，大家眼前一亮，这便是古代人民的智慧结晶。那故宫在艳阳的照射下显得更加灿烂辉煌，立刻就能让人想到其在古代万民瞩目的绝世风采，那鲜红的城墙在雪白栏杆和金光闪闪的屋顶的衬托下更加庄严肃穆。

走进故宫，穿过午门，映入眼帘的是一扇高大精美的木门，这就是著名的太和门。伙伴四人兴致勃勃地从太和门进入，眼前是一座宏伟大气的宫殿，金黄色的琉璃瓦在阳光下显得格外华丽。故宫里的人越来越多，伙伴们发现里面有一些穿着精美汉服的年轻人，还有许多慕名而来的外国游客也在观赏着故宫的雄伟壮观。周围的景致真是让这四人目不暇接。

董古今看着来来往往的人群，好像正在思考着什么。过了一会儿，见没有伙伴说话，她转过头去刚要开口，猛然发现哪里还有伙伴啊，人海早已淹没了伙伴们的身影。刚要去寻找，突然听到一阵悦耳的玉笛声，她疑惑地想弄清这是从哪里传来的声音，于是开始四处张望，仔细聆听。只见离自己不远的台阶上，坐着一位穿着蓝色朝服佩戴龙华的女子。

那女子缓缓向人群中走来，淡蓝色的朝裙随风飘动，在阳光的照射下透着光亮，如同一只飞蝶般起舞。董古今好像看入了迷，她恍恍惚惚地跟了上去，悄悄地尾随在女子身后。一直到宫殿的木门前，那门看起来十分古老，上面的刻痕仿佛在介绍它的身世，勾起了董古今的好奇心，她继续寻找那位女子，不承想，刚才还在眼前的女子早已不见身影。她踮起脚尖、伸长脖子，向四周极力地望了望，想再次找到那个女子。可不管她多么努力地寻找，那个女子仿佛像烈日下消融的冰雪般消失在门前，一点儿痕迹也没有。董古今转过身，远处一个身影从人海里急匆匆地向董古今这里跑过来，她眯着眼仔细地确定那个身影的身份。当那个身影清楚地出现在她的视线中时，她终于看清了那是刚才遗忘于身后的伙伴，跑过来时早已满头大汗、气喘吁吁。

"董古今，你是不是跟着一个穿着蓝色朝服的女子过来的？"董古今转头看向发问的苏薇。董古今有些疑惑地答道："是啊，你怎么知道的？""我也是这样过来的。"苏薇回答完之后，小声嘀咕，"要是这样的话，那刚刚发生的事就不是幻觉，太玄了吧？"

"不过你是不是忘了件很重要的事，杨子寒和苏言呢？"董古今见苏薇完全忘记了他们是四人同行，无奈地提醒道。苏薇这才想起这件事，正从包里掏出手机准备联系不见了的同伴时，杨子寒和苏言先后出现了。杨子寒见面的第一句话就是问那个神秘女子，苏言也看了过来，表示自己也是这么过来的。

"这不会是幻觉吧？"苏薇问，但没等别人说，她自己就把这种可能性给否定了，"不可能，一个人有这遭遇，是出现了真实的幻觉还勉强能说得过去，但咱们几个都有同样遭遇……就不太可能是幻觉了。"

"那……不是幻觉，这么离奇的事又是怎么发生的呢？"杨子寒托着下巴思考了半天也没想出来个所以然。苏言见没有人能想出其中缘故，便大胆发言："她不会是清朝的冤魂吧！"这话把他自己都吓到了，他害怕地缩了缩脖子。

"她引我们过来是不是有未完成的心愿呢？"苏薇冷静地表达着自己的观点。"我同意苏薇的观点。"董古今和杨子寒异口同声地说道。"不管怎么说，她既然把我们引来，那这里要么是有什么不可告人的秘密，要么是她想让我们干什么。走，咱们进去看看。"杨子寒说着，就已经大踏步走了进去。

"那咱们先去找找线索吧。"董古今开始给大家布置任务，"苏言去检查一下东、南两个角，苏薇去检查一下西、北两个角。我和杨子寒去搜查草丛里有没有东西。申时已到，留给我们的时间不多了，加油！"

天色一点点昏暗下来，落日余晖照着大地，天边的晚霞微微地泛着点儿橘红，宛如彩锦般平铺开来，正如诗中所说的"余霞散成绮"。晚霞静静地注视着他们忙碌的身影。时间一点点流逝，但谁也没有找到什么东西。一股烦躁的气氛在他们中间蔓延开来。

"什么都没有嘛！"苏言不耐烦地抱怨道。

突然，董古今举着一个通体金色的东西兴奋地喊："我找到了一个铜质的铃铛！"

大家的精神为之一振，立刻围了过来，这铃铛颜色为暗金色，幽幽地散发着古朴淡然的气息。大家翻过来倒过去地研究这个铃铛。这可是他们努力这么久唯一的收获啊。但令他们失望的是，这铃铛并没有什么按钮和玄机，只是在中间有几个小字"九·机遇"。"九，难道还有其他八个吗？"杨子

2208 班白宇涵创作

寒疑惑地问道。董古今耸了耸肩道："说不定呢，先看看还有没有其他的线索。"很可惜，除了最初发现的那几个字外，它看起来就是一个很普通的铃铛。

"什么嘛，就只有一个破铃铛，害得我们白找了这么半天。"苏薇气愤地一把抢过铃铛，狠狠地扔到了地上。

"哎，你……"话还未说完，一道刺眼的白光在众人面前一闪而过，所有人都昏了过去……

第二章　赠礼

　　再一眨眼，众人眼前的景象完全变了。故宫高大辉煌的亭台楼阁消失了，取而代之的是一条湍急的河流和一间茅草屋。

　　这时，缓过劲儿的苏薇叫起来："咱们这是在哪儿？"董古今冷静下来说："莫非是铃铛把我们带到这里的？"苏言说："我们不会穿越了吧？"董古今没好气地回答道："你问我，我问谁？"看着这幅并不和谐的画面，苏薇赶紧对董古今说："好啦，古今。不搭理他。"苏薇和董古今两人肩并肩往前走。"咱们去那里看看吧。"苏薇指着那间茅草屋。两人在篱笆院旁看了看，这是一间不大的茅草屋，带着个小院。院子里的大部分地方种着各种蔬菜，墙角长着几朵野花。就如王安石的诗中所描写的"茅檐长扫净无苔，花木成畦手自栽"。院外还有一小片地，长着麦子。茅草屋很小，看样子这个茅草屋的主人应该不会很富有。两人敲响了柴门，喊道："有人吗？"不一会儿，里面有人搭话，是一名男子的声音："来了。"顺声音看去，一名中年男子从屋中走出来，只见他头戴都峨冠，腰系素博带，腰挂一个铃铛，胡须飘在胸前，面庞略显消瘦，腰间这个铃铛比伙伴们在故宫里找到的那个大，且颜色不同，不是金色的，是青色的，颜色也不鲜亮，好像经历过沧桑后的模样。他打开柴门，目光里略显惊讶，问："汝等乳臭未干的孩童，来我门前作甚？"听了这话，苏薇也惊讶地说道："叔叔，您为什么穿着古装，还说文言文？"这男子听了说："孰谓汝叔？何

九

铜

铃

为古装？文言文者，何也？"董古今好像听懂了，问那男子："先生尊姓大名？"那男子听后，答："此乃顷襄王二十一年，鄙姓芈，名平，字原。"董古今听后心头一震：他就是大名鼎鼎的屈原？董古今抑制住惊讶，对那男子说："先生，打搅了，吾等速速离去。"

此时，杨子寒和苏言也早就凑了过来。四人在董古今的带领下离开了茅草屋，来到旁边的树林里坐了下来。董古今说："好了，初步判断，咱们现在是在战国时期，那个人是屈原。"杨子寒掐了一下苏言的胳膊，苏言大叫道："你没事吧，掐我干吗？"杨子寒满脸坏笑，说："我就想看看我是不是在做梦。"苏薇对着董古今说："古今，咱们今天晚上怎么办？要不先去屈原家借宿一晚？"董古今回答道："也只能这样了。"苏薇说："可是，古今，我不会说文言文呀。"董古今说："没关系，我会。"杨子寒和苏言也说："我们也不会。"董古今说："上学学的什么呀？文言文都不会。"杨子寒不满地说："这不明显双标嘛！"

四人再次来到茅草屋前，又敲响了门。还是那男子开的门，不过这次，他眼里不只有惊讶，还有几分好奇。"尔等前番刚走，此番又前来作甚？"董古今回答："先生，吾等迷失路途，可否今夜借宿一晚？"屈原也是个好心人，见他们是几个孩子，便同意了。

四人跟着屈原进了屋，屈原请他们坐下，让人去收拾了两间屋，便和他们聊起了天。屈原把心中的问题一一问出，董古今一一做了回答。不过，像穿越这类的东西，屈原根本就不相信，只以为是他们在说着玩。四人同屈原吃过简单的晚饭后，便回屋休息了。

第二天一早，董古今起得很早。她把苏薇叫起来后，两人去后院转了转，他们来到了后院，董古今提起了昨天屈原腰间的铃铛，苏薇说："那是不是咱们要找的铃铛？"董古今也说："很可能是，不然铃铛为什么会把我们带到这里？"苏薇有些激动地问："那我们怎么拿到它？"董古今说："先别急，咱们去把那两个懒虫叫醒，然后今天细细问一下屈原。"

苏薇与董古今来到苏言和杨子寒屋外，拼命敲门，大喊着："起床了！"苏言和杨子寒出来后，杨子寒不悦地说："吵什么吵，我还没睡够呢！"

董古今对他讲述了早上她和苏薇看到的那个铃铛，杨子寒立刻来了精神，向董古今问这问那，最后，董古今回答了他三个字："不知道！"杨子寒的心情就像诗里描写的："我本将心照明月，奈何明月照沟渠。落花有意随流水，流水无心恋落花。"顿时安静了下来，好似被泼了一盆冷水。

吃过早饭，四人与屈原在茅草屋外的河边散步。这时，董古今问："敢问先生，那茅屋中的铜铃，何以异？"屈原似乎有些惊讶，问："汝等安知我屋中之物？"杨子寒在一旁说道："今辰时过而见之者。"屈原说："此铃乃吾祖上之物，此物甚是奇特，据说过百年未能得一见。"

苏言悄悄问杨子寒："你不是不会说文言文吗？"杨子寒笑着说："我也不能一点儿也不会吧？"苏薇也问："先生，此铃可否赠予吾等？"屈原说："此物乃我传家之宝，不可外送。"

2208 班张嘉玉创作

正在这时，江上划过一艘渔船，船上有一个渔夫。渔夫看见屈原，把船划过来，靠近岸边停下来，问："子非芈大夫？何故至于斯？"屈原回道："若非楚王昏庸无道，吾怎会沦落至如此地步？现今楚王又被奸佞小人所迷惑，吾也只得隐居在此，真可谓：'世人皆浊我独清，世人皆醉我独醒。'"渔夫又问："那尔又何必如此忠心耿耿，何不投奔他国？"屈原答道："吾生长于楚国，自然不忘楚国之恩情，吾誓与楚国共存亡！"渔夫说话时眼里闪过一丝光芒，目光落在了屈原腰间的铃铛上。

屈原望着汨罗江面心中感慨万千。突然，他拿下腰间的铃铛，递给了董古今，说："尔欲得此物乎？予汝。"渔夫勉强按压住心中的贪婪，而董古今却猜到了屈原要跳江，忙说："先生，今日天色不早了，吾等还是先回屋中叙谈吧。"

几人把屈原送回屋，想出来聊聊铃铛的事，结果发现渔夫还没离开，眼睛直勾勾盯着这个铃铛。渔夫压住心中的怒气，微笑道："这个破铃铛你们要有什么用啊，不如给我吧。"苏言惊讶地说："你会说普通话？"杨子寒微微一愣，问道："你也是穿越过来的？"闻言渔夫也是一惊，随后冷笑着说："管你是什么时候的人，交出铃铛，免你一死！"杨子寒回道："那就看你能不能拿得到了！"渔夫吼道："死鸭子嘴硬！"

只一瞬间，渔夫便冲到四人眼前，伸出大手，眼看就要碰到铃铛。苏言一个闪身，躲过了那只大手。"小子还挺灵活。"渔夫说着，又向苏言扑去。董古今忙喊："快扔给我！"只见苏言拼尽力气，把铃铛往董古今的方向一掷，却被渔夫拦了下来。"小孩们，不陪你们玩了。"渔夫冷声道。这时，苏薇绕到了渔夫身后，一把夺过铃铛。就在这时，渔夫的另一只手抓住了苏薇，苏薇眼见挣脱无望，只得拿出第一个铃铛向地下抛去。

只听丁零零一声响，随即，铃铛竟然悬浮起来，一个金罩子慢慢笼罩住了四人，渔夫只见眼前一道光芒闪过，提着苏薇的手猛地一松，四人连同铃铛就一并消失了踪影。"怎么可能！我明明已经拿到了！"渔夫气急败坏道："四个小鬼，别让我再见到你们，否则我跟你们没完！"渔夫转身，又踏上了他那条小船，神秘一笑，轻声说道："我们还会再见面的。"

第三章　历练

　　众人在原地愣了两愣，董古今环顾了一下四周，惊喜地喊道："我们回来了！"苏言又抓起铃铛。在中间找到了几个小字："八·爱国"。"看来还真的有其他的铃铛，咱们现在继续找吧！"苏言兴奋地说，"那怎么才能再次穿越呢？"这时董古今说："我记得上次好像是苏薇摔了铃铛后我们才穿越的，那我们再摔一次试试。""摔哪个？"苏薇问，"那还不简单，两个都摔了！"杨子寒说着就拿着手里的两个铃铛往地下摔去。

　　又是道刺眼的白光闪过。苏薇先睁开眼，看见身边只有还没回过神的杨子寒，拍了拍他，问："苏言和董古今去哪儿了？"杨子寒愣了一下："不知道啊，咱们这是到哪儿了？"只见他们脚下是一条由石板铺成的小路，周围有一座座高大的城楼样子的建筑。街上的行人大多穿着袍子和蓑衣、戴着斗笠，行色匆匆，看起来紧张不已。

　　没等两人回过神，几个身穿盔甲、手持利刃的士兵就朝他们走了过来，领头的士兵问道："尔等何人？在此处鬼鬼祟祟的作甚？"杨子寒直接回道："你又是谁？我们才没有鬼鬼祟祟的。"那士兵生气道："尔等莫不是对面派过来的？"苏薇说道："我们是从现代穿越过来的，不知怎么就到了这里。"那士兵又说："现代是何物？穿越又为何物？此乃谰言也！汝等几人，先缚之，带去见尉迟将军，然后再决定如何处置他们！""诺！"后面的两个士兵取下腰间的麻绳，快步冲上前去按住了两人。苏薇大喊：

"你们干什么！我们说的都是真的！"那士兵吼道："闭嘴！"很快那两个士兵将他们捆住押走了。

　　不一会儿，他们就被带到了一个人的面前，发现此地还有两个熟人——苏言和董古今也被带到了这里！他们抬头一看，只见此人身长一丈，面如锅底，一双虎眼，两道粗眉，腮边一排胡须，腰间别着一大刀，后背上还有一个装弓箭的袋子，里面装着两条鞭子，见了他们，脸色一沉，虎眼一瞪："此乃何人？""启禀将军，这是我们在帐外捉到的细作！""细作是什么意思？"杨子寒悄悄地问道。董古今低声说："是奸细的意思。"杨子寒可是个急脾气，立马就喊了起来："我们才不是呢！"只见那人腾地站了起来，杨子寒的脾气顿时没了大半："哦，那汝说汝欲何为？""我们……我们……"董古今飞速地转动脑筋，灵机一动，接道："吾是此地小民，来投奔将军的。""来人，押入牢中！""得令！"只见两人低声讨论："尉迟将军英明啊，此等细作就当当心，咱们……"话未说完，只听得一声："报！十里外烟尘四起，唐军大军将至！"

2208 班李玥彤创作

四人被押到牢里，董古今说："据我推断，这儿应该是唐朝，刚才那人应该是尉迟敬德，具体地点嘛，不太清楚。""你怎么知道的？""因为我刚才在尉迟敬德的桌子上看到了摆放的鱼符，而看此人的长相，应该是尉迟敬德。""厉害呀！"苏言打断了他们的谈话："咱们现在不应该谈这个，咱们应该先想想怎么出去。""对，来，赶紧让我把这个门砸开！""杨子寒你能不能正常点儿？我看刚才那个传令兵说有大军压境，我有办法了。"于是，董古今轻轻地站了起来，两手抓住牢门，笑着跟那个看守士兵说了几句，那个看守士兵便离开了牢房。

"出来吧，尉迟将军有请。"吱呀一声，牢门被打开，见到尉迟敬德，董古今双手一合深施一礼道："启禀将军，小民有一良策，愿献与将军。"尉迟敬德两眼一亮："是何良策？说与吾听。""唐军远道而来，疲惫不已，吾只需等到其军心涣散，再发动攻击，便可成功。""详细说来。""今天他们必然在城楼下挑战，将军权且不用出战，一鼓作气，再而衰，三而竭。待到晌午时分，唐军必然疲惫不堪，收兵回营，等到今夜三更时分，将军可出奇制胜，夜袭唐军大营。""好计策！便依你之言。传我将令：若敌军挑战拒不出战，等到夜半时分，随我杀进敌营！"

尉迟敬德夜半奇袭唐军营寨，大败太子李建成和齐王李元吉。四人也不再是曾经的阶下囚，摇身一变成了尉迟敬德的小谋士。几天后，唐军又换了一拨人，秦王李世民带着十万大军杀奔而来。尉迟敬德这次却没有赢得这场战争，他在美良川被秦叔宝和殷开山带领的伏兵埋伏，损失惨重，不得已退回城中。

"烦劳禀报一下将军，吾有要事与将军商议。"四个孩子来到帐前，董古今对卫兵说。董古今缓步走进厅堂："拜见将军。将军此战惨败，我军目前士气低落，人心涣散，已无法得胜，将军欲何为？"尉迟将军答："吾正犹豫是一战到底还是投降。"董古今接着说："臣以为，主公刘武周出身低微，即使攻占晋阳，也无法稳定人心，士族都不会轻易屈服，只怕政权不会长矣。吾听闻秦王李世民礼贤下士，知人善任，是一位英明之主。"尉迟将军说："汝之意，欲投奔之？"董古今又说："将军若不信吾，则可一睹秦王风范后再做决定。"尉迟将军将信将疑："那便如此。"

尉迟敬德听从董古今的建议，来见李世民，认为其有贤君风范，于是拜见秦王："臣等久闻殿下盛名，今举城相投，望殿下笑纳。"秦王大喜："卿今投奔本王，属实本王之大幸也！众卿平身。来人，封敬德为右一府统军，赐以曲宴。""谢殿下恩赐，臣感激不尽！"

四人正在住所休息，只听见外面有动静："早闻秦王有一宝贝，名为赤铃，现在竟然赐予了将军。传说它能发出闪闪金光，耀眼夺目……""那是不是就是咱们要找的铃铛？"话音未落，一个人走进来说："四位小谋士在何处？秦王有请。""我们就是。"苏言答道。"请随我来。"那人带着他们入了大帐。只见秦王端坐在正位，尉迟敬德在次座。"臣等拜见秦王。"四人跪地齐声说。"放肆！四个小儿怎能为谋士，敬德，此不是欺骗本王？""敬德不敢。"尉迟敬德跪下说，"此四位非同等闲，出谋划策，绘制地图均可，属实功臣！若大王疑臣言语，可派臣等去收复突厥占领之地，即可辨臣言之真假。""既然如此，那就依你吧。"李世民不满地说。

他们随尉迟敬德来到雁门关前，"这雁门关易守难攻，四位可有何妙计？"尉迟敬德说。"容我等商讨片刻。"董古今说。杨子寒插话道："尉迟敬德把咱们夸上天了，这雁门关驻扎着突厥精兵，要我说，咱们跑了得了，找不着铃铛还得把命搭这儿。""说什么丧气话，咱们不都说好了，一定要找到所有铃铛吗，中途怎能放弃？办法总比困难多嘛。"苏薇说。"我看啊，这雁门关还是有办法拿下的。"董古今摸着下巴说。"什么办法？"其余三人齐声问。"尉迟将军，这雁门关不可硬夺，只可智取。""哦，那小军师有何妙计？""依我看，我们四人可乔装打扮成雁门山上百姓家的孩童，因年幼无知，而误入军营，现边疆战事紧急，突厥将领必非轻易将吾放出，必盘问一番，我等只需拖到子时，乃在其营中起火，将军带兵杀入，里应外合，即可取关。""哈哈哈，此乃妙计，如若突厥人未如汝之所言，可另有对策？""如若未如此，我等四人可见机行事。""好，来人，取四套布衣予军师。四位就今晚行事如何？""悉听尊便。"

"这下好了，子时马上到了，尉迟将军马上该冲进来了，咱们还被困在这里，苏薇和董古今也不知道被关在哪里。"杨子寒说着。"吱——"一声，牢门开了，董古今从外面走了进来。"两个笨蛋，赶紧去放火！"苏言喊道。"你们两个快点儿，咱们没有时间了。"苏薇说。"快！我们被发现了！""完了！前后都有追兵！"杨子寒大叫着。"咻——"一支火箭飞上了漆黑的夜空，在它掉落的地方燃起了熊熊烈火。"尉迟将军来了，快走！"苏言喊。"你们看！那是什么？"苏薇说。"是个赤色的铃铛！会不会是我们要找的那个？"杨子寒话音未落，苏言猛地向那间屋子冲了过去，顷刻间，屋子里火光冲天。"苏言！"大家齐声喊道。霎时，一道金光让大家睁不开眼睛，再次睁开双眼，早已不在烈火之中。

第四章　破镜

　　金光消失了，四人定睛往铃铛上看，发现几个字：七·历练。

　　得到铃铛后的四人轻松地坐在沙发上研究着每一个铃铛，打算休息一会儿。结果杨子寒一个不小心把铃铛掉在了地上。

　　伴着铃铛的微微振动，四人眼前一白，刹那间，周围的环境又变了，董古今无奈地对着杨子寒说："刚想休息一会儿就被你带到这来了。"杨子寒冲着大家露出了一个抱歉的笑容。四人打量着周围的环境，可周围并不是什么古代王朝，而是董古今的家中，四人看着周围熟悉的环境很诧异，苏言很疑惑："你说是不是一共只有三个铃铛，怎么还穿回来了？"董古今猛地看向了日历，好像想要证实什么，她突然说："你们有没有发现这个世界和原来的世界不太一样，这个屋子整个是反着的，以前我的日历和床都在房间的右边，现在却在左边，而且这个日历里的字是相反的！"另外三人恍然大悟，可是除了这个就没有了其他线索，"要不我们先去找找铃铛吧，或许铃铛还在原来的地方呢。"杨子寒提议道，苏薇看着窗外炎热的太阳摇了摇头："现在太热了，不适合出去，咱们晚上再去故宫看看，现在先找找线索吧。"董古今看着窗外的车，似乎有什么不妥的地方，看着十分怪异，"你们看外边的车全是靠左行的，这个世界可能是与咱们的世界是完全相反的。"一旁的杨子寒突然想起来了什么说："我记得我奶奶小时候给我讲过一本故事，镜子里有一个与现实相同又不同的世界，镜中人的行为习惯和特征与镜外人相反，但是样貌相同。"正所谓"物是人非事事休"，这里是一个真实存在的现实世界，却又可以看作一个虚无缥缈的虚幻世界。

此时已是傍晚，空气仍有些热，乌云已经在空中飘动遮住炎日，四人去杨子寒的家中寻找那本故事书，可是找了半天什么也没有。乌云遮住明月，屋外淅淅沥沥的雨声让四人一度想放弃，不过四人三四个小时的努力并没有白费，苏薇翻着一本书激动地大声说道："你们快来，这有关于镜中人的线索！"苏薇指的是一本厚厚的牛皮纸书，字迹有些模糊，但还是有一些能看清楚，经过几人的努力，终于翻译出来了一个大概：传说有一个精神病人一直认为镜子中有另一个平行世界，但是没有人认可他的观点。那个人就决定坐在镜子前一动不动，一个小时过去了，什么都没有发生，两个小时过去了仍什么事都没有发生。所有人都认为他只是有精神病，劝他赶紧走。等到五个小时过去了，奇怪的是那镜中的人突然站了起来，嘴角一直向上扬，面部狰狞，诡异地笑着。突然屋内漆黑一片，传出一声声惨叫，等到重新连上电，那精神病人已经死在了血泊中……忽然天空中响起雷声，暴雨倾盆而下。暴雨的夜晚应该很少有人在外游荡，可是现在的屋外却全是人影……

突然，几道人影闯了进来，喊道："快抓住他们！他们是平行世界的人！"董古今他们见状立马跑了出去。

"这都是什么事儿呀！"董古今边向前跑边在心中吐槽。突然，她看见苏言指了指他身旁的一条小路。董古今会意，和苏言一起跑了进去，身后的人也跟了上来。

小路很窄，仅仅够两个人并排走，董古今和苏言在前面跑，后面的追兵不得不将队伍拉长。他们看准时机，在一个岔路口甩开了那些人。镜中人见目标消失了，都慌乱地四处乱看。"他们往那边走了！"一个声音响起。

看到了镜中人往相反方向追去后，董古今松了一口气，他们总算是安全了。苏薇也拉着杨子寒走了过来。董古今疑惑地说："奇怪，怎么会被发现呢？"杨子寒不好意思地挠挠头说："可能是我写字的时候忘了咱们和镜中世界的字是反的了，然后就……"

董古今虽然对他十分无语，但事情已经发生了，再怎么说也没用了。"你们想一想刚才咱们看的那个故事，那面发现镜中世界的镜子那么特殊，会不会和铜铃有些关系，咱们现在就是要在尽量规避镜中人的情况下找到那面镜子。"苏言对大家说。

"走吧，刚才我把他们往反方向引了，咱们先顺着这条小路走，都小心着点儿，别被发现了。"苏薇提醒道。虽然追他们的镜中人刚刚都被引走了，但外面还是有不少。四人小心翼翼地避开了大部分人，却还是被一个镜中人发现了。

"快追，是他们！"镜中人喊道。身边的镜中人全聚集过来，四人撒腿就跑，身后的镜中人也跟了过来。不过好在他们路上一直没有碰到最开始追他们的那些镜中人，所以轻松了不少。

"你们看那个！是不是那面神奇的镜子！"杨子寒在跑的过程中突然看到了一面萦绕着黑雾的镜子。其他人没有说话，但都默契地向那面镜子跑去。"不好，他们往那面通往平行世界的镜子的方向跑了！不能让他们进去，快追！"四人见状急忙跑到镜子里去了。

他们似乎进入了某个空间，除了这个空间中的迷宫，其余周围的一切都为紫色，在虚无缥缈的空间中那碧绿色的迷宫更显神秘。突然，苏薇喊了一声："快看，这儿有一行小字。"董古今马上跑了过去。是啊，在一面古朴的墙壁赫然有几个小字，令人惊讶的是这几个字是正着写的。董古今念道："四十分钟，否则——冰。"杨子寒说："这是什么嘛！不就是个迷宫嘛，快走吧。"四人离开了那堵墙，继续向前走，四人走进了迷宫，发现道路交错复杂。迷宫的墙壁高大而厚实，仿佛是用巨石堆砌而成，让人感到一股压迫感。杨子寒不耐烦地说："怎么走出去嘛！"董古今说："别埋怨了，快想办法出去吧。"走在最前面的董古今又一次说，"不行，前面是一条死路。"时间一分一秒地过去了，迷宫变得越来越寒冷，四人直打哆嗦。杨子寒说："这是怎么了，这么冷？"董古今一拍脑袋说："我记得墙上写的四十分钟，肯定就是这个。"大家随着时间的推移有些想放弃了，想在这里等死。但董古今说："不要放弃，这里的每一个角落都隐藏着无数的秘密，等待勇敢的冒险家去发掘，而我们就是发现秘密的人。"大家慢慢有了自信，开始寻找线索，发现脚下的路凹凸不平，并且有些规律，看起来像——一个铜铃，他们兴奋地跑向有铜铃的路，终于看见了曙光。几人暗暗庆幸自己当初坚持了下来，否则就有可能一直被囚禁甚至身亡其中。

2208 班白宇涵创作

四人有说有笑地走出那充满迷雾的迷宫，董古今情不自禁地回头看了一眼那阴森恐怖的迷宫。"咦，你们看，那是什么？"董古今指向迷宫出口地上的一块不明物体，边说边向那里走去，她捡起地上的那个不明片状物，拍了拍灰。吹了一口气，物体的原形立马显露了出来，原来是一张地图。几人仔细研究了一下，然后他们便沿着上面的路线找了起来，终于，他们到达了地图上标示的一扇门的位置。他们第一眼就看到一扇高大的木门。几人合力推开，走进去后看到有一块镜子，静静地镶嵌在高不见顶的墙壁上，在镜子的旁边写着一些小字。董古今仔细地看了看说："打破镜子，意料之外。"

看着眼前的镜子，大家心里不免有些害怕，董古今似乎是看出了大家的心思，说道："这面镜子是我们现在唯一可能找到铜铃的机会，必须把握住。"苏言也附和道："要不然试试吧，也只能这样了。"在大家面面相觑一段时间后，他们终于鼓起勇气打碎了镜子。然而并没有什么特殊的变化。看着满地的狼藉，他们心里不免也开始嘀咕：怎么什么都没有发生，难道墙壁上的那几行字是假的或是一个噱头？而此时地上的玻璃逐渐冒出了白色的光，那些光快速地凝聚在一起逐渐形成了铃铛的形状，铃铛上有几个字："六·坚持"。几人相互看了看，轻松地笑了。

九
铜
铃

第五章　火种

冥冥之中仿佛有几个朦胧的铜铃，互相碰撞形成了一阵古老而富有韵律的铃声，在众人的脑海中回荡直至变得清晰，最后一声"丁——丁零"。

伴随着一阵耳鸣，眼前出现一道刺眼的白光。几人被眼前的景象镇住，黑暗的夜，星光照耀。薄纱似的云平贴在江面上，而天空被冷风剪成碎影，真是"星垂平野阔，月涌大江流"。

环顾四周，这里灯火通明，是无数科学家梦寐以求的"天堂"：高楼大厦鳞次栉比，大炮机甲随处可见，那是保护国家的士兵；路上的行人络绎不绝；旁边就是新型研发的土壤，不仅芳香四溢，生长在其上的植物更是能永不凋零；海上舳舻相接，海域兵力强大，那是太平洋的禁卫军。真是"湖海平生豪气，关塞如今风景，剪烛看吴钩"。

"别看了，跑！"苏言大惊失色道。

不等四人做出反应，几名骑着神马、身披蓝色战衣的骑士将他们团团围住！

"看他们的样子应该是什么王国的骑士之类的。"杨子寒小声嘀咕道。

董古今刚想应和，就被那几人打断。

"将军，这……这是人类！"

接着一个身形庞大绿色皮肤的人，以迅雷不及掩耳之势将他们捆在了一起。

"真是野蛮，刚穿越过来就要受这种罪。"苏薇翻了一个白眼。

由于他们被蒙住了眼睛，只能隐隐听到周围人的小声议论：

"听说这就是丞将军抓到的人类。"

"不愧是丞将军啊，2223年了，身手还是如同二十岁那般了得！"

"谁让人家是m国最纯正的吉姆斯人呢！"

"是啊，但是听说人类基本灭绝了，国界上怎么会发现人类呢？"

"嘘，这可不能乱说，被上边的人听到了可是要杀头的。"

苏言整理了一下头绪，如今是2223年，与我们的世界相隔两百年，人类基本灭绝，m国目前由吉姆斯人统治。

来不及多想，苏言脑海中的想法就像陷入了黑色的旋涡儿，意识被控制：生命的终点都是死亡，为什么还要活着？花注定是要枯萎，为什么还要绽放？两百年后，这个世界上没有你，也没有我，那我们生命的意义到底是什么呢？"万事到头都是梦，休休。明日黄花蝶也愁。"生命是如此短暂和渺小，和宏伟的天地相比，地球只是一个小小的舞台，苍穹浩瀚，我们只不过是时空当中一粒飞扬的尘沙，科学探究也好，生命也罢……苏言越陷越深，思想越发涣散。

蓦然间铜铃碰撞的声音打断了思绪："丁——丁零——"

伴随着一阵耳鸣，眼前再次出现一道刺眼的白光。

就如同清晨见到的第一缕阳光在召唤他苏醒：如果刚开始就考虑结局，很容易错失过程当中的美好；只要过程拼尽全力了，结局就不会太差。所谓"古之立大事者，不惟有超世之才，亦必有坚韧不拔之志"，如果走下去需要一个理由，那么理由也许就是作为人类的坚持吧。

"苏言！苏言！你怎么了？怎么不说话？"

苏言回过神来，刚才看到的身披蓝色战衣的骑士，身形庞大、绿色皮肤的生物，是由人进化来的，还是其他物种？不得而知。人不是被机器人消灭的，而是被变成机器的人消灭的。那么肉体就是人类的枷锁。我们穿越而来的目的逐渐变得清晰了起来，寻找九铜铃的意义似乎也更为重要。

我们四个人，作为主动或者被动的人选，借助九铜铃的力量而扭转人类灭亡的命运！而"坚持"就是在暗示我们，会有神秘的力量助我们一臂之力！

又被绑了几个小时后，几人已被绑得酸痛，昏昏欲睡，终于传来了久违的脚步声。

"哎，你们几个都给我起来！精神点儿，真当自己家了啊！"

四人被两只大手一人一把拽了起来，推搡着走了许久。眼睛依旧被蒙着，一片黑暗。几人只能感到越发闷热的空气与浓郁的汗臭味包裹着他们。

"哎，我说，这什么破地方啊，咱们怎么感觉像囚犯一样。"董古今对身边的苏薇说。"是啊，你仔细听，这周围还有呻吟的声音……"苏薇有点儿害怕，声音颤抖着道。

四人到达了目的地，喧哗和痛苦的呻吟声到达最大。随着老锁咔嗒一声打开，他们被粗鲁地摘下头套，推倒在硬土地上。

苏言揉了揉头被磕痛的地方，踉跄着爬起来，警觉地观察着周围环境。这是一间多人监狱，周围是被与人类一根腿粗的钢柱围成的。地下则是最普通的黄土地。一抬头，他们居然用一片巨大的玻璃作为天花板，是为了让人们仰望天空作为消遣吗？

其余三人也从地上站了起来，首先引起他们注意的是这监狱里的"囚犯"们。不像传统的囚犯那样，他们穿着华丽的衣服，发型很好看，脸也很干净。却是都神色萎靡地坐在屋子角落，他们似乎怕光，都躲在那扇天窗下光照射不到的地方——那扇天窗好像不是为他们而设的。

这时，"囚犯"中的一个小女孩儿小心翼翼地问："哥哥姐姐们，你们……也是人类吗？"

几人这才注意到：他们不是与那群绿色怪物一样的人，而是最纯正的人类。

苏言答道："对呀，小妹妹。我们是来帮助你们的，你可以跟我们说说你们是为什么被关进来吗？"

"是他们，他们霸占了整个世界……我们本来决定在村子里隐藏起来，为人类留下希望。但他们的科技太发达了，我们东躲西藏，还是被他们轻易地抓住。他们把我们关在这里，像珍稀动物一样观赏。每天让我们吃最好的东西，把我们打扮得像花一样漂亮。喏，你看，上面那个天窗就是为了观赏我们用的。但我们不想过这样的生活……我们，只想要自由。"女孩儿回道。

整个监狱里的人都看着苏言等人，董古今听后感到了沉重的责任，而苏薇的怒火却早已抑制不住，她攥紧了拳头从牙缝中挤出一句话："这群家伙……把人类当宠物一样欣赏，嘴上说着保护却连最基本的自由都没有！"

监狱有位老人哭道："是啊，我们日复一日地过一样的生活，甚至无法拥有属于自己的人生……唉！"

苏言说道："我们得帮帮这些可怜的人，他们明明没有做错事却被囚

2208 班俞佳音创作

禁起来。反正我们是穿越过来寻找铜铃的，也该做些助人为乐的事。"

苏薇表示同意道："是啊，而且这些人是我们在这个世界上最后的同类了，我们更应该尽自己的一份力量！"

夜幕降临，四人侧躺着假装睡觉，实则却准备了一个拯救人类的计划……

第二天，天空刚泛出了鱼肚白。苏言便好似忍了许久般大喊起来："你们还有没有天理了！我们做错了什么？快把我们放出去！"他边说边将拳头砸向铁门，狱警暴躁地抓住了苏言。

这一行为刚好被每日例行来检查这些"珍稀物种"的首领看到。但他没有生气，而是带着安抚的语气对擒住苏言的狱警说道："别这么易怒，他们可都是我们的宝贝。来，让他跟我走吧。"

苏言就这样被首领带走了。这是在四人意料之中的事情，因为狱友们都说这个首领脾气出奇地好，而且每天早上都会来看他们一次。他们便想利用这个机会和首领谈判。

苏言被带到了首领办公室，他平静地说道："我想和你聊聊人类的问题。"

首领依旧笑容满面，并让周围的侍从退下，道："人类与现在的吉姆斯人相比太弱了，我若放他们自由，这些人不到两个半小时就会被吉姆斯人消灭。我当初花那么多人力物力将这世界上仅存的人类聚集起来，关在这里。为了他们的安全，我只能限制他们的自由而把他们打扮漂亮，成为吉姆斯人的观赏物。只有这样，人类才能繁衍下去。"

首领说着，将手伸向背后，传来一声声诡异的撕裂声。随后，一套绿色的"皮"掉到了地上——原来首领也是人类！

"多年前吉姆斯人大量灭杀人类——这种弱小的物种，我的亲人们全部被杀害，但他们临死前为我做了这套衣服，还给了我家里祖传的铃铛。从此我便借助铃铛的力量伪装成吉姆斯人，拯救其他人类，为此一步步地变强。吉姆斯人的社会很简单，最强者就能成为首领。我便夜以继日地借助铃铛的力量训练，我与比我强几百倍的吉姆斯人比武。经过几次大战，我终于当上了首领。"

首领说着，眼里充满了愤怒与激动的泪水。

苏言从未想过首领目的是这样的，没想过他是如此善良，更没想过他也是人类。可苏言仍为囚犯们感到不平："但你想过吗，你为了他们的安全，却失去了主宰自己的人生的权利。他们终日被关在这里，他们的意义仅仅是为了活着而活着吗？他们的人生没有一点点意义，你既然已经想到了保护，难道没有想到一个更好的方法吗？"

苏言凑近首领，说出了他们的计划……

监狱里，苏薇着急地乱走说："苏言怎么去了那么久啊，他会不会遇到什么危险？"

苏薇还没说完，首领和苏言就回到了监狱门口。首领随即命令手下开门，他对着所有人类说道："从今天起，你们获得了真正的自由。我不再囚禁你们，你们不会再被吉姆斯人欺凌，将会得到平等的待遇。"

身旁的苏言向其他伙伴眨了眨眼，他们的计划成功了。

原来，首领为了人类的安全与自由设立了 m 国的第一条法律："吉姆斯人与人类平等，不得出现任何歧视及欺凌行为。"但首领十分了解吉姆斯人的本性，他们定然不会遵守。于是，首领又补充了一条："如有违者，格杀勿论。"

吉姆斯人本就并非人类，他们没有道德底线，所以更加需要法律的约束。他们本对法律的这条底线不以为意，可他们错了，当两名吉姆斯人的血液染红宫殿的那一刻起，人类在 m 国拥有了真正的平等，他们不再担惊受怕，m 国从此有了完善的法律。苏言等人最终从首领手中拿到了第五个铃铛："五·自由"。苏言捡起铃铛，在这一切过去后，似乎对这里有些流连忘返。即使完成了这一艰巨的任务，但总是感觉缺少什么。这时，几人仰望着头顶上窗子外的蓝天，看到了几只大雁穿过层云，飞向远方。

第六章 险境

"那我们现在要去哪里呢？"董古今问道。"看看铃铛的安排吧。"苏薇笑嘻嘻地说。那铃铛闪出柔和的光芒，四个人消失了。啪嗒，啪嗒。"啊！"杨子寒大叫一声，有水滴到了他的头上。"大惊小怪。"董古今小声吐槽道。苏言若有所思地看了看自己脚下那片湿乎乎绿油油的苔藓，看来是一片雨林。四个人看到前面有个女人，壮着胆子向她走去，看得出来她十分友好，几人提出同行。"噢，好吧，这里往林子外面走得花不少时间呢……不过你们要跟紧我，这里有很多危险的植物，你们胆子真的很大。"

原来女人叫希尔，是很有名的植物学家，在雨林里采集植物样本回去做研究。苏薇十分敏锐地察觉到这里的植物都很奇怪，四个人既紧张又害怕。董古今感到不对，问道："姐姐，你知道现在几点了吗？"随后他们就睁大眼睛看到希尔手上一个透明的蓝色表盘经过触碰后像一个大屏一样显示到她的手上，滚动着一条一条的研究数据，接着她又划过大屏，出现了数字"2305.5.1113：41"。四个人瞬间明白了，果然，是信息发展迅猛的时代，植物也"进步"了啊。看样子人类已经从吉姆斯人手中夺回了主动权。

四人发现雨林深处的树林比刚才的那片树林更加茂密幽深，散发着危险的味道。"噢！"苏薇突然惊叫道。其余几人顺着亮光看过去，一株散发着柔和亮光的紫色植物正轻轻摇摆着，活脱脱就是植物的茎上长满了水母的样子！"这就是水母兰，很稀有……""它在干什么？呃，很抱歉打断你。"苏言说道。"没关系，它在准备脱离植物主体呢！"希尔的眼眸里充满了激动，"水母兰在成熟时就会脱落，它就是我今天要采的样本。"希尔拿出了采集样本的罐子，在五人的注视下，这神奇的发光植物剥落了下来。

神奇的一幕出现了，水母兰并没有顺势掉在地上，而是像真的水母一样缓慢地向四面八方运动着。"很好看，对吧，我们只需要再等一下……"只见水母兰运动过程中"内腔"里一团不明物体从腔下空缺处散落下来，垂落成类似水母触手一样的"花蕾"。

"现在，让我……只要……嘿！抓住你了！"希尔抓住了水母兰，但并没有那么顺利，水母兰像一只真的水母一样缠住了她的手，幸亏希尔戴了手套，她有些粗暴地将那小东西塞入了玻璃罐子。"美丽而危险的东西。"希尔说道。四个人已经吓得呆愣在原地，好半天才反应过来。苏薇连忙问道："你没事吧？"希尔表示她非常好，四个人十分担忧地默默交换了一下眼神。

这时杨子寒发现有株水母兰上有一个尚未成熟的花苞。希尔刚好看向这边："别碰！"话还没说完，杨子寒就惊恐地发现在自己的手触碰到花朵时，那个没成熟的花朵像气球一样迅速变大并死死缠住了他的手，力量大得惊人。杨子寒顿时觉得这力量足以把自己的手腕勒断，苏言拿起斧子朝那发了疯一般的花砍去，谁知那花朵直接把杨子寒甩了出去，四人惊恐地看见杨子寒被甩向的方向有一株植物张开"大嘴"，将杨子寒吞了下去。"噢……糟糕，不！好恶心！"他不情愿地看着身旁那一团散发着恶臭的黏液，而他也在一刹那看见那黏糊糊的黏液中有白光闪过，他又忍着恶心仔细确认了一下。"好吧，"杨子寒强忍恶心与恐惧自言自语道，"老天保佑这东西没毒。"他把手伸向了那恶臭的黏液，向一个银色的小铃铛抓去。"谢天谢地！什么？别呀！"他开始向下滑了，有消化作用的黏液也使他的胳膊灼痛起来，拿着铃铛更不方便将手抽出。与此同时，希尔终于对这株狰狞的植物举起了斧子，一下、两下……植株开始晃动，杨子寒大叫起来。

2208班王赫恩创作

咔嚓，茎断了，巨大的植物倒在地上无力地张开了"大嘴"。杨子寒爬了出来，浑身湿透，差点儿没吐出来。

不过那黏液似乎一遇到空气就蒸发了，灼痛感也随之消失，杨子寒终于不再抱怨。银白色的铃铛在黝黑的林荫下静静躺在希尔的手里散发着柔和的光。"这是我上次来收集样本时落下的，真没想到它给吃了，这液体还给它除了除锈，这种巨大的食肉植物叫利齿蕨……"希尔一扭头，发现四人眼睛亮晶晶地看看那铃铛，又看看自己，哭笑不得。"看在你们帮了我那么多忙，还为我提供了一个研究对象的分儿上，"她指指植物不断冒出又消失的液体，说，"这个铃铛就送给你们吧。"四人相视一笑。

回去的路上几人抄了小道，又碰见了噬光藤。一株成熟的水母兰从那里飞过，真不幸，噬光藤猛地一甩那长满了金色树叶的藤条，水母兰长长的如花蕾一般的触手与噬光藤的藤条纠结着，不一会儿就被吸收了。噬光藤散发出柔和的银光，看来这就是为什么有噬光藤的地方很少有萤火虫了。"我还是非常开心看到这一幕的。"杨子寒愤愤地说，几人笑了起来。到了森林边缘，几人别了希尔，董古今端详着躺在手里的铃铛上的小楷字："四·冒险"。

"真想不到铃铛以这样的形式出现。"董古今哭笑不得。"多亏了杨子寒。"苏薇补充道。杨子寒赶忙摇了摇头："但愿下一个铃铛不要以这样的方式出现。你们知道吗，那恶心的大东西倒的时候差点儿没把我淹死，我脑袋都被泡了！你们也真是的，我在那里边跟劈叉似的撑了半天，结果你们……呕……"他顺势做了一个呕吐的动作，苏言立马跳到了一边，几人大笑起来。在天空被镀上了金边的傍晚，四个人消失在了森林的绿荫下。

第七章　秘密

"你谁啊！"醒来的苏薇问道，声音里还带着颤抖。

"苏言。"

看着变样的苏言，苏薇只得接受了他们现在是变身而来的事实。苏言刚想去找线索，却被闯入的大爷乱了思绪。

"再青、陈安，你俩干吗呢？院长都生气喽，赶紧进去吧！"

就在两人决定先套话时却被老人抢先。

"再青，有事一会儿完了再说好吗？"进去后，就有人带着他们去了主桌。

"你们怎么才来，都等你们半天了。"几个领导想趁机灌他们酒的时候，苏言为苏薇挡下。等再看到他时已经醉得站不稳了，苏薇扶着苏言来到房间安顿好，才开始回忆。

现在是 2329 年，两人都是科研界的新星。沈再青的妈妈林淮安意外去世，她一直想和爸爸研究出穿梭机去拯救妈妈。陈安是她发小，但不支持再青的想法。

苏薇现在很烦，不仅为沈再青的事，还有两个伙伴，他们貌似走散了。

突然响起了提示声，她刚打开虚拟屏就看到一行字飘在眼前。"来书房。"是父亲沈志发的。她走到门口，里面只有一个略显沧桑的背影。

"坐吧。"父亲淡淡地说，"还是要去？"苏薇明白他的意思但还是不理解为什么不让她去，开始质问父亲。沈父十分愤怒，对苏薇吼道："不让就是不让，哪那么多问题！"烦了一晚上的苏薇忍不住了，也对父亲说道："凭什么？我怎么能忍心看着妈妈就那么走掉！""难道我的心是铁做的吗？"沈父从柜子里拿出一个日记本，把本子递给再青，说这是她妈妈留下的。苏薇缓缓打开，映入眼帘的是一个信封，是沈母在最后几天写的。

> 亲爱的再青：
> 　　最近怎么样？我连累了大家，因为我才导致 E 博士要派人毁掉实验室。对不起，如今我要走了，与她的恩怨也结束了。我的笔记本或许对你有用，用它去拯救更多苍生吧。孩子，不要再想我。

苏薇打开日记，前面都没什么可疑的。可是在一张没有日期的纸上，只能看清几个字"Eidth"，后面又紧接着写："对不起，我会替你报仇！"

　　2322 ／ 4 ／ 17　　暴雨
　　我被迫留在了办公室，Eidth 来了。几年前她研究出一种美其名曰"神药"的病毒，我不理解那么做的意义，也不想知道。但现在她很认真地坐在对面跟我讲，她被逼研制出的病毒，是为了保护我的安全。当年是她才让我躲过一劫，我真的对不起她。

　　2322 ／ 5 ／ 2　　阴
　　郊区的废场发生了大爆炸，我知道那是她干的。我再没有见过她，我想要为她报仇。

　　2325 ／ 6 ／ 13　　晴
　　我研究出针对 M 组织的系统了！Eidth 的努力没有浪费！

往后日记就没了，妈妈也是在 6 月 19 日晚上去世。

这时，苏薇想起了还在睡着的苏言，赶紧跑到屋子里把人叫醒。"快醒醒，你现在有这儿的记忆了吗？"

"好像有了。"

"14 号晚上妈妈准备回家，有人突然闯进所里毁了系统，母亲冲上去拦住那些试图挽救危机的人。不知谁碰到了有毒气体的阀门，毒气瞬间开始蔓延，眨眼间便充满着整个实验层。妈妈和那些伙伴接连去世，而那些歹徒的上级仍没露面。"

苏薇忽然想到一个人，于是她二话不说就带着苏言上车直奔 E 博士的住宅。现在这个时代想找到她简直太简单了，而且车也不用自己开。他们很快就到了 E 博士家门口，两人快步走近。门刚开，一个女人就从楼上走下来，仿佛知道一切。

"二十五年前的那次行动是我指使的。"她很平静，说的话简直比机器还冰冷，"当年是我救的她，谁知道爆炸了她还去报仇，真是的。"

"苏薇，当务之急是找到我们的同伴啊！"苏言对苏薇说道。

苏薇被这句话点醒。

"你们还有事？"

"我们知道您厉害，要不然您帮帮我们？"

"过来。"她带着两人走向了一个房间，里面都是虚拟屏，系统自己运作着。两分钟，E 博士就找到了杨子寒和董古今的照片对着两人说："在东庭出任务，去那找吧。"

"谢谢，但是你现在真的得走了。"

"这本来就是我应该受的惩罚。缘分就到这了，谢谢。"

门外传来的警笛声打破了沉默。三人被带回了警察局，E 博士承认了罪行，并向警方说了自己知道的关于 M 组织的所有事。最后，在各方协助下 M 组织的全部成员终于被逮捕。

中午，两人已经坐上了传送机。因天气原因，两人仿佛在云中穿梭。落地后，他们到当地研究所去了解情况。领导季处长非常开心地来迎接，

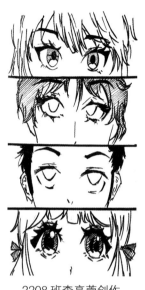

2208班李亭萱创作

他们没多久就见到了同伴。说来奇怪，这董古今和杨子寒的样子没变。

经过一番介绍，领导已经了解四人的情况，并且对他们的铃铛很感兴趣。"这铃铛，可否借我一用？"

"不好意思，季处，这对我们很重要，恕我们不能借给您。"

"没事，我也就那么一说。"

对话被打断，消息提示音刺耳地响起。

"穿梭机已成，速回。"是沈父。几人很高兴，说不定这次用穿梭机就解决了呢。到了所里，面前是一台大型机器，顶上的原料发着耀眼的光芒。

就在几个人准备上前时沈志突然叫住几人，他听了东庭那边的消息，有了私心，手里拿着一个东西。

"把铃铛给我，不然你们谁也别想离开这里。"

"什么意思？"四个人满脑子都是疑问。

据沈志说，其实当年的M组织就是沈志创建的，他是个被贪欲和自负所控制的人。他一面为妻子对国家有贡献而开心，另一面又怕妻子日后会危及自己的地位和利益。其实他没有想杀林淮安，毕竟夫妻一场，谁知E博士半路插手，为了前程他只好先除掉E博士。他也没想到林淮安会报仇，只好策划了突袭，意外导致了毒气泄漏，于是，把这件事全都推到手下身上。

四个人听到这里心中满是对沈志的痛恨，对自己的妻子如此狠毒，还间接害了那么多人。苏薇冲上去想拦住准备逃跑的沈志，但被他打伤腿停了下来。董古今敏锐地发现机器顶上那个发着光的原料是一切的能量源，只要拿掉就能阻止沈志了。

于是，她叫上杨子寒，一个掩护一个从机器后方上去拿东西。苏言也趁着这时赶紧去给苏薇包扎伤口。很快，杨子寒就爬到了机器顶上。眼看着沈志就要逃跑，千钧一发之际，杨子寒把手伸了进去。

"奇怪，怎么不疼呢？"其实他们已经紧张到忘记自己进来前是穿了防护服的。看来，还是老实遵守实验室规则最保险。拿出了原料，几个人看着沈志上了警车才终于放下心。

"铃铛呢？"

就在杨子寒拿出原料时一不小心没拿稳，那东西掉在了地上，外围的礁石纷纷脱落，露出了一个铃铛。

"可算找到它了！"几个人露出了久违的笑容，看着铃铛上"三·友谊"的字眼儿不禁有些感动，轻轻一摇，离开了这个水深火热却不失纯真的世界。

九 铜铃

第八章　游戏

一阵眩晕过后，四人又一次穿越时空了。

"这是哪儿？"苏言睁开眼，吃惊地打量着四周。天空灰蒙蒙的，空气中充斥着冲鼻的气味，令人难以呼吸。地面上破败的房屋，满是腐朽的气味，呛得苏言直皱眉头。旁边一辆锈迹斑斑的卡车，车身杂草丛生，前轮脱落到爬满苔藓的地上。在另一边，一栋摇摇欲坠的公寓楼顶垂下腐烂的铁锁，令人生畏。突然，苏言一阵剧烈的头痛，脑海中如翻江倒海涌现出一段段陌生的记忆。

现在是 2637 年 6 月 18 号，在这个世界中，因为地球上的人类已经多到极限了，所以每一家都会选出一个满十二岁的人，他们会被随机分配到不同的星球。而苏言这次穿越身体的主人正好是十二岁。

"这什么狗血剧情啊！"苏言说道。但说归说，找铃铛还是最要紧的。

"他们三个也不知道去哪儿了。"苏言愤愤地说。他也只好无奈去往分配局。

到分配局后，他进入了一个充满严肃气氛的房间。屋里十分黑暗，能看见的只有墙上的一块屏幕。在黑暗中，一个低沉的男声传了出来："姓名？"这时苏言才发现自己还不知道身体主人的名字，他的思想立刻跑进自己的记忆里去搜索然后回答道："伍文竹。""年龄？""十二岁。"

"嗯，过来。看到这个按钮了吗？一会儿摁下它，然后你自己决定松手时间，松手后在我身后的大屏幕上会出现你分配到的星球。"苏言紧张地将手放了上去，一会儿大屏幕上出现了一个星球名字：开普勒186。那个男低音说："为您分配的是开普勒186，祝您好运！"苏言被一道光包围住，他来到了"开普勒186"。

这里和地球上形成了鲜明的对比。天空很晴朗，阳光普照大地，照在人脸上暖洋洋的。高楼玻璃上闪耀着耀眼的光，这对于刚刚从黑暗中出来的苏言来说，眼睛有点儿接受不了。只听啪的一声，苏言来到了一个陌生的地方。等到他适应了光亮，便开始打量四周。这是一个蓝莹莹的大厅，大厅正中央挂着一块硕大的电子屏幕，屏幕上闪烁着几个如红宝石一般的大字——开普勒186分配局。只见前方几个穿着西装的人忙碌着，脸上显现出疲惫的神色。

只听见一个冰冷的机器声说道："欢迎你来到开普勒186。这是你的向导。"这时走出来了一个男人，男人脸上流露着自信、成熟和稳重，"你好，我是你的向导。这是你公寓的钥匙。"男人说道。这时的苏言都没有认真听他说话，他在想着其他三个人被分到了哪里。然后就心不在焉地跟着向导出去了。突然，苏言的余光瞥见向导腰带上挂着一个他梦寐以求的物件——铜铃。"向导先生，您腰间挂着的铃铛真好看，能否送给我呀？""好，反正我奶奶送了我两个，送你一个也无妨。"向导一脸不屑。苏言欢欢喜喜接住铜铃，就被白光笼罩了。

"苏言，你终于来了。"突然苏言听到了苏薇说话的声音。苏言打量着四周说："这是哪儿？我不是拿到铃铛了吗？"只见周围白花花一片，使人睁不开眼睛，充满神秘的色彩。但幸运的是，现在每个人手里都有一个铜铃。"你先别急，看看这个。"杨子寒说，说着给他扔过来一张纸：

　　亲爱的挑战者们，你们好！当你们看到这张纸时说明你们已经找到了四个同样的铃铛。如果挑战成功，那么你们就将得到真正的铃铛，如果没有通过，那么你们将会被困在这里无法出去。最后温馨提示：在挑战过程中你们可以许愿得到你们需要的物品。

那么加油吧，挑战者们！

"哎，还说呢，这次找到铃铛这么简单，没想到暗藏玄机。"苏言愤愤地说。"行了，别抱怨了，赶紧去看看吧。"

四人穿过一道大门，地下有一张纸，上面写着：国王与奴隶，卡牌游戏。游戏双方每一方五张卡牌，一方四张平民一张奴隶，另一方四张平民一张国王。平民克奴隶，奴隶克国王，国王克平民，如果游戏中出现国王对对方的平民算获胜，而如果游戏中出现奴隶对国王，则奴隶方获胜，共三次机会。"听起来挺简单，就是卡牌游戏呗。"苏言不以为意。苏薇说："那就开始吧。"刚说完前面出现了一个人说："欢迎各位来到国王与奴隶。"

"董古今你来吧，你最厉害。"杨子寒说。"好吧。"董古今应道。那人又说："你们已经知道规则了，那么开始吧，你们是奴隶方。"董古今说："好。"

第一回合：平民—平民

2208 班成子楠创作

第二回合：平民—平民

这一回合董古今想：已经连续出了一半平民了，估计他会出国王来试探，那这一把出奴隶。虽然她已经做好准备了但是仍然很紧张，毕竟只要他还出平民那就输了，董古今心跳不自觉地加快了。突然她发觉那个人突然狡诈地笑了一下。董古今有种不祥的预感但还是出了奴隶。

第三回合：奴隶—平民

董古今输了。"各位第一次战斗失败。"那人说完后又消失了。苏言忍不住说："董古今你太着急了，国王那么重要的牌肯定会在最后出哇。下一把让我来。"说完便就对着房间说："开始。"那个人再一次出现："第二次挑战各位准备好了吗？"苏言信誓旦旦地说："准备好了。"

第一回合：平民—平民

第二回合：平民—平民

第三回合：平民—平民

苏言心里想：是时候了。他紧张地拿出来了一张奴隶牌，这时候董古今发现那人又一次不易察觉地笑了，突然董古今已经猜想到了结果，她准备再观察一下。

第四回合：奴隶—平民

"各位又输了。"那人又说道，随即又一次消失。

"我知道了。"董古今突然说道，"这整个房间都布满红外线，而那人的眼镜就是接收红外线的仪器。"

"你怎么知道的？"苏薇不解地问。

"当每一次咱们出奴隶的时候他都会一笑，而且他的眼镜上总会有红点。每当咱们出奴隶时，心情都会很紧张心跳会加快，他就会知道以此出平民。"

"那怎么解决？"杨子寒问。董古今说："等一下。"然后她对着房间说，"我请求给我们一剂兴奋剂。"突然在董古今的手上出现了一个小针管，她把它交给苏言说："一会儿在第四回合的时候你把它注射到你身体里，别让他看见，然后你出一张平民就能赢。"

"你太聪明了！"苏薇称赞道。随后苏言说："开始。"

那人又出现了："第三回合，这次各位要是再输的话，就会永远被困在这里哟。"

"这我知道，赶紧开始吧。"

第一回合：平民—平民

第二回合：平民—平民

第三回合：平民—平民

这时苏言偷偷地把兴奋剂注射到体内，不一会儿他就感到心跳加快，这时那人又笑了。董古今知道他们赢了。

第四回合：平民—平民

"这怎么可能？"那个人说。苏言说："我们赢了。"那个人消失了。随着神秘人的消失，除了董古今裤兜里的铃铛没有消失，其余的全部消失不见了。

"那么，我这个铃铛应该就是真的了吧！"说着董古今从兜里掏出来那个铃铛。这时四人也看清了铃铛上的字"二·变幻"。

第九章　危机

　　伴随着第八个铃铛被四人组找到，眼前又出现了那道熟悉的光，四人闭上眼，白光将他们包围，裹挟着他们去了"冉北108"号星球。不知怎的，四人都被传送到一个不知名房间里。

　　苏言问："现在是什么时间？"

　　"2813年。"苏薇看着眼前电子屏幕上显示的时间回答道。

　　在这个房间，只有无尽的白色，一尘不染，白得刺痛四人的双眼。

　　嘀嘀，一声机械的女声响起，"现在为您播报任务，'九九归一'。规则：你们要进入古代、现代和未来当中，去寻找第九个铃铛，但在进入本次任务前，你们会被抹除记忆，找齐九铜铃后，方可获得胜利。""这不是欺负人嘛！好不容易找到八个来到这里，现在又让我们再找第九个铃铛！"董古今吼道。杨子寒感觉凉意从心口涌出："难道……难道之前我们所经历的一切，都……都是上一次我们来到这个鬼地方时玩的'九九归一'游戏？"苏薇不禁双腿发软，瘫倒在地面上。

　　经商讨，四人决定挑战。他们再次被白光包围，来到了十分熟悉的故宫。四人欣赏华美的建筑，又见到了那个蓝衣女子，再一次地跟随她，蓝衣女子再一次消失，董古今发现一个精致的木盒子，里面是一个精美的铃铛和一张纸条。杨子寒拿过铃铛玩起来，苏薇则凑到了纸条面前，把它摊开：

2415 年 40 月 8 日　阴

　　我好担心这个世界，它好像支撑不了多久了，几百年前的腐蚀性酸雨腐化了这里的多少土地？如果再来一场的话，恐怕整个未来世界将不复存在。到时候该怎么办？不……不……那太可怕了！谁来帮帮我！

　　"薇薇，你在看什么？"苏言的声音打破了苏薇的思绪，"一篇……应该是日记，但是好像与现实不符，应该是胡编的吧！"苏薇答。苏言眉头紧锁，董古今和杨子寒也凑过来看，可是并无头绪，只有蓝衣女子暗暗咬牙道了句"糟糕"。

　　毫无预兆，世界开始崩塌、粉碎，一块块真实又虚幻的碎片从四人惊愕的目光中落下，一道白光在碎片扎伤他们前，抢先一步笼罩住他们……

　　"恭喜您，完成'九九归一'，现在即将送您离开。"

　　四人回到了未来世界，与之前不同，这次停在一个绮丽的宫殿门前！苏薇一脸蒙道："我们挑战成功了吗？"苏言恍然大悟，说道："其实，这个任务的关键在于咱们要在任务中发现真实世界中的幻象世界，而不是寻找那所谓的第九个铃铛，我们之所以穿越回来，是因为我们发现的那张纸条本不应该在故宫博物院找到，这个世界发生了原本不该发生的事情。我们一次又一次来到那个白色房间，却一次次地在完成'九九归一'所谓的任务，这次，我们打破了这无尽的循环！"众人纷纷醒悟过来。

　　"高阁逼诸天，登临近日边。"四人观察着高大华丽的宫殿，空中突然飘下一张纸条。纸条上写着：

　　你们身处未来时空，且此世界并无人类，这里都是外星人和机器人，只要发现有人类的气息，就会引来他们的攻击。记得小心伪装，机器人眼神空洞，且说话语调没有平仄，没有感情，注意用词。你们可以寻找周边的废弃机甲，它们可以帮你们很好地伪装。

四人刚刚阅读完毕，慌忙套上旁边的机甲，就见一个机器人缓缓朝他们走来，四人连忙立正站好。"你们四个，不去宫里工作在这里偷什么懒呢？"冰冷的机械音环绕在四周。"我们……额……我们，啊，我们现在就去工作。"苏言心虚地应答。

四人进入水晶宫殿，宫里一片黑暗。"怎么回事，不是说好让我们干活儿的吗？我还想借机找铃铛呢！"苏薇疑惑的声音响起。砰，灯光突然亮起，明亮的光线让四人睁不开眼，等光芒渐渐柔和后，四人才发现面前是一个镶嵌着许多宝石的宝座，上面端坐一位蓝衣女子——与他们在故宫见到的是同一个人，她正襟危坐，腰间挂一金色铃铛。"你们四个，怎么来得这么晚？"嘴甜的苏薇赶忙接话："那个，女士，我们刚刚去宫外花园巡逻，所以才晚到了一会儿。""哦？那现在到了还不快帮总部搬杂货，快去啊！"蓝衣女子皱皱眉，严厉地说。四人吓得不敢接话，忙跑去帮忙搬刚从星际列车上运下来的货物。搬完，四人累得气喘吁吁，又回到了宫殿，想去拿那心心念念的第九个铃铛。

"你们搬完了？"宫殿内蓝衣女子一脸冷漠地问："你们看起来好像很需要输入一些机油。"董古今接话道："啊，没事没事，我们只是感觉有点儿累……啊不！感觉身体不流畅，可能是螺丝松动了吧！"说完这话，蓝衣女子表情瞬间难看，接着起身锁住宫门。"您这是？"苏言有些慌张地问。"呵呵，'感觉'？很细腻的词呢……抓到你们了，人类！"女子邪魅地笑着说，"让我猜猜？你们是在找这个吧……"她轻抚腰间铃铛，铃铛发出清脆的响声。

"你到底是谁？"苏薇问道。

女子又笑了，是很优雅的笑，但在四人耳中却无比刺耳。"我叫绮真，是冉北星人。""那，绮真小姐，可不可以把您手中的铃铛给我们？那对我们来说很重要！"苏薇急切地恳求道。绮真眼里闪过一丝毒辣："嗬，人类？不可能！你们只会破坏环境！都是因为七百多年前你们对地球肆意破坏，才害得如今世界这样！你们没发现这里的天气十分寒冷吗？在温室效应的影响下，2410年左右的时候地球十分炎热，人们不得不去山上开采'冷矿石'，结果工程失败，整个地球被粉碎，冉北星，就是第108号碎片！它飘出了太阳系，飘进冰冷的宇宙……"说到这儿，绮真不由得哽咽，"而这一切，都是你们人类害的！"

听到这话，四人都愣住了，他们实在是没有想到，人类的举动竟给地球造成了如此巨大的破坏。杨子寒急忙回答："我们只是想拿这个铃铛回家，回到我们的现实生活……""住嘴！"杨子寒话音未落，就被情绪几乎失控的绮真打断："人类……你以为我会再次相信你们吗？你们不就是想集齐九铜铃然后用它们的力量换取利益吗？你们都知道，集齐这九铜铃，就可以满足自己的一切愿望，所以你们都这般自私想得到我的铜铃……"绮真越说越激动，忍不住热泪盈眶，"总之，铃铛我是不会给你们的！"绮真用不容置疑的口吻说。

四人很发愁接下来该怎么办，一直没吱声的苏言突然有了动作，只见他默默从口袋里掏出一张皱皱巴巴的纸，这是他妹妹发现的"日记"。

"绮真小姐，如果我没猜错的话，这是你写的吧？"苏言的语气慢慢坚定，"刚刚，你让我们搬货物的时候，我发现了笔迹鉴定器，我好奇地用这张纸试了一下，扫描结果：绮真，写于2415年，上面还有你的照片，所以，绮真小姐，你也是人类，对吗？"

绮真愣住了，随即开始流泪。她依靠在嵌满宝石的宝座上，抱头痛哭："是的，我是人类，这是我写的……当时……我……我真的没想到只是开采了一颗冷矿石，地球就会爆炸……我真的不是故意的……"

原来，在2417年，地球还未粉碎成一片片小行星时，室外温度已经达到惊人的64℃，是年幼的绮真贪凉，私自背着施工队开采冷矿石想让家里保持凉爽，结果开采失败，使地球爆炸，她也被传送到冉北星这个终年寒冷的地方，也因是第一个来的生物，被拥为女王，这就是她为什么如此痛恨人类的原因——也可能是在恨之前的自己吧。

"绮真姐姐，我们绝对不会拿铃铛去做坏事的，请你相信我们。"一道无比坚定的女声传来，是苏薇："你刚才不是说，集齐九个铃铛能实现我们的愿望吗？你把这第九个给我们，等我们传送回家，我一定许愿：让2023年的地球变得更健康，同时也会呼吁人类保护自然的！请绮真姐姐相信我！"

"是啊是啊，请你相信我们！"身后传来明朗的男声，"绮真小姐。如果你想挽回几百年前犯下的错误，就请把铃铛交给我们，我们一定会通过它的神力，把地球变得山清水秀！""好……"绮真的泪珠划过脸颊，"我相信你们，来。"她轻轻取出被她攥紧的铃铛，递给苏薇。苏薇赶紧小心翼翼接住。上面写着三个大字："九·团结"。

四人将九铜铃放在一起，突然，宫殿开始猛烈地震动，而后又是那道熟悉而又亲切的白光……

2208 班田子娴、赵梓翔创作

第十章　破局

白光闪过，四人跌落在地面。九铜铃滑落到一边，发出丁零、丁零的响声。紧接着，是沉默，良久的沉默。

"新月已生飞鸟外，落霞更在夕阳西。"此时已是 10 月，时间已接近傍晚，微风拂动着树叶，发出沙沙的响声，远方，一轮红日伴随着大雁渐渐落下。四人如痴如醉地看着这一切。过了许久，苏言才喃喃地说："这么说，我们找齐九个铜铃了？"四人抖落身上的尘土。环顾四周，眼前不再是什么热带雨林、高楼大厦、外星人和高科技之类的东西，而是集中华优秀传统文化于一身的故宫。是啊，是啊，有时候就是这么奇妙。无论怎么轮回，终究还是回到了原点，四人又回来了。

"真棒，转悠了一圈，又回来了，只是多了九个破铃铛。"杨子寒丧气地说。"我想，我们不仅仅是回来这么简单，这肯定预示着什么。"董古今紧皱双眉，看着戴在手腕上的手表，若有所思地想着。突然，苏薇大喊："绮真小姐不是说了嘛，这九个铜铃可以满足拥有者的一切愿望。而铜铃把我们带到这里，不就是让我们拯救地球、保护环境、防止灾难发生吗？"话音刚落，远处几个穿保安制服的大爷冲四人喊："孩子们，故宫要关门了！"四人惊慌失措，捡起铜铃就向紫禁城深处跑去，大爷的喊声由近及远，渐渐听不到了。四人气喘吁吁，在最近的台阶上坐下。"既然九铜铃能满足我们的一切愿望，我们为何不试试呢？"苏言叉着腰，手扶在墙壁

这烟火璀璨

上，认真地问。董古今眼前一亮，语无伦次地说："对，对了！我们第一次来这里的时候见到的那个蓝衣女子不就是绮真小姐吗？绮真小姐知道一切，而我刚刚看了一下时间，第一次来的时间是上午，现在是傍晚，所、所以……""绮真小姐可能还在故宫里。"杨子寒抢先答道。"可万一绮真小姐走了呢？"苏薇满脸忧虑。"但这是我们唯一的希望，为了拯救地球、保护环境、弄清楚九铜铃背后的秘密，我在所不辞。"苏言目光坚定，脸上写满了坚定和责任。三人被这一番话感动了。他们迈着坚定的步伐，向着有唯一希望的地方——那个挂着无数铃铛，和绮真小姐第一次相遇的地方前进。"不用了，我已经在这里了。"他们背后传出一道悦耳的女声。

一身水蓝色的印花锦缎旗袍，围着红狐围脖，脚上蹬着红色的皮靴，外罩一件银白色的兔毛风衣，头上简单地挽了个发髻，簪着支八宝翡翠菊钗，犹如一朵浮云冉冉飘现。夕阳散尽的光勾勒出她精致的脸廓，散发着淡淡的柔光，现代与古代巧妙融合在一起，但双眸冷漠，两眼无光，真是"垆边人似月，皓腕凝霜雪"。

四人大喜，"绮真小姐！"他们喊道，绮真小姐应道："我早已料到你们一定会找我弄清楚九铜铃背后的秘密，我本不打算告诉你们，因为人类破坏环境、骄傲自大、最终导致地球的覆灭。但是自从你们找到了第九个铜铃后，我反悔了，因为我发现，世界上的人类还没有到无法挽救的地步。尤其是你们四个，你们之间，有很多力量，是很多人所没有的，那就是友谊、信任、善良、责任，你们互帮互助，有难同当，有福同享，经过坚持不懈的努力获得了九铜铃，取得了傲人的成绩。更何况，我也有责任……"四人面面相觑，十分惊讶。是啊，本来就是想通过找九铜铃来消磨一下周末的时光。没想到被绮真小姐说成了干大事，好像突然就成了了不起的人。绮真小姐继续不动声色地说道："其实，九铜铃是我们家族的传家宝。这九铜铃的制造者，是我的奶奶。我父母双亡，我是由奶奶抚养大的。我们家族十分神秘，只要是我们家族的，每个人，都有一种普通人没有的力量，至于为什么，我也不得而知。我奶奶，不仅能够预知未来，还能制造奇珍异宝。可满足人们一切愿望的九铜铃，便是奶奶的杰作之一，它受到奶奶的严格保护，奶奶还煞费苦心，造了好几个以假乱真的假铜铃，以防被盗。我和哥哥绮夜都可穿越时空，绮夜还会改变人的记忆，弟弟绮乐深受奶奶宠爱，终日与奶奶形影不离。可据传，他现在在开普勒186当了向导。"

苏言焦急地说："我在开普勒186得到的铜铃是一个向导给我的，他的奶奶给了他两个，他送给了我一个。""在开普勒186，我那个真铜铃是一个奶奶给我的，还让我好好保管。"董古今急切地说。"那你们俩的铜铃是谁给的？"苏言问苏薇和杨子寒。"我和苏薇直接就到了玩'国王与奴隶游戏'的地方，当时我们每个人手里就有一个铜铃了。"杨子寒摸不着头脑，疑惑地回答道。"我奶奶，经常送给她子孙后代很多铃铛。而真正的铜铃，是不会送人的，至于为什么董古今会从奶奶手里得到真的铜铃，我猜可能是奶奶老糊涂了。"

绮真小姐继续说："后来，纸里包不住火，九铜铃的秘密被很多人知道了。于是，家里人被很多贪婪的坏蛋威胁，让我们交出九铜铃。家族里的人都认为这是我哥哥绮夜透露出去的，族人把他逐出家门，他在临走时说要与我们家势不两立。后来也就不知道他的下落了。奶奶为了守护九铜铃，把它们分别放入各个时期。再后来，自从我独自开采冷矿石引发大爆炸使地球覆灭之后，我就再也没有见到我的亲人。"

又一次沉默，良久的沉默。

"但是，我不明白，你跟我们说我们早就知道九铜铃能满足人类的一切愿望，但在你说这句话之前，我们并不知道这个！"苏薇的脸上写满了大大的问号。"你们当然不知道，是我篡改了你们的记忆。"红柱后面突然传出了一个阴沉的男声，紧接着，红柱后面就走出一个人。"绮夜！"绮真瞪大眼睛，吃惊地望着这个人。

此人面容消瘦，身材修长，穿着一件黑色斗篷，细长的眼里充满了愤怒，如一只暴躁的雄鹰跳出来。"你还有脸叫我的名字！""绮夜，你为什么要这么做？"绮真疑惑不解。"那还用问！都是因为奶奶只把心思放在造破东西和照顾你们俩身上，每次我需要陪伴和安慰时，你们却总是对我不闻不问！你知道的，奶奶总是告诉我，说我是大哥，应该给弟弟妹妹树立

2208 班裴誉宸创作

榜样，而你们却备受呵护。当时，我怨恨这一切。我把九铜铃的秘密公之于众，就是想让她明白，什么叫作痛苦！后来我试图找全九铜铃并摧毁它们。没想到被这几个小鬼抢先。""你就是……"苏言说。"没错，我就是渔夫和举办游戏的人……"

"够了！"一个苍老的声音在空中像炸雷一样突然响起。六个人扭头一看，只见一个耄耋老人被一个高大男子搀扶着，缓缓走来。而老人此时已经泪流满面。"是向导！""是奶奶！"苏言和董古今同时喊道。只见奶奶直直走向前说道："绮夜啊，奶奶只是想锻炼你的心智，磨炼你的意志，让你变得更强大。让你成为下一任家族管理者，却忽视了你需要的陪伴和应该得到的关怀，对不起……"话还没说完，绮夜和绮真已经冲向前抱住奶奶大哭起来。四人站在一边，苏薇毫不掩饰地哭着，另外三人也偷偷揉眼。

就在这时，九个铜铃发出耀眼的亮光，就像九只蝴蝶浮在空中。"机遇、爱国、历练、坚持、自由、冒险、友谊、变幻、团结"十八个大字脱离九个铜铃向更高处靠拢，融合成一团，逐渐变成了一个充满温情且深奥的字——爱。

"孩子们，你们四个是九铜铃选中的幸运儿。你们每个人可以许一个愿望，它们都可以帮你们实现。快，说出你们的愿望吧。"恢复冷静的奶奶慈爱地说。苏言说："我希望地球的环境改善。"苏薇说："我希望这世界少一些痛苦和战争，多一些欢乐和温情。"杨子寒说："我希望人类变好点儿，不要整天钩心斗角、庸俗势利。"最后，董古今说："我希望我们的友谊地久天长！"话音刚落，九只铜铃连同十八个大字全部消失了。而奶奶、绮真、绮夜、绮乐也消失了，无影无踪。

丁零零，丁零零，苏言猛地睁开双眼，身旁的闹钟响个不停。突然，门外一个声音大喊起来："杨子寒和董古今邀请我们去故宫玩，哥，你赶紧起床！"

原来是梦一场。

解　救

第一章　脑电波和药片

　　这世界真是要多荒唐有多荒唐，一场瘟疫就能把地球上一半的生灵摧毁，死的死，逃的逃，逃也逃不到哪儿去了，过不了多久，病毒就能席卷最后一片森林。

　　我坐在家中看着新闻，满是戴着防毒面具的身影，就在这时，屏幕上的一条新闻映入我的眼帘，通告联合国第十二次高级会议投票通过了移民火星计划，将在 9 月 20 日进行第一步，先驱者登火，他们共二十人，都是科学界最顶尖的人才，将会携带开采设备、基础建工材料、能源装置和探测器等移民基础设施，后续会有更多科研工作者带着更精良的设备登上火星，人类的存亡就看他们了。

　　几分钟后，有人按了按门铃，我在对讲机里听到一段略微沙哑的男声："您好，洛豫小姐，我是联合国总部的工作人员，您已被选举为先驱者，现在由我带领您前往训练基地。"

　　"需要带些什么吗？"

　　"衣物和起居用品就不用了，您若是有些重要的贴身物品，可以带在身上。"

　　"好的。"

　　我换上一身庄重一点儿的衣服，然后把父母的照片从相框里取出来，放进了衣兜，随后打开了门，前往基地。看上去，我是最后一个到的，好多人已经展开了激烈的讨论，我也试着跟上他们的节奏，然而他们给出的方案我大部分都看不懂，看来我果然不是这块料。这段时间可谓是手足无措，突然，座位上有一个年轻人倒地不起，呼之不应，这可把众人吓坏了，连忙向总部呼叫急救，我大步向前，看清了这人的面孔，大吃一惊，他竟是我大学期间与我交往甚佳的学弟柯纳德·卡文迪许，曾经有一次团建中，他调侃道自己有急性低血糖，于是，我在他的衣兜里摸索，果然找到一包方糖，接着拿出两块塞进了他的嘴里，旁边的人看到我的这一举动，立刻明白了，并大声喊道："他是低血糖，有救了。"几分钟之后柯纳德醒了过来，医护人员正好也到了，他赶紧摆手说道："我没事了，低血糖而已，给你们添麻烦了，你们去忙吧。"柯纳德谨慎地环视了一周，自然也看到了我，他走到我跟前，激动难掩，跟刚才苍白的面色判若两人。

"洛豫学姐，没想到你也在这里，方才一定是你救了我吧？"

我连解释的机会都没有。

"这一定是咱们在大学修来的缘分啊！"

虽然我平时很内向，但面对认识的人也能放得开。

我笑了笑，手扶着额头，半开玩笑地说："你糊涂了吗？咱俩差三岁，就当过一年校友，哪儿有时间跟你修缘分？"

"时间虽短，情谊深厚。"

"就你会说。"

处理完这件事之后，我们再次投入专注的工作中……

璀璨的月已然升起，登火计划已经初步确定，我们得以放松一下疲惫的身躯，我来到点餐区，可能是想考验一下这台机器的水平，点了一杯天鹅拉花的热拿铁，不出所料，拉花做得十分精致，我也在努力享受着轻松的气氛。

第二天的集训，真是让我印象深刻，清晨，太阳还在睡懒觉的时候，就要进行负重训练，短暂的早餐结束后马上开始专业的宇航员训练，虽然强度并不大，但依然感到很累，于是，我在心里不断对自己说：马上就要熬出头了。时间来到下午，很显然，下午的训练比上午难得多，尤其是失重模拟，身穿宇航服在水下连续作业，十分煎熬。晚上的离心机训练更是恐怖，这个项目可以用一句话来形容，扛过去的都是当过飞行员的，包括我在内的其他人，要么吐，要么晕，没有一个人能挺着腰板走出来。这场集训是艰难的，但也让我看到了大家团结一致的决心。

第三天就是大部分人都喜欢的环节了，我们终于能见到伴随整个行动的大家伙，"霄汉级"星航飞船，它不是一艘飞船，而是一组飞船，分子船和母船，子船十艘，母船一艘。

八点钟左右，两位教练员来到我们的住处简述了今天的安排：

一、选出驾驶员，辅助员等重要位置；

二、所有人必须能够顺畅进行自己的工作；

三、进行各项应急训练，以备不时之需。

接着，我们马不停蹄地赶往"霄汉级"的停靠地点，这一路上教练员都在强调注意事项，十分负责。

到达目的地，我们都被眼前的庞然大物所震惊，它不是飞船，而是全世界科研人员智慧的结晶。走进母船的舱门，先是一段不长的走廊，侧面存放着四套应急太空服，尽头的右边是一个厚重的隔离门，里面是能源控制室，用于引擎的动力调配和各能源存量的检测，左边是比较小的装备穿戴区。继续向前，会看到两台中央电梯，我们现在身处一层，最高三层。穿过电梯，就来到了餐厅，再往前走就是容量极大的物资储备室，上到二层，后方是娱乐兼休息区，前方就是最震撼的驾驶室，双驾驶位双辅助位是驾驶室的阵容。就在这时教练员发话了："三层咱们不用参观了，上面是战舰所有系统的操纵室和能源室，待会儿训练的时候会上去。"

这一趟参观下来，大家都被地球上的最高科技所震撼，出舱时纷纷在感慨着。

接下来，又是枯燥的训练环节，但很显然，相比上次，我们更有准备，更有信心，我也越来越相信，人类终会胜利。

前往太空的前夕，柯纳德向我介绍了他的小发明脑电波交流仪："带上这个东西，就可以用脑电波与另一个带着它的人交流。"

"这么神奇吗？"

"那当然，呃，你应该知道什么叫脑电波交流吧？"

"当然！我可是学生物的。"

"哦对，我竟然忘了。"

脑电波里的对话：

"柯纳德，你能听见吗？"

"可以，很清楚。"

"哇，我简直不敢相信，我们真的可以在意识里交流。"

丁零零，一阵铃声打断了他们的对话，提示现在到睡觉时间了，我们只好回到各自的房间里休息。

很快就到了出征的时候，登上飞船，我们在心底默默地为自己加油，二十分钟的准备时间一眨眼就过去了，我们的队长开始发号施令：

"关闭舱门！"

"已关闭。"

"检查动力系统！"

"动力系统正常。"

"检查各项能源存量！"

"能源存量正常。"

"发射倒计时，5、4、3、2、1发射！"

伴随着倒计时，飞船朝着火星进发，穿过平流层后，被推力压着的不适感终于消失，借这次机会，可以好好欣赏一下太空的绚烂多彩。

即将登上火星时，跟随着我们的安保人员给每个人发了一颗药片，说是为了预防火星上不适的症状，但柯纳德对我说："据我所知，火星上不适的症状不是药片就能缓解的。"我心里不由得咯噔了一下，有点儿细思极恐的感觉，于是，我对柯纳德说："他们如果来检查，就先把药片压在舌底。"药片发完之后，他们果然来挨个儿检查，柯纳德听了我的话，我们成功逃了过来，并打算抵达火星后再研究这颗药片。

几个小时后，飞船在火星着陆，果然，没有什么不适的感觉，但我脑子里变得十分混乱，不知真假，生怕知道得太多了，我也察觉到了一些异常，原先开朗的汉克如今竟变得沉默寡言，发现这一事实的我后背一阵发凉，但也只能装作没事人一样。

队长召集我们开一个小会，只是简单提醒了几句，结束后，我马上把药片带到三层的化学检验室，进行一番操作后，机器开始检测，就在这时，第一个任务派下来了，需要以我为首带队前往黏土层探寻可能存在的生命痕迹，要求十分钟后出发，我只好暂停检测并把药片拿出来带在身上，然后找来柯纳德，让自己身边有个照应。

队伍已经组建完成，坐上火星探测车，我们即刻出发，黏土层离飞船不是很远，很快就到了，探测车显示黏土层上无法行进，我们只好在旁边取样，柯纳德科普道："火星上的黏土层就像地球上的流沙地一样，非常

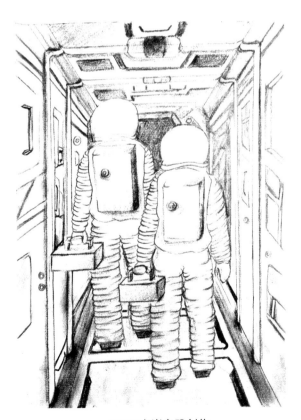

2212班崔高雅创作

松软，很容易陷下去。"装好样品后，直接放到探测车上检测，果然没有任何生命迹象。本以为这次任务马上就能结束，但让我们没想到的是，返回飞船的途中，身后生成了沙尘暴，我赶紧让驾驶员开到极速，好在沙尘暴移动不快，我们成功逃离了危险地带。回到飞船上，我把这个沙尘暴的坐标生成出来，然后发给了队长，随后到餐厅点了一杯美式咖啡压压惊。

这时，柯纳德提醒我去检测药片，我答道："哎呀，怎么把这事给忘了！"于是，我来到化学检验室，再次启动机器……

检测结果出来了，"脱氧呋辛"四个字让我大惊失色，柯纳德表示疑惑："它有什么特别之处吗？"我解释道："它能够长时间扰乱人的情感，已经可以称之为精神武器了。"这还没完，当我看到最后一行字时，倒吸一口凉气，"含未知成分"。

"也就是说，这药片不是通过正规途径制造的，且制造者还发现了新元素。"

"这事儿大了。"

第二章 幸存者交流会

伊登仿佛忘却那里曾是他的家园，他已经忘了上次见到朝阳的时间。

在那个早已被忘却的日子里，他的世界彻底颠覆了。那浓白的雾气深处，仿佛是通往地狱的通道，仅仅三天，地球上已超一半的人死亡，仅仅三天……

"嘀……"伴随着尖锐的门铃声传来，还在美梦中的伊登被吵醒了，他伸了个懒腰，走到猫眼前观察着外面，发现是给他送药的人后，连忙整了整衣衫，换上了一副呆滞的神情，打开了门。

"伊登先生您好，这是您本周的药物。"送药的人面无表情。仿佛机械般。

"好的。"伊登也用那相似的语气和表情说着。

接着他当着送药人的面将药片送进了嘴里，咀嚼了几下，然后咽了下去。

看到这，送药人才机械般转身离开。

目送着送药人远离，伊登有些戏谑地说道："也不知道这群人知道这些药片对我无效后表情是何等精彩，想想就觉得好笑。"

再看看伊登的脸庞，刚才的呆滞已经消失不见，取而代之的是复杂的笑容。

"这事，可没这么简单啊。"

伴随着一阵嘈杂的声音，我与柯纳德已然来到了这个幽蓝的空间站。

"Wow，洛豫，你有没有感觉这里有点儿恐怖啊？"

"别瞎说，我们在这里人生地不熟的，还是先收敛点儿。"

负责接待的人员高效且快速地帮他们整理好了衣物并简单介绍了一下他们的住所。只不过他和那个送药的人一样，神情十分呆滞，动作也很僵硬。

在伊登房间内，伊登翻看着他曾经的日记本：

2107 年 7 月 15 日

　　我来到了这个空间站，这里的机械好高端啊，只不过这里的人看起来似乎有点儿怪怪的，仿佛机器人。

2107 年 7 月 24 日

　　今天上级让我吃一种白色的药片，说是病毒的解药，而我明白这根本就不是，而且我发现大家服用了之后神情呆滞，动作也僵硬了。

2107 年 7 月 31 日

　　我的药片从一片增加到了三片。我推测是因为这么长时间来，我一点儿变化都没有，让人产生了怀疑，于是加大了剂量。

2107 年 8 月 8 日

　　我终于明白了，那个药片根本就不是什么解药，它能够损害人的大脑神经，使人变得像机械一样。我假装跟那些人一样，但我不知道我为什么能够免疫。

合上日记本，伊登自言自语道："那东西从来没有见过，应该是病毒里的一些东西。使人失去自我意识，而我之前得过，并且有了抗体。所以说那个东西对我没有用。"

他从柜子里拿出一瓶伏特加，打开瓶盖大口大口地喝了起来："反正暂时也回不去。还不如好好品尝一下故乡的味道。"这只是伊登大胆的自我猜测，否则无法说明那种物质对伊登无效。

这烟火璀璨

房间内，我正在跟柯纳德通话：

"你有没有觉得这些人很怪？"

"嗯，他们好像没有自我意识一般。"

"我也这么觉得，不过我们先内敛点儿，如果能碰见一个普通人再询问吧。"

"好的，我总觉得事情不是那么简单，希望没有大事。"

次日早上，我要去食堂，但不知道在哪儿。正巧伊登走了过来。我连忙上前询问。

"您好，请问您知道食堂在哪里吗？"

伊登看见是我，立马便知道我是新来的。他也用那呆滞的神情和僵硬的动作挥了挥手，并给我指了下方向，便转身离开了。

可我却待在那儿不动了，刚才我好像闻到伊登身上有股伏特加的味道，略微有些刺鼻。而其他人身上，却只有实验室中试剂的气味，"这家伙有些与众不同啊。"我开始注意起了伊登。

一阵刺耳的声音传来，将还在美梦中的我拉回了现实。"谁啊？"我没好气地说。我打开了门，发现是送药的人。我按照要求服下药片后，顿感头痛欲裂，"不要紧，这是正常现象。"送药的人呆滞地说。

等到送药的人走后，我立马将药片吐了出来，但也有一部分消化了，进了胃里。我顿感天地暗了下来，然后便不省人事了。等再次醒来，发现柯纳德正给我打电话。

"洛豫，你有没有感觉他给的药片很奇怪？我感觉服下后对他们的要求不是那么抵抗了。"

"我也深有同感，可恶，我们不会也要变成他们那样吧？"

"总之事情不是那么的简单，先走一步看一步吧。"

正当我一头雾水之际，我想到了他的对门——伊登。

我走到伊登门前，突然闻到了很烈的味道但是若隐若现。我趴在地上闻了闻，发现竟然是从门缝儿中传来的烈酒味。我敲响了伊登的门，数秒后，门打开了。伊登呆滞地站在那里，而房间里竟然没有丝毫的酒味。

"伊登先生？您刚才是喝酒了吗？"

"怎么可能？规定不让带酒的。"

但是我敏锐地感觉到伊登说这话的时候，他的眨眼速度变快了一些。

我握紧了拳头，终于鼓起勇气说道："伊登先生，您其实并不是这样的，您在骗我们，您肯定和那些人不一样。"但伊登还是呆滞地说道："我不明白你的意思。"

只不过这次他的语气中显而易见多了慌乱。看到这，我笑了，我想我赌对了。

"首先呢，虽然您模仿得很像，但是有些小动作还是被我发现了，如

2212 班闫卜源创作

眨眼睛和喘气。还有就是几天前您和我交谈的时候，我感觉您身上有淡淡的酒味。而刚才我找您的时候又闻到了那种酒味，虽然我不知道您用了什么将房间内的气味瞬间替换掉，但您嘴里始终有淡淡的酒味，所以我推测您和其他人不一样。"

听到这伊登终于憋不住了，带着些许恼怒和疑惑对我说："那你怎么这么肯定我与其他人不一样呢？"见到自己的猜测被证实了，我也忍不住笑了起来："我猜的。"见到自己的身份已经被识破，伊登也不再装了，他坐在沙发上，邀请我一起坐下，说："你这个小姑娘观察还真挺敏锐。只要你不告诉其他人，我不会对你怎么样的。"我立马抛出了我心中最想问的问题："那个药片究竟是什么？为什么会让人变得呆滞和机械？"

"其实那根本就不是什么解药，而是一种可以破坏人体自我意识的病毒。不会致人死亡，而是让人丧失社交能力，变得像行尸走肉一样。"

"但您为什么没事呢？"

伊登看了我一眼，我也瞪了一下他。

我也没有感到害怕，坚定地说："您放心，我是一名生物学家，我的职责就是研究出解药。我是不会将您的任何消息告诉其他人的，除了我的朋友，我向您保证！"

看到我眼中的坚定，伊登也放心了，告诉了我一个惊天的秘密。

"我之前得过这种病毒并侥幸存活了下来，体内有抗体。而据我的观察，他给我们服用的药片里面应该也含有活性病毒，只不过量极少，而我的身体能对其免疫，所以说药片干扰不了我的神经。"我仿佛发现了新大陆般，连忙拨通了柯纳德的电话，叫他马上过来。

我用柯纳德发明的一些小玩意儿检测了伊登血液。发现里面有一些金色的物质，就是抗体。我将其提取出来，并用柯纳德最新发明的小玩意儿——克隆培养皿培养复制。

望着大厅那些呆滞的人们，三人握手结成联盟。我们相视一笑："太阳终会升起来的。"

第三章　最后的晚餐

　　"是的，我在席卷全球的那场世界瘟疫中侥幸存活。"暗色调的暖灯开着，照亮了黑暗的房间，压抑的光散在每个人脸上，伊登缓缓开口述说自己的过往，我与柯纳德仔细听着，无论现在柯纳德如何不相信伊登，走到了这步，也只有伊登可以与我们合作，他是我们唯一的曙光。

　　"你是说，你曾经染上了那场瘟疫？"柯纳德的声音不再平稳，反而带着微微的颤抖，在昏暗中他的眼眸闪着一滴光，又像是泪，我并未看清。"对的，还有，您这是？"伊登给了柯纳德肯定的答案，但他显然是被坐在对面的柯纳德眼里的光吓到了，他大概也将那一滴光认成了眼泪。"没事，你继续说，抱歉打断你了。"意识到打断了伊登的讲话，柯纳德赶忙将那滴光擦去，向伊登表达了歉意，示意他继续说。看柯纳德没有什么事，伊登便继续说了下去，"那场瘟疫很奇怪，不同于历史上记载的任何一场瘟疫，虽然与朊病毒相似，但是比朊病毒传播的速度快了不止一倍，且几乎没有潜伏期，一旦染上就会立刻发病，乃至于到了如今也只能做到预防而不是治愈。"伊登说着，又自顾自从冰箱里拿出一瓶伏特加，眉毛挑了一下，意思是我们要不要喝。我平常并不爱喝酒，便摆了摆手拒绝了他的好意，而柯纳德则点头同意，见柯纳德接受，伊登便从冰箱里又拿出伏特加来，打开放在了柯纳德面前。

　　"喂！你们两个悠着点儿，现在不是狂欢的时候。"看着他们两个男

这烟火璀璨

人来了喝酒的兴致，我不由得眉毛一撇，提醒二人道。"知道了，只有一瓶而已，不会很多的。"柯纳德摆了摆手，宽慰道。"对的，对于酒量你是要相信俄罗斯人的。"伊登也附和。啪——啪——话还未完，两瓶伏特加被我放到了一旁，"先说完再喝。"我冷眼看着二人，一字一顿地说道。

"嗯，之后我也不知经历了些什么，只知道感染后脑子涨得厉害，以致一直悲观厌世，失去了知觉，最严重的一段时间我甚至再无表达情感的能力。"说着，伊登的身子轻微有了些颤抖，"不瞒你们说，那种感觉直到如今想起来我也会本能感到害怕，即便已经过去了十几年。"

昏暗的灯映射在伊登脸上，脸上的粗线像是一个石膏像一般分割出来阴阳。而后，不知经历了些什么，我只迷迷糊糊觉得长时间的刺眼白光照射着我，等到可以睁开眼时，我就已经恢复了。伊登说完，与柯纳德一同看着我，眼神中带着一丝希冀。

"或许，这个药丸的作用，就是消除人与机器的最大差别。"我盯着面前干净到反光的桌子，缓缓开口道。"差别？情感吗？"柯纳德与我相处数年，我刚说完便道出了我心中所想。

"没错，如果你我没猜错的话，那这个药丸，便是在消除你我的情感与意志。"我不再盯着桌面，扭过头来，注视着柯纳德的眼睛，说出了我心中的猜想。

"确实是的，当年第一批来到火星的人，不出三个月，所有人除我外全部成为只会听从命令的半机器人。"伊登的话佐证了我的想法，"今晚回去，我便开始研制解药吧。"说着，我扶住额头，"就这么定了，我就先回去了，你们随意。"我起身，打开了房门。"喂，不喝点儿吗？很好喝的。"伊登拿起他还没喝过的伏特加挽留道，我看着那酒不由得苦笑，婉拒着："不了，我不喝酒，你们随意吧。"说着，我打开房门，"拜！"

"拜！"伊登见留不住我，也只好苦笑着与我挥手作别，转头与柯纳德喝起了酒。

"毫不夸张地说，火星的白天是灰尘的帝国，从居所赶到这里，有条路正好还没有安装防灰罩，那里的灰尘几乎是瞬间就把车子覆盖住了。"

悠扬的旋律如同光线中的颗粒般飘荡在空中，旋律中的高音优雅而又热烈，听得让人情不自禁沉溺其中。柯纳德坐在高椅上吐槽着火星的空气质量，又朝咖啡师摆了摆手，"万安，一杯罗布斯特。"咖啡师听见后，点了点头，转头泡起了咖啡。

"你认识他？"伊登看着柯纳德熟悉的动作，便问道。"并没有很熟，不过是最近总来罢了。"柯纳德说着，又忽然问我道，"洛豫，你的解药……""做好了，就差实验了。"话未说完，我便打断道，两人听了我的话，皆是一阵欣喜，伊登又说道："如果是实验的话，我这里倒是有两个人选，一个是与我有生死之交的神蚀柚木，一个是我的好友帕斯克，你看是？"听了他的话，我思索了片刻，"要不就都试试吧，也好做对比发现一些别的状况。""也是，那我就把他俩叫过来吧。"听了我的话，伊登点了点头，随即拿起了通信器想要呼叫二人。

"稍等一下，我想问一下，神蚀柚木？"忽地，柯纳德打断了伊登的动作，问道。"怎么了，你认识他吗？"伊登转过头来，一脸疑惑。

2212班张若瑾创作

柯纳德沉吟片刻说：缓缓说道："我听说过他的名字，但有些忘记了。""哦，他曾经生活在地球，是一名宇航员。"说着，伊登向万安挥了挥手，刚想要一瓶伏特加，又想起这是咖啡馆，只好说道："一杯冰美式，和这位女士一样，谢谢。"说完，又转头继续讲述起来，"在一场宇宙探索中，我与他互为队友，而因为组织检测的疏忽，我们所搭载的飞船出现了故障，而当我们发觉故障后，才发现那出问题的地方在临近飞船舱门的地方，也就是说，一旦去维修，就必须冒着生命危险，当时所有人都不愿去，只有柚木与我站出来去维修了故障，因此我一直对他钦佩有加。"

说完，伊登接过万安递来的冰美式，一口饮尽，"咖啡还真是苦呢，果然没我的伏特加好喝。对了，要是没问题，我就叫他们两个来了。"看众人点头同意，便拿起了对讲机，呼叫二人。

不消片刻，两人便赶到了咖啡厅，几乎是一模一样的步伐与速度，他们用着近乎标准的摆臂向着我们走来，不用试探，他们的情感早已经消失了。"先生，你好。"两人伸出手，同时开口说道，柯纳德没有理会两人的问好，反而是拿着两杯饮品递给二人，"两位这么快赶来怕是也很辛苦吧，先喝口饮料休息一下吧。"那两杯水中便放着我研制出的解药。

我们三个看着两人将饮品喝下，呼吸几乎停了下来，握紧拳头注视着二人，"老天保佑吧。"我在心里祈祷着，注意着二人的一举一动。"伊登？"没过多久，帕斯克忽然开口，语气里带着重逢的喜悦与不敢相信的询问，"是我，老兄。"伊登回应道，起身给了帕斯克一个拥抱。而另一边的神蚀柚木恢复了情感后，差一点儿大叫出口，幸亏被柯纳德死死摁住嘴巴，我又小声将前因后果叙述一遍后他才闭上嘴安静下来，开始接受所听到的事情……

"那，就兵分两路，一路是我与柯纳德、伊登，前往地球，而另一路就留守在这里，帕斯克和柚木吧。"风依旧无力拍打着窗户，狂风携带着黄沙四处飞扬，我诉说着制订完成的计划，看没有人反对，我便一锤定音道："好，那就这么定了。大家吃饭吧。"听到这句话，柚木露出了欣喜的笑容，开始扒拉起桌上的饭菜来……

第四章　调虎离山

吃完晚餐后，我们便想出了回到地球的计划，趁着天还没亮，我们的行动开始了。

伊登来到仓库寻找未启动的机器人代替我、柯纳德、帕斯克的位置。再让柚木负责维持替补机器人的系统保持正常，只见柚木将电脑摆在面前不停地敲击着键盘，成功连接了机器人，随后伊登以巡航为由，把我们装在柯纳德做的集装箱中，这种集装箱外层有一层气凝胶可以短暂地承受住高温和猛烈的撞击，伊登准备把我们当成货物带走，在巡航时出发前往地球。说着伊登让人开始装载飞船，就当一切顺利我们马上就要登上飞船时，突然出现了很多警卫说是要检查货物，说着便朝飞船后方走去要进行检查，而我们早料到了这件事，于是，我赶紧发送脑电波信号给柚木："柚木赶紧操控机器人想办法在附近引发火灾。"柚木立刻操控机器人将在不远处的发电机打爆，只听轰的一声，不远处传来了爆炸声，大火立刻就像一条火龙一样，猛地蹿出来。警卫们听到突如其来的爆炸声，场面顿时混乱不堪，有不少警卫被炸伤，警卫们瞬间被吸引了目光，而这正在我的计划之内。警卫们都慌张地去救火，伊登趁此机会带走我们，随着舱门被关上，我们悬着的心放了下来。

在集装箱内见不到一丝光，只有机械运转的声音，嗡嗡嗡，飞船开始起飞，我们也逐渐放下了心，便开始说起那些药片。

"你们说他们为什么要让我们吃那种药片？"

我摇摇头说道："不知道，但是在这后面肯定有巨大的阴谋。"

这时突然收到了伊登的信号："你们那边情况怎么样？我们还有五个小时就到地球了。""我们这边情况很好，就是有点儿闷。"就这样经过长时间的等待，突然柯纳德的脸色青了下来，痛苦的神情引起了我们的注意，这时我认为应该是他的低血糖发作了，但是我们身边没有任何可以急救的食品。由于集装箱里的空气比较稀少，我们开始出现了呼吸困难的现象。"真是雪上加霜，再这样下去的话，柯纳德是撑不了多久的，就连我们也会丧命。"帕斯克说道。我们不由得开始紧张起来，我赶紧发送脑电波："伊登，你有没有办法给我们拿过来一块糖，柯纳德的低血糖发作了，我怕他撑不了多久，还有多久到地球？我们这里空气不多了。"

只听伊登慌张地说："我也不知道怎么了，飞船好像有点儿失控，但我会尽力修好的。"

我一听这话立刻慌了神，要知道没有空气，我们根本坚持不了多长时间。一阵开锁的声音传出，有人把集装箱打开了！一束光照射在我们身上，伊登递给了我们两块糖，我们赶紧让柯纳德将糖吃下，低血糖症状才有所好转。

伊登开启了自动驾驶。他突然收到了柚木发来的信息："你们小心一些，据探测仪显示，你们一会儿赶紧将飞船降落。"我们飞船的燃油耗尽了不得已要找一个星球迫降。最终我们找到了一个灰色的星球降落，当舱门打开的那一刻，我们赶紧呼吸新鲜空气，伊登给我发来消息："我们的飞船没有油了，我现在已经禀报太空加油站，再等一会儿他们就来了。"伊登将我们的集装箱打开，我们下了飞船，好奇地观察着周围的一切，周围全是凹凸不平、奇形怪状的巨石，一个人也没有，也没有动植物，就仿佛荒漠一样死寂。伊登对我说："太空加油站马上就要过来了，你们赶紧藏起来吧。"我便登上了飞船，飞船充满油了我们就继续踏上旅程，过了一会儿我们就接近地球了。

这时伊登故意找到一颗小行星，轻轻地撞了上去，在保证飞船无大碍

解救

时趁机向上级请求，因为遇到了小行星，为了保证飞船的安全，需要抛弃一些货物，维持飞船的正常飞行。经过上级的批准后，伊登赶紧将集装箱从飞船上抛下，好巧不巧，碰到了小行星雨，听着不断有行星从我们旁边穿过，我们便默默祈祷着希望不要有行星撞到我们。我们在行星雨中穿梭着，最终我们有惊无险地穿过了行星雨，我们急速下坠着。穿过了地球的大气层，由于我们以极高的速度穿过大气层，在此过程中，集装箱会与空气发生剧烈的相互作用。因此而产生高温，进而使集装箱表面的温度上升到千摄氏度。这种原理是因为集装箱回大气层时，飞行速度极快，可以达到音速的几十倍，这就让集装箱前端与大气层空气形成了一个很强烈的摩擦，这也叫气动加热。

　　过了一阵，只听见集装箱外呼呼的风声，这是集装箱的飞行速度仍然很快，遇到空气的阻力后，它急剧减速，我们的前胸和后背都承受着很大的压力，先是快速行进的集装箱与大气摩擦产生的高温把集装箱外表烧得一片通红，接着集装箱的外表。有碎片不停地滑过，但随后发生的情况使我们更加紧张，集装箱的左边开始出现裂纹，外面烧得跟炼钢炉一样，集装箱外面的碎纹越来越多……说不恐惧那是假话。你可以想象一下外面可

2212 班耿浩瑀创作

是 1600～1800℃的超高温度，过度紧张导致我浑身都被汗水打湿。集装箱在不停地震动，在咯咯吱吱地乱响。此时我们距离地面大约还有六十公里，速度也已经降下来了，上面说到的异常动静也已经减弱。距离地面只有十公里了，只听到砰的一声，非常响，我的耳朵突然什么也听不到，只能听见嗡嗡的响声，我知道这应该是短暂的耳鸣。在那一瞬间，我们被震晕了过去……

　　我揉了揉双眼缓缓地坐起来，强大的冲击使我感到一阵恶心，我看了看周围，一片荒凉。由于土壤贫瘠，气候恶劣，荒山野岭上植被稀疏，就连一些矮小的灌木和杂草也没有。于是，我赶紧叫醒了柯纳德和帕斯克，开始向实验室赶去，调查这背后的阴谋。

解救

第五章　披着羊皮的狼

　　我和队员穿着防护服，在地球上开始着手调查。由于瘟疫，这里已不再适宜人类居住，灰蒙蒙的天空中再也见不到自由翱翔的鸟儿，空气中弥漫着黄土的味道，昔日参天的大树不见踪影，枯黄的叶子离开了母亲的怀抱，随风飘向未知的远方。荒无人烟的地方只有随风摇曳的野草还焕发着生机。"风吹草不折，弱极而生刚。"顽强的小草为满目荒凉增添了别样的景色，也为我们顺利展开研究增强了信心。没有其他生物干扰的环境，是我们绝佳的研究场所。因此，我们一行人兴奋地展开了研究。研究进行得十分顺利，但因为地球与火星之间的距离过远，脑电波信号时断时续，导致我们与伊登之间的联络变得非常困难。所以伊登只能通过航天总部的通信与帕斯克联系。经过与伊登两个月的联合研究，我们得到了许多在火星上得不到的信息。有了这些信息，伊登在火星图书馆的研究终于有了进展，他立刻与帕斯克取得联系，告诉他：这场导致人类居住环境遭到大面积破坏的瘟疫的暴发很有可能是因为人类吃了含有某种未曾发现的病毒的肉，而怎样能够控制这种病毒，我已经得到线索，还需要你们根据线索去找到可实行的办法。

　　帕斯克赶紧把他得到的新消息告诉了我。通过他的描述，我在纸上画出了一幅简易地图。在跟着地图走了两个小时后，我发现我们走到的地方越来越荒凉，地上连枯叶和野草都看不到了。我的内心逐渐产生不安。柯纳德看向我，我在他的眼里看到了怀疑。柯纳德一向认为伊登和我一样沉稳，他不会无缘无故对伊登产生怀疑，这时我明白了：柯纳德对帕斯克产生了怀疑。因为这时只有帕斯克依旧在看着地图往前走，他的脸上带着志在必得的笑容，但我在他的笑容里嗅到了狡猾的阴谋的味道。我叫住了帕斯克，他在看向我的那一瞬间把笑容收了回去，脸上满是沉重和突然被叫住的不解。他的脸色变化如此之快，不免也引起了我的怀疑。不安和怀疑充斥在我的心头，我想要问出我的问题，但又觉得不应该让我的猜忌破坏了我们之间的关系，毕竟合力找到线索，控制住病毒才是我们最先应该完成的。我把到嘴边的话咽了回去。帕斯克看着我纠结的模样，脸上的不解更加明显。

"怎么了，是身体不舒服想休息一下再走吗？"帕斯克问道。

既然他提出了休息一下，那么我将计就计，利用这个时间再好好观察一下他和周围的环境。柯纳德也明白了我的意思，我们一起偷偷进行了观察。但很遗憾，除了更加荒凉的环境，我们并没有发现帕斯克有什么不同。

经过简单的休整，我们便沿着地图的标志继续前往目的地寻找线索。又走了三天，一路上翻过了两座大山，越过一条大河和数不尽的溪流，历经千辛万苦，终于我们将要接近地图上所标记的目的地。

突然间狂风大作，只见远处的天边出现了更加灰蒙蒙的景象，像一团横空出世的浓烟，又像一只张开的巨手，在不断地向前延伸着，不断变大变宽，不久便将整个天空罩了起来。随之而来的是满天的黄土，连接在天地之间，像一块巨大的幕布向我们袭来。是沙尘暴！我们遇到了沙尘暴！可周围没有任何建筑物供我们躲避。正想着如何躲避时，柯纳德掏出了一个黝黑锃亮的小方块，他把这个玩意儿向上一抛，霎时间它就变成了一顶小帐篷，给我们提供了避难的地方。柯纳德说这是一个小型庇护所，可以在紧急关头保护我们的安全，并且它十分牢固，不会被沙尘暴吹走。

正当我提醒大家赶紧躲进去时，帕斯克却说："柯纳德，你还携带有庇护所吗？如果我们都待在一个小空间的话，通信器会受到干扰，伊登发来的信号就会很弱，到时他联系我们就更加困难了。"本来想着借躲避灾害的机会再观察一下帕斯克，但通信器的原理我们都懂，帕斯克没有说谎。为了我们能及时联系上伊登，尽快找到线索，柯纳德不得已又给了帕斯克一个庇护所。等我们刚进入帐篷里，瞬间狂风卷起漫天飞沙打在庇护罩上，发出乒乓的声音。

不到半日，沙尘暴便过去了。但帕斯克并未出现。本以为他还在帐篷里休息，可当我们掀开他的帐篷后却没有发现他的身影。我们到处寻找帕斯克，但都未能找到他。

这时，柯纳德嘀嘀咕咕地说，真奇怪，我记得这方圆百里只有一个地方经常出现灾害，可这儿为什么会出现沙尘暴？难道线索就在这奇怪的沙尘暴中？柯纳德的一番话让我想起了之前帕斯克的种种奇怪的举动，于是意识到了这很可能是一场阴谋，我的怀疑是正确的——帕斯克想一个人独占线索。想到这，我不寒而栗，便立刻将我的想法告诉了柯纳德。柯纳德也感觉到事情不妙，如今帕斯克已取得了伊登的信任，所有的消息都将由帕斯克获得，而我们将一无所知。我们必须阻止伊登继续给帕斯克提供信息。于是，我们立即联系柚木，然而由于脑电波信号极其微弱，我们根本无法联系到柚木。正当我们心灰意冷之时，柯纳德像变戏法似的，又从背包里小心翼翼地掏出了他的新发明——头盔。表面看，这个小玩意儿和正常头盔没啥大的区别，只是拿起来非常轻便，因为他是用新型纳米材料制成的，在材料合成的过程中加入了可以传输信号的介质，该介质和脑电波结合可以产生强大的发射信号。之所以他没有早点儿拿出这个玩意儿，是因为他早就对帕斯克产生了怀疑。只是想有了更确切的证据再告诉我。但在这个时候我们必须尽快阻止帕斯克，于是，我们借助头盔很顺利地与柚木取得了联系，并将之前发生的一切一五一十地告诉了柚木，并恳请柚木尽力说服伊登。同时柚木提醒我们要早日离开风暴中心，实际的线索在与此地相反的方向。

在我看来，伊登是一个非常重情义的人，他十分相信帕斯克，对于我们所说的一切都不愿相信，现在他只想立即联系到帕斯克，让帕斯克来证明自己的清白。但据柚木说，伊登无论如何都无法联系上帕斯克了。在尝试很多次之后依然没有结果。他见势不妙，立即切入伊登与帕斯克联系的线路。他还对我说："此时的帕斯克已经脱离了组织，独自一人走上了寻找线索之路。但幸好他获得的只是有限的消息，并不能展开下一步研究。可是为了不引起不必要的事故，我必须立马切断了帕斯克的信号，让帕斯克只能像无头苍蝇一样在地球上乱转，还要告诉伊登过于相信帕斯克可能会导致我们所有人的努力都付诸东流。"另一边，在地球上的我对柚木的话不置可否。经过反复思考，伊登联络上我道："我这时才意识到自己犯

2212班杨雅茜创作

了一个多么严重的错误，居然相信了阴险的帕斯克。因为我的失误，在地球上的你们可能会面临巨大的灾难。帕斯克就是那只披着羊皮的狼。我必须听从你们的话，放弃与帕斯克的联系。"

　　最终，伊登放弃了与帕斯克的联系。

第六章　抉择

反应过来的时候一切都晚了，我们在愤愤不平的同时也在考虑自己的处境。我们决定先找附近的村民问一问当地的状况，但在这片荒芜的土地上，想找到一个村落，简直就是大海捞针。不久后我们仅剩的一点儿食物也吃完了。

"也许我们会死在这片土地上吧，洛豫？"

"说什么傻话呢？我们会活着，好好地活着。"

但是时间很快就把我们的坚强一点儿一点儿磨去了。我们不再抱有任何希望，而是陷入了绝望。

在我们面临死亡之时，上天又给我们开了一扇窗。我看到一缕缕炊烟凭空升起，映入眼帘的是一座不大不小的村落。

"看啊，柯纳德！有村落，我们就是会活下来的。"

我们仿佛像抓到了救命稻草一般，但是我很快就发现，虽然村子里的人忙忙碌碌，但是大家没有一句交流。无论怎么询问谁都是一言不发，仿佛有大事要发生。我们只得在村子附近的山上采摘野果。

但这并不是长久之计，为此我和柯纳德想过很多办法，但无一例外都失败了。

"洛豫，要不我们离开吧？"当柯纳德的声音传到我的耳中时，我知道，没有别的办法了。

而在当我决定离开的时候，意外发生了。就在临走前的两天，附近村庄出现了大规模的瘟疫。起初我们并不认为是什么非常严重的事情。认为这就是一次普通的传染性感冒，而事实并非如此。感染者脸部发烫，身上布满了大大小小的红斑点，使人不寒而栗。

这天我们准备出去时，一个村民闯到了我们的草屋前，只见他浑身红肿，声音呜咽。他咿咿呀呀地说着，我们不懂他就要扑上来。当时只有我一个人在家里，我被吓得身体不知为何动不了了。

"救命啊！谁能来救救我？"我无助的声音在山上回荡。

就在这千钧一发之际，那人突然倒了下去，往后看去，原来柯纳德正手持弓弩站在身后，他的面前是一摊摊紫红色的血液。

我惊恐地喊道："柯纳德你杀了他。"

柯纳德却紧张地跟我说："我感觉这场瘟疫很可能会改变我们的命运。"

我又惊又喜，喜的是柯纳德救了我。惊的是我们不知道这场瘟疫以后我们将面临什么。通过这次意外我们也意识到了这场瘟疫的可怕性。可是，瘟疫怎会无缘无故地出现呢？是自然还是人为？为什么一定要对村里人下手呢？虽然有众多疑虑，但人本能的善心驱使我去救治他们，顺便来了解情况，但是柯纳德却阻止着我说："不，不行。或许这并不是一场灾难，而是帕斯克引蛇出洞的阴谋。"

"但是一切都是未知的，也许并不是呢。"我反驳道。

在我们吵得不可开交的时候，一个小姑娘冲出来抱住了我。我没好气地说："小朋友你让开，我只是为了拯救他人性命。他明明是自己贪生怕死……"

就在这时小姑娘对我说："不珍惜自己的生命，怎么会珍惜别人的生命呢？只有保全自身，才能关心他人啊！姐姐，你就不要一意孤行了。"我看着小姑娘认真的脸庞陷入了沉思……

小姑娘似乎看出了我的窘迫，表示她愿意留在这里帮助我们一起拯救村民的生命。但是这让我不禁有些怀疑，一个小姑娘怎么可能会无缘无故地来帮助我们呢？

柯纳德说："这样吧，既然你愿意帮助我们，那我们就得考验考验你。"

令我震惊的是，这个小姑娘并没有表现出我们想象中的紧张与恐惧，反而是满脸堆笑地望着柯纳德。

然后柯纳德用了测谎仪，在检测中小姑娘不仅没有恐慌惊乱，反而还表现得异常冷静。她的优秀表现使我们不但没有因此接受她，反而还让我察觉到了一丝异样。

这一天，我独自把柯纳德叫到了一个角落，说出了自己的想法，认为这个小姑娘很可能就是帕斯克派来的。

柯纳德提议不如用他研制出来的诚实药水，我认为这值得一试，于是，第二天，我趁这个小女孩儿在熟睡的时候，把她绑在了床上，灌完药水后，我静静地等待着药效发作。

不一会儿，女孩儿的身上开始慢慢地流出了汗，我知道时机到了。

2212班施秋羽创作

于是我问她："你为什么心理素质这么好，你难道就没有什么难言之隐吗？"

女孩儿说："我从不撒谎。所以对做过的任何事情我既没有后悔，也没有掩盖过。"

现在我不得不相信。这个女孩儿的确是为了救她的父母而找到我们的。这天柯纳德叫来我们，说他研究出来了一种解药，或许可以消除瘟疫。

我们心知肚明，这可能是村民唯一生存的可能。但是没有任何人可以确认这个解药一定会成功，包括柯纳德。

说实话我们每个人都十分紧张，很担心无法用这个解药来救活村民。在那一瞬间，我们感觉到了什么叫作无助、什么叫作迷茫。这天柯纳德叫来我们两个，他犹豫了一会儿说："你们谁去给村民们放入解药？"

时间仿佛在这一刻定格了。

"我去！"

一道声音传入耳中。

随后他们两个望着我陷入了沉思。柯纳德拍了拍我的肩膀，仿佛在说，加油，我相信你。不久，村民们大多恢复了正常，但是依旧一言不发。我们非常兴奋，急忙把解药给了小姑娘，让她去救自己的父母。我们非常想留在此地进行研究，以此来帮助别人。但是由于时间原因，我们只能向女孩儿道别并将艾维斯带走，以了解一些情况。

临走的时候，柯纳德还惋惜地说："或许那个女孩儿是个好苗子。"

与此同时，帕斯克已经收集完了证据，正在准备返回火星，而他回火星的目的就是向上级禀报我们的罪行。

"等着吧！"他傲慢地说，"你们的一切都将是属于我的。"

他认为我们从此不会相见，但他的如意算盘很快就会落空。

第七章　荒诞的真相

"完了，这可怎么办？"坐在操控室里的伊登心里暗叫不好，他们返回的日子到了，脑电波竟无法连接。"该死！"伊登一拳砸在操控台上，"我明明已经提前检查好的，怎么会出这种纰漏！"现在摆在伊登面前的只有两种办法：第一种是等机器被修好后再另做打算，但是他明白这种时候我们在地球上待的时间越长风险越大；第二种就是自己开飞船去地球接应我们，虽然有点儿冒险但是在这种情况下，却是一种最有效的方法。犹豫再三后，伊登咬咬牙，抓起手边的伏特加，一饮而尽步伐坚定地走向飞船停靠舱。

伊登进入自己的飞船后摁下了启动按钮。"请问你的目的地是？"传来航空部人员机械而冰冷的声音。"报告总部，我是维修部的伊登，本次的任务是去地球附近的小行星。"伊登假装机械地回答。在通过准许后，飞船冒出了浓浓的白烟冲着那颗曾经充满生机的蔚蓝色星球飞驰而去。

与此同时，在地球上柯纳德戴着自己新研制的信号探测头盔正在努力搜索着伊登的信号。时间一点点流逝，依然没有伊登的信号，在他们等待的第三十二分零八秒的时候，柯纳德重重地跺了跺脚，用带着一丝颤抖的声音说："怎么办啊洛姐，为什么还没有连接上？难道我在设置数据上出了纰漏？伊登那边不会有危险了吧？"旁边的我拍了拍柯纳德的肩膀，平静地说道："不用担心，你的发明从来没出过问题，再等等。"柯纳德的脸涨得通红，额头上冒出一层冷汗，双手合十，不停地祈祷着，嘴里还念念有词："哦，我的上帝啊，请帮帮我吧……"突然传来一个甜美的声音："卡文迪许，豫姐快看！头盔上的接收器亮了！"柯纳德赶紧拧开声音调节器，打开自己的话筒大喊道："伊登是你吗？我是柯纳德！听到请回复！"飞船上的伊登被突如其来的声音吓了一跳，随即脸上露出了惊喜的表情，赶忙回复道："没错，就是我，你们还好吗？把位置发给我。我已经飞过月球了，一会儿就到。"结束通话后我无奈地对柯纳德说："看吧，你的发明没有任何问题。"柯纳德挠挠头不好意思地笑笑。艾维丝崇拜地说："卡文迪许的发明技术好厉害！想起那一串串代码我就头疼。""当然啦！小柯的发明技术可是数一数二的！"我冲柯纳德微微一笑夸赞道，柯纳德不好意思地摸了摸鼻尖说："哎呀，也没有洛姐说得那么厉害，嘿嘿……"

在我们说话的时候，天空突然传来巨大的轰鸣声，声音越来越大，我们都紧紧捂住耳朵，周围尘土飞扬，脚下的大地在微微震动，艾维丝不顾空中的尘土，好奇地睁开一只眼睛，向天空看去，只见一个庞然大物从天空快速下降。艾维丝兴奋地大叫道："豫姐，你快看，有飞船来接我们啦！"

在距离地面一百米的时候飞船伸出了四条腿一样的支架，稳稳地停在了我们旁边，舱门打开，里面传来伊登的声音："快上船！我们的时间不多了！"柯纳德扬了扬嘴角，一马当先率先走进了舱门，艾维丝眼睛瞪得大大的，惊恐地望着眼前的"怪物"愣在原地，我看出了艾维丝心中的不安，牵起她的手轻声对她说："艾维丝不要害怕，不会有危险的，走，我带你见见我们的老朋友。"进到飞船内部我拉着艾维丝坐到了第一排，而柯纳德则在旁边的位子坐下。伊登扭过头微笑着跟我打招呼，当他看到旁边还坐着一个四处张望的小姑娘时，他微微一愣，调侃道："哟！你们什么时候捡了一个小娃娃？"艾维丝听到这话脸唰地一下涨得通红，鼓着腮帮子气鼓鼓地说："我才不是小娃娃！我已经十七岁了！"扑哧，柯纳德没忍住，大笑起来。我无语地转过身，不再看柯纳德，耸了耸肩说道："这是我们在瘟疫暴发区找到的幸存者——艾维丝，她知道一些有利的证据，对我们很有帮助，艾维丝，你说一下你们小镇最近的情况。"艾维丝皱起眉头，努力回想着最近发生的事情。

原来最近小镇上发生了很多古怪的事，隔壁的邻居亨利大伯突然浑身抽搐、痉挛不止，等送到镇上的诊所两个小时后医治无效，去世了。还有街对面的露西阿姨突然痴呆，一开始大家都以为是阿尔茨海默病，只是没想到三天后，她突然去世。而且越来越多的人出现了类似的症状，死亡人数也急剧上升。说到这，艾维丝紧紧抓着衣服下摆，咬着下嘴唇，低声啜泣。我同情地望着艾维丝轻轻拍着她的背说："不用怕，会没事的，一切都会好起来的。"艾维丝就这样哭了很久。等她情绪稳定后，一直沉默的伊登开口说："这种病毒和朊病毒的一些特征很像吗？""没错，只是发病期更快、更强。"柯纳德皱了皱眉疑惑地说："我不是故意打断，但是朊病毒是什么？"我组织了一下语言，解释说："这是一种很古老的病毒，发现于20世纪60年代。"那可真够古老的，柯纳德在心里想，"没错，确实很古老。"我抿了一口机器人递上来的冰美式继续说道，"这种病毒会攻击人脑中的杏仁核，随后攻击人脑中的其他部分。得了病的人会出现肌肉抽搐、大脑痴呆、供给失调等，与艾维丝描述的症状很相似。"我顿了顿，又问道，"艾维丝，除了这些，还有什么不寻常的事吗？"艾维丝红润的脸突然变得煞白，她用颤抖的声音回答道："最……最近确实还有一件事，市场上的肉突然多了起来，价格也降低了80%，只是这肉酸酸的，还有一股腥味，是由几辆来自外地的车拉来的。"柯纳德皱了皱眉，不解地开口道："不应该呀，你们不觉得奇怪吗？现在地球上瘟疫肆虐，肉不仅不稀缺，价格还很便宜，到底是什么肉？""没人知道，卖肉的人从来不会告诉我们肉的来源。"艾维丝低声说。我拿出了随身背包里另一队查出的资料和肉的检查报告，认真地翻看起来，我突然想到了什么很可怕的事情，颇感惊恐的表情，不会是……

看到一向都很镇定的我露出这种表情，柯纳德轻声问道："洛姐！你怎么了？怎么这副表情？"艾维丝也用带着哭腔的声音试探着问："豫姐是不是想到了什么可怕的事情？"我喝了一大口冰美式，缓缓开口道，"我想，我知道这场病毒暴发的原因了，那些来历不明的肉其实都是人肉，那些底层奴隶的肉，他们死后被端上了穷苦人民的饭桌。"艾维丝惊恐地捂住嘴，干呕起来，柯纳德连忙拍了拍艾维丝的后背，轻声安慰。我突然想到了什么，紧紧抓住艾维丝的肩膀不断地摇晃，焦急地问："艾维丝，你还记得那几辆车的特点吗？比如标识什么的。"艾维丝被我的举动吓了一跳，结结巴巴地说："记得，记得，车上有一个很显眼的标识，就……就跟飞船上的一样。"伊登突然扭过头，他的眼睛睁得很大，里面布满血丝，我冲他点点头。他们三个心里都明白那是"永恒星球"的 logo。

回到火星后，我和柯纳德也没敢放松戒备，生怕哪一天没注意就被敌人偷袭了。在心惊胆战的几个星期里，我、柯纳德和伊登又努力利用我们与地球仅有的联系，获取敌人恶毒行为的证据，为后面的计划做好准备。在此期间，我和柯纳德又对所有参与此项计划的同志进行了集训，以防在实施计划时的重要时刻出现突发情况，被敌人捉住了漏洞。同时，看着一天天在屋子里打转转、着急得不行的艾维丝，我们和她说明了现在的紧急情况，并向她全盘托出了计划，并告诫她在执行计划时，千万不要轻举妄动，千万不要露面，以防出现不可逆的意外而带来麻烦。

刚到火星的几个星期，大家的心情都不太好，就连平时阳光开朗的艾维丝，也闷闷不乐，大家每天都过着提心吊胆的生活，生怕敌人突然行动。向窗外望去，黑沉沉的乌云布满了整个天空，雷轰轰作响，雨也下个不停……

在熬过漫长的一个月后，满天的乌云逐渐飘走，雨慢慢地停了，天气也逐渐温和起来。我和柯纳德的手中积存了不少从各处搜寻到的证据，但时机不到，暂时也还派不上什么用场。时机就跟当年火烧连环船的那一阵东风一样，而等待时机的我们就跟在和曹操打仗的周瑜一样，就差一股能吹起大火的"东风"。就在我们焦急等待的时候，火星总部就像在七星坛为周瑜借风的诸葛亮，"体贴地"为我们送来了"东风"——一场即将召开的全球直播，火星总部向火星和地球两球的居民们发了消息称会邀请火星居民为地球居民讲述在火星上生活与地球的差异和优点，邀请地球居民来到火星。看着外面缓缓飘过的洁白云雾，我的心中却蒙上了一层灰雾：虽然我知道这即将是一个精彩的舞台，也是真相出水的一个绝佳机会，但是，敌人也不可能傻傻地看着我们的行动，他们势必会有反击的，如果他们在哪个关键的时候动手，我们失败的风险会大大增加……我叫醒了正在做美梦的伊登，看着他微微蹙起的眉毛和充满疑惑的眼睛，我笑了笑："计划即将开始执行喽！"听到这个消息的伊登，也只是微微点了点头，正当他掀开被子准备睡个回笼觉的时候，我立刻叫住了他："在你睡觉之前，我还有件事需要你……"

在直播开始的前几天，我请伊登调动了几乎所有的人脉，去帮我打听关于直播的一切细节。伊登脸上带着一丝不情愿的神态，眼睛微微眯着，嘴角下垂，帮我查着，他似乎还在为那天我吵醒了他的美梦而赌气，我也并没太在意。几天后的一个下午，我正和柯纳德讲述着那天晚上我吵醒了伊登的美梦时的搞笑画面，伊登突然对我说道："洛豫，洛豫，我又打听到了个绝密信息。""哦？"嘴唇微微一勾，察觉到了他与之前汇报时的不同，知道一定是些机密事情。"嘿嘿，我一个总部机密处高干的朋友告诉我，这次直播总部不打算用真正的火星人，而是用AI技术代替火星居民去上直播。""嗯？很好，看来他们为了自己的利益也是不择手段啊。"我面无表情，眼神依旧坚定，看了一眼坐在旁边默不作声听着我们策划的柯纳德，拍了拍他："你的意见如何？""什么意见？"他的头依旧低着，眼皮微微抬起。"依我看，他们操控AI去蒙骗人们，那我们为什么不去也利用他们的手段，反操控这些机械，不让敌人的计划得逞，反而让真相大白于天下。如果在我们原有的计划上加上这一环，恐怕只有益没有弊。"我笑着扭头看了看柯纳德，他却依旧沉默不语，但头却微微抬起，我看见他沉寂的眼中已不再是灰蒙蒙的雾气了，而是燃起了明丽的火焰。

凌晨，漆黑的天幕里似乎染上了黑墨，而那墨似乎又没渲染开来，在天际还有着一丝鱼肚白。

柯纳德盯着面前闪烁的操控页面，伸了个懒腰，打了个哈欠："啊——终于搞定了。""现在的这版软件果然还是比之前的那版好使啊，新技术

解

救

就是不一样。对了，洛豫。""嗯，咋了？"我在脑海中正想着计划实施后可能会出现的种种意外，闷闷地应了一声，心思依旧还在我刚才所想的事情上。"我攻破防火墙的时候顺便把程序的代码也篡改了，可算是累着我了。"我抬眼看了看瘫倒的柯纳德，微微笑了笑让他去休息休息，好在下午的计划执行中有充足的精力。

早上起来，我看了看呼呼大睡的柯纳德，又望了望窗外。昨天还好端端的大晴天，今天就开始下雨了，真是天公不作美。我心里想着。但是也没啥事，下雨的声音也挺好听的，雨点敲打着窗户，发出清脆的咚咚声，像是千军万马的脚步声，有力而有节奏……

下午两点，直播准时开始。看着直播间的人数在迅速上涨，弹幕互动越来越频繁，主持人准时出来："亲爱的朋友们，大家下午好，欢迎大家观看本次'火—地两地直播'，我是本次的主持人……"看着屏幕前不停叭叭的主持人，我不由得有些心烦，默默看了一眼柯纳德。不知不觉间，外面的乌云渐渐多了起来，原来细细的小雨开始逐渐凶猛。霎时，一道闪电划破天空。我听见了打雷的声音，我吓得心惊肉跳，连大气都不敢出，心怦怦直跳，浑身发抖，伴随着的，是我心中的忐忑。我心中给自己加油打气，心情渐渐平复了下来，身体也不再晃动，我最终战胜了内心的恐惧。盯着屏幕看几名正缓缓上台的"火星人"，看着他们机械的动作，不禁冷哼一声，心里闷闷的：不过是些糊弄人类的把戏罢了。默默在心里吸了口气了，对柯纳德说道："时机到了，开始动手吧！"话未说完，却听见了柯纳德对我喊道："洛……豫，洛豫……服……务……器……崩了。"仅仅一句话，彻底打乱了我所有的计划，我瘫坐在椅子上，心仿佛塌了一般，手扶了扶额，心揪了起来：早不闹，晚不闹，偏偏这那个时候闹。忍不住叹了口气。果不其然，最担心的事情最终还是发生了……

我皱了皱眉，纤细的右手抬起，把散落下来的几缕碎发撩到耳后，额头上沁出几滴汗珠，直播仍在继续，我能感觉到心脏在怦怦地跳动着。

"小柯？你那边进展如何？"

抬头看向头顶晶莹剔透的玻璃瓦，现在正是凌晨时分，头顶的天空灰蒙蒙一片，偶尔从云层里透出一缕晨曦，也很快被翻涌着的灰色乌云遮盖住。上方飞过几只黑色的大鸟，如梦魇般拍打着翅膀，盘旋着，舞蹈着，鸣叫着。

我只觉得那声音暗哑难听，心里隐隐不安。

我很快得到了回应，那个熟悉的信号传来了信息。

与此同时，柯纳德正紧蹙着眉头，摆弄着他的小玩意儿，手上的动作一刻不停，时间在这一刻仿佛静止了一样，直到他收到了我的呼叫。

"情况有些棘手，帕斯克那家伙又把防火墙加固了。"柯纳德愤愤地咬了咬牙，低头敲敲手中的东西，他的小玩意儿应声发出了吱吱两声。"信号被新的防火墙卡断了，我正在试图攻破它。"他回复道，"你刚刚要说什么？"

我赶紧从喜悦中回过神来，收起嘴角的一抹浅笑，眼神复归平静，急忙把关键信息告诉柯纳德。

"小柯，现在冷静下来听我说。我们时间有限。你和艾维斯必须争分夺秒，一刻也不能耽误，尽力攻破防火墙，越早越好，还有……"

柯纳德皱了皱眉，不假思索地打断了我。

"等等！我认为，奎因可以去找你们会合，这里太危险了，既然我们已经被那家伙锁定，这样的工作自然是人越少越安全。更何况她还是个孩……"

"按照我说的去做，小柯纳德。"

我并不意外，微微挑了挑眉，语气严肃地回了一句。他听出我对他称呼的改变，没再反驳我，此后便默不作声了，总算是答应了下来。很快，我便给大家分配好任务。

帕斯克必定不安好心，此时不定在谋划什么。我思索片刻，让伊登负责发信息引出帕斯克。那个阴险的数学家有了线索，一定不会放任我们行动，此时必须有人先去吸引他的注意力，才能为我们争取时间，更是为艾维斯争取时间。

"这在中国有个成语，叫引蛇出洞。"

我和柚木二人则在原地活动，慢慢踱着步子，观察着帕斯克的动向。听着外面聒噪的声音，柚木左手扶上冰凉的墙面，悄悄从缝隙里透出一只眼睛往外张望。外面的直播正逐渐进入高潮，几个火星居民在台上有些怯生生地站立着，其中一人穿着笔挺的黑色西装，正滔滔不绝地发表着自己的观点，讲得眉飞色舞，巧妙地隐去了眼里的欲望和野心，脸上仿佛挂着一张虚伪的面具。

　　柚木在心里暗骂了一声"阴谋家"，便收回了视线，随即悄声询问道："洛豫姐，我们还要在这里待多久？"

　　"不必心急，柚木。我有把握成功——"我故作神秘地勾唇一笑，眨了眨眼，悄声回应道，"就这样静静等着吧，给帕斯克那家伙来个瓮中捉鳖。"

　　柚木似懂非懂地点点头。我默默抬起头，看着寂静一片的天空。此时的天空已经慢慢变亮了，呈淡淡的灰白，好像一瓶打翻了的墨水瓶。东方的地平线冒出了一道银光，却只是忽地一闪，而后又泛起一片鱼肚白。我们就这样沉默着，心里五味杂陈，等待着柯纳德那边的消息。

　　不知多长时间过去了，走廊里寂静无声。

　　我在心里默默计算着直播需要的时间。"直播在短时间内应该不会结束。"我心想，"火星居民众多，他们也必定不想潦草结束，为了留下好印象，直播最后想要圆满收官，大概还需要……五六个小时。"

　　这时，不远处突然传来窸窸窣窣的细微响声，伊登离门最近，触电似的站起来偷偷张望。我和柚木也紧张起来，竖起耳朵仔细聆听着外面的响动。然而，一声粗野的喊声同时进入了我们三人的耳畔：

　　"他们在这里！抓住他们！"

　　"是警卫！他们发现我们了！"伊登小声朝我们喊道，随即向我们跑过来，奈何他起步有些慢，不由得来了个踉跄，身体猛地低了低。

　　"糟糕。"我皱了皱眉头，匆匆跑过去，抓住伊登的衣袖，借力把他往前推了推，跟上我和柚木的步伐。听着身后警卫的声音越来越近，我们在走廊上跑得飞快，一刻也不敢松懈。我看向一个拐角，计上心来，拉着柚木和伊登一头跑了过去。

这时，许久未回应的柯纳德竟突然传来脑电波，我们的神经立刻绷紧了，互相交换了一个眼神。

"防火墙终于攻破了！"

我顾不上喜悦，只感觉脑袋有些发晕，在警卫的追逐下嗡嗡作响。我一边领着柚木和伊登在总部里穿梭，四处奔走，时不时一头扎进一条小道，活像在和警卫们玩猫鼠游戏。

寂静的走廊上响起我们奔走的嗒嗒声。我一边飞快环顾着四周，一边给柯纳德回复："我们被警卫找到了，你快带着艾维斯撤离，转移到别的地方去！"

他顿了几秒钟，回复了一个字："好。"

"对了！"我听着背后警卫越来越近的声音，又一扭头转进了岔路，"必要的时候，请务必，务必保护好艾维斯的安全，她绝对不能被抓捕！"

说罢，我便带着柚木和伊登继续引着警卫们兜圈子，尽量为柯纳德他们争取更多的时间。

万万没想到，警卫也像他们的主人那般狡猾。我和柚木冲在前面，刚刚拐过一条走廊，眼前就出现了一根粗大的黑色警棍。我微微仰起头，对上那名警卫冷漠而空洞的眸子。随即，我的脚步猛地一顿，拉住了前面差点儿向前摔倒在地的柚木。

我的大脑飞速运转，拽着他的袖子，掉头往回逃跑，朝伊登喊了一声："快跑！"

可事与愿违，还没跑几步，更多的警卫就堵住了走廊的入口。

为首的警卫从黑暗中走出来，抚摸着手里的警棍。皎洁的月光静静洒在走廊上，两边的警卫机械地迈着步子，缓步向前，逐渐逼近了我们，一步一步，像被程序控制的一台台机器，慢慢地离我们越来越近。就像围住猎物的狼群，冷漠地观看着猎物垂死挣扎，月光下，那粗大的黑色警棍泛着寒光，为首的警卫眼里一片漆黑，毫无生气，就连银色的月光也无法在那双空洞的眼眸里染上一丝光亮。

解救

我低低地对柚木和伊登说道："退到墙角去。"

我紧蹙着眉，毫不畏惧地盯着那警卫木讷的双眼。我们互相握着对方的手，手心都有些湿漉漉的，相互传递着暖意，慢慢向后退去，直到背后抵上冰凉的墙砖。

"现在怎么办？"我听到伊登问道，声音细若蚊蝇。

"没办法了，先撑住，小柯那边我来通知。"我小声回应道。随即，我赶紧向柯纳德发送了脑电波，让他们小心。

"呼叫 002，呼叫 002！"

为首的警卫正拿着一部类似对讲机的小玩意儿，好像正在呼叫什么人。

"002 收到，请讲。"

"001 小队已经抓获三名危险分子。"他的双眼依旧空洞无神，脸上的神情十分呆板，"你们那边呢？"

"正在接近目标。"

我呼吸一滞，抬起眼睛，飞快地思索着，一个不安的念头在我脑海中出现。

那个 002 小队口中的"目标"，莫非是……柯纳德他们？

与此同时，"002 小队"的警卫们仿佛在黑暗中蛰伏的野犬，静悄悄地接近了柯纳德和艾维斯的藏身之地。

柯纳德此时大汗淋漓，心脏怦怦地跳，他心里知道，如果再这么僵持下去，所有人都会被发现，好消息是：帕斯克此时并不知道艾维斯的存在，此时，要想让村民生存，就得看艾维斯了，帕斯克此时此刻终于明白了我的用意：帕斯克向上级汇报不可能说出艾维斯，也就是说，我们比他们想的多一个人，而这一个人，就是能否取得胜利的关键。我为了我们而被捕，我不能让她失望。只有利用信息差，才能完成这看似不可能的反击，为了火星上的人的安全，只能放手一搏，来吧！

想到这儿，柯纳德更有信心了。他把他装着各种小玩意儿的袋子交给了艾维斯，并叮嘱她："在我们被抓走之前，你一定不要行动……""什么？这怎么可以！要被抓，就一起抓！我是懦夫吗？我怎么可能看着你们被抓而无动于衷？我怎么可能看着你们被抓而袖手旁观？我怎么可能看着你们被抓而处之泰然？不可能！"说完便将头扭向了一旁。"不！你不是懦夫，我们需要你，将他们的罪恶公之于众，他们现在不知道你的存在，你是我们胜利的关键。"说完，柯纳德看着艾维斯，露出了胜利的笑容："我把我最珍贵的东西交给你了，关键时刻，这里面的东西，兴许能帮上忙。"说完后，柯纳德就让艾维斯躲起来，等没有人之后一定要找一个漆黑的房间露面，打他们一个措手不及！

事情按预料的发生了，柯纳德等人出去后不一会儿便被抓住了，艾维斯心里感到了从未有过的恐惧，一想到洛豫等人和村民们的性命都掌握在自己手中，就感到一阵恐慌。四周无人之时，艾维斯找到了一个漆黑的房间，等待着帕斯克一伙人走之后，便开始柯纳德说的计划。房间又小又热，密不透气，但是为了胜利，为了村民们的安全，艾维斯只能忍着。正如他们所想的那样，警卫在抓到柯纳德之后就终止了行动，留给了艾维斯充足的时间行动。"来吧！艾维斯，相信自己！"艾维斯在心中给自己打气。

终于，那个时刻来了！艾维斯刚想开直播，却发现没有网！怎么办？怎么办？她急得像热锅上的蚂蚁，在房间中不断踱步，危急时刻，她想起了柯纳德留给他的"小玩意儿"：里面有打火机、探测器等，这时，她留意到一个头盔，这是什么？她好奇地戴在了头上，啊！电脑居然有网了！终于，那个时刻来了！艾维斯刚想开直播，显示"您未注册账户"，"这糟了。"艾维斯心想，因为匆忙，他们一路上并未携带手机，都是用脑电波联系的，只好再翻翻"小玩意儿"了，"咦？这是什么东西？"他把一个黑木盒子打开，一看，哇！说曹操曹操到，这黑木盒子里面居然是一部手机！可是密码是什么呢？居然没有密码！糟糕的是，手机电量只剩下百分之十一了，况且手机老，耗电很快，但是，只能将就着用了，她迅速地将账户注册好。终于，那个时刻来了！它真的要来了！哦，不对，还差一步，将村民们的电脑全部黑了，只能让他们看到自己和最高统治者的直播（手机屏从中间分开，左边是艾维斯的直播，右边是永恒星球中最高统治者的直播），这一步完成后，艾维斯信心满满地打开了直播。

一开始，弹幕还纷纷在疑惑，后来，渐渐地变成了谩骂，而艾维斯却信心满满地等待着。"哎，也不知道艾维斯能不能成功。"伊登托着腮帮子说道，"不会的，我相信艾维斯，如果连我们都不相信她，那她凭什么相信自己呢？她是一个充满正义感的人，这些天，我们已经不只是朋友了，而是在一起并肩作战的战友！"我的一番话又让大家成功燃起了希望之火！对！我们不只是朋友，而是在一起并肩作战的战友！我们此时此刻在最高统治者旁边的房间，等直播到了庆祝的时候，就把这些人带上去，当众处死，这样一来是给村民们假象，让他们以为我们是背叛永恒星球的叛徒，二来是告诉大家永远都不要妄想背叛永恒星球，三来是增加最高统治者在大家心中的威望，这样一箭三雕，这场直播开好了，我们绝对可以一直把控着在永恒星球上的人，但是，这场直播不可能开好。

　　与此同时，艾维斯也把大屏上的庆祝文字改为一张张的照片和证据，看着上面的庆祝文字："行动成功！经过我们伟大的最高统治者的昼夜付

2212 班赵杨瑞创作

出，已成功将叛徒抓捕！"艾维斯露出了讥讽的笑容。随着最高统治者的直播高潮的开始，我们几个人也被拖上了台。这时，火星上的人播到了这张 ppt 看到经过艾维斯修改的文件，他们一个个面露苦色。这时，艾维斯又凭借着高超的电子技术把自己和最高统治者的直播连了上，麦帕斯克立马站了起来：怎么会？我明明把他们都抓住了呀！最高统治者依旧面不改色地站在台上，说出了一个他编出来的"真相"："其实，给大家服用药物仅仅是为了防止大家感染上这种病症。"

而这时，艾维斯却说出了一切的真相，并狠狠痛斥了最高统治者滥杀无辜的行为，最高统治者彻底怒了！他下令保安立即搜索。艾维斯笑了一下："我在地球，你们不可能抓到我的！""这怎么可能，怎么可能！"最高统治者无能地狂怒道。"说到我为什么在地球，还得感谢洛姐呢！还有我的朋友柯纳德，依靠他的发明，我乘公共网络入侵到了你们内部，束手就擒吧！"

最终，永恒星球的阴谋被瓦解了，而大伙儿也被放了出来，解药送到了每户人家的手中……

解
救

溯

第一章　开端

"哇！菲尼克斯你看，是烟花！"菲尼克斯望过去，刚好看到一朵烟花在夜空中炸开。旁边的小男孩儿拽着她的袖子，脸上洋溢着快乐。邻居家的孩子精力总是这么充沛，菲尼克斯颇无奈地摇摇头。"新年倒计时开始了啊！十、九、八……"兴奋的喊声传来，把沉浸在思绪里的菲尼克斯拉回现实。她抬眼，望着钟楼的方向露出一个笑容："新年快乐！"

等等，不对劲。菲尼克斯骤然睁开眼，看到的一切好像变得模糊。滴答，这是……什么？菲尼克斯眼前缓缓浮现一滴水。

一滴水？

不知从什么时候起，脚下出现了水迹，汇成一片水泊。伴随着新年的钟声响起，流向天空。"欸？这是雨吗？但它为什么从地下往上流啊？"男孩儿的声音在菲尼克斯耳边响起，菲尼克斯看向他，却发现男孩儿的身体边缘已经微微发亮，身体自下到上在慢慢消散。菲尼克斯徒劳地伸出手想要抓住他，但男孩儿的微笑定格在脸上，只留下了一瞬的喧嚣。菲尼克斯尽量忽视吵闹的人群，抬头望天，城市在雨水的冲刷下变得面目全非，逐渐剥落、消散。她只能无力地注视着这一切，忽而觉得全身被冰冷包裹，下坠，等待她的只有无尽的黑暗。

"喂，快闪开！"菲尼克斯猛地睁开不知何时闭上的双眼，迅速避开差点儿撞到她的汽车。来不及回应车主的吼叫，她愣在了原地。

"千禧年？但 3025 怎么可能……"菲尼克斯喃喃道。她抓住了气势汹汹的车主，问道，"现在是什么年份？"车主呆了一下，像看神经病一样看着她："2999 年啊，你脑子坏了吗？"说着回到车上，暗自骂着晦气，把车开走了。菲尼克斯站在灯火通明的街道上，不断有行人经过，兴奋地讨论着千禧年的庆祝活动。2999 年……怎么会呢？奇怪的雨，奇怪的千禧年。一切似乎都乱了，但世界还在运转着。

究竟怎么了？菲尼克斯正在想着，却发现周围的景致好像在变化，来往的行人不知何时全都消失了。一声喊叫从远处传来："前面的，不要动！跟我们回基金会总部！"

"你们是谁？我为什么要跟你们走？"菲尼克斯看着眼前围上来的几个人疑惑地问。

"去了你就知道了。"

几个人身穿黑衣，看不清面容。不知怎的菲尼克斯竟不自觉地就跟着他们走了。几个人将菲尼克斯带到了基金会总部：一座巨大的死火山中。菲尼克斯还没反应过来发生了什么就被推进了一间屋子进行全身检查。检查过后，菲尼克斯坐在椅子上，猜测这基金会是干什么的？会不会与新年的那场雨有关？正在菲尼克斯胡思乱想时，基金会高层——梅尔古拉已经看到了菲尼克斯的检查结果。梅尔古拉认为像菲尼克斯这样特殊的体质，加入基金会一定会非常有用。梅尔古拉叫来了菲尼克斯，表示希望她能加入基金会，可菲尼克斯依旧很警惕，没有轻易答应她。"我没有理由不答应她，但这些人好奇怪，我不能轻举妄动。"心里这么想着，菲尼克斯提出了要求："我希望您能给我几天时间考虑一下。"梅尔古拉答应了。她也料到菲尼克斯不会轻易答应她，便先把她带去了给她安排的房间，并打算先让神曲带她熟悉一下基金会。菲尼克斯进入了自己的房间，她把门锁上，反复确认房间里没有监控设备。她还不能完全相信这些人，人在遇到灾难时什么都做得出来，但她也知道没意义。他们如果想对自己做什么，她有能力反抗吗？房间里没有监控，但房间外围的人都是梅尔古拉的眼线，即使没有，梅尔古拉也能发现她的不信任——她的警惕太明显了。

神曲被梅尔古拉叫了过来："你去告诉她基金会的来历和组成，行动别太明显。"神曲愣了一下："她，菲尼克斯？这不应该是加入之后的事吗？""现在就说，如果她对我们一无所知是绝不会轻易加入的，就算我们强制使她加入也不安全。"梅尔古拉坚定地说。神曲没有再提异议，梅尔古拉从未对一个人有如此决定。

在房间里不知待了多长时间，菲尼克斯还是开门走了出去，总不能一直躲着。这时她发现走廊里有一个熟悉的身影，定睛一看，竟然是神曲！此时，神曲也发现了她，两人在暴雨前是同窗，几乎是无话不谈的好朋友。再次见面，两人都来不及寒暄，而是直接交换着各自暴雨时的经历。

"来都来了，先转转吧！顺便带你了解一下这里。"神曲兴奋地说。菲尼克斯跟了过去，不管以后怎样，她需要了解这里。

基金会的过去，在神曲的讲述中缓缓展开。最初，一群奇怪的人出现，他们自称"斯皮尔斯基金会"，人类在他们的帮助下，得知了暴雨。于是，人类和这群人达成协议，他们享有人类的待遇，但需要保护人类。随后，双方签订了《西尔利亚平等条约》，并在基金会中成立了时海科研处。基金会内部分为两个组织：由炼金术士组成的炼金术师协会和由人类科学家和少数炼金术士组成的时海科研处。菲尼克斯努力地消化着这些信息，不知不觉地就进入了时海科研处。

"时海科研处，是为表诚意专门为人类科学家设立的一个科研机构，这里聚集了全世界的顶尖科学家，我相信你会喜欢的！"神曲说。菲尼克斯打量着四周。"走吧！大家都等着你呢！"神曲神秘一笑，就留下一头雾水的菲尼克斯向远处走去。

"哎，等等，什么叫'都在等我'？"菲尼克斯不解道。转眼，她们就来到一扇大门前，神曲轻咳一声道："这才是真正的时海科研处。"说罢便从口袋里掏出一张门禁卡，交给了菲尼克斯说："你现在还没有正式加入，不过相信很快我们就又能并肩作战了。"神曲罕见地有了一丝兴奋。"时海科研处，欢迎您的到来，炼金术士阿利吉耶里小姐。"一阵提示音后，她们进入了这个位于基金会总部地下二十六米的时海科研处总部。

潮

"小菲尼克斯！小菲尼克斯！"突然，一个响亮的声音如惊雷般在菲尼克斯耳边炸开，只见一个戴着墨镜身穿红色马甲的摇滚乐手向菲尼克斯和神曲冲来，身后跟着一个一身黑色工作服的小男孩儿。"你们是……温莎蒂比、诗篇？你们，都加入了吗？"菲尼克斯喃喃道。正当大家激动得不知道说什么时，"咳咳，先生女士们，这边请。"一身银白色制服的小姐将众人带往一个地方。

途中，"温莎蒂比，难道连你也加入了？"菲尼克斯以一种不可置信的口吻问道。"别提了，我的演唱会刚开到高潮，就下起了古怪的雨，幸好神曲把我带到这里，要不然……"温莎蒂比不自觉地颤抖起来，仿佛想起了什么极其恐惧的事情，让这个向往自由且充满勇气的摇滚乐手为了自保甘愿加入这个可能让她失去她最珍视的自由的组织。"哎？菲尼克斯，你是怎么在暴雨中活下来的？难道你就是……"诗篇不解道。"咳咳。"没等菲尼克斯回答，神曲就打断了他，并朝他投去了一个眼神。"好吧。"诗篇轻声道。

很快，在通道尽头，又是一个大门。不过这扇门通体漆黑，仿佛和周围的墙面融为一体，若不是门口有一台奇怪的机器，菲尼克斯真的认为这就是一堵墙了。

"请各位先生、女士依次通过这台机器进行安检。"小姐说。

"炼金术士温莎蒂比，十八岁。""炼金术士神曲，十六岁。""人类诗篇，十五岁。""炼金术士菲尼克斯，十五岁。"

"小菲尼克斯，原来你也是炼金术士，我一直以为你是人类呢！"温莎蒂比激动地说。

"菲尼克斯不是人类？"诗篇吃惊道。

"我是炼金术士？原来是这样吗？"菲尼克斯默默道。神曲拍了拍她的肩膀小声地说："回去我和你解释清楚。"几人顺利进入了这间密室。密室中摆着各种实验用品和一个大屏，菲尼克斯的目光紧紧地盯着那"方舟计划"四个大字。在诗篇的带领下，四人进入了一个私人小房间里。"师傅，我把他们带过来了"诗篇在门外喊道。门缓缓地打开了。"你们进来吧！"

一道缓慢的声音传来。

一个矮胖的博士，笑眯眯地站在他们面前。

"小家伙儿们，你们好！咱们长话短说，跟我来。这里是方舟计划的专项小组，我是你们的带头人，我叫图纳。"

"神曲，我好像还没加入。"菲尼克斯轻声道。

"我也不知道，梅尔古拉只让我和你来这里，这应该是科研处的指令。"神曲道。

"你们先观看影片，然后在这里了解一下，明天就带你们去实地参观。日后这便是我们的工作室了。"说完图纳便在众人不解的目光中离开了。

四人就在这间巨大的研究室里度过了不解的一天。晚上菲尼克斯刚刚回到住处，准备好好消化一下今天所经历的一切。这时她又接到了梅尔古拉的邀请，"算了，我既然已经无路可走，那便放手一搏，毕竟经历了这些我也别无选择。"菲尼克斯站在落地窗前拉开了窗帘望着黄昏淡淡一笑，"但愿，这次的选择能帮我解开那个秘密。"

菲尼克斯来到了梅尔古拉的办公室。

"看来你已经决定好了，我很欣赏你今天的表现。"梅尔古拉道。菲尼克斯心中一惊，她在监视我，怎么可能！不过又转念一想，也对，只要我在这里，就没什么不可能。随后梅尔古拉拿出了一张纸："合同，你可以拒绝，但是如果拒绝，未来我们将不再给予你帮助。"菲尼克斯接过合同低头沉思，让我成为司南吗？

"对于合同上的利益要求，我想一切都恰到好处。至于其他的，签完我自会告诉你。"梅尔古拉似乎看见了菲尼克斯的内心，贴心地说。见梅尔古拉这样的态度，菲尼克斯也不再犹豫，果断地在合同上签上了自己的名字——菲尼克斯。瞬间，那张纸就在菲尼克斯眼前消失了。

"你可以回去了，祝你好梦。"梅尔古拉微笑地说。菲尼克斯离开后那张签有菲尼克斯名字的合同又在梅尔古拉手中出现。

"但愿我这次的选择是正确的。"梅尔古拉紧盯着那泛着金光的"菲尼克斯"四个字露出了如释重负的一笑。

潮

回到住处的菲尼克斯卸下了一身疲倦和戒备，躺在柔软的床上，想着今天不可思议的经历，渐渐地进入了梦乡。

今夜，好梦。

菲尼克斯略微有些迷糊地睁开眼，她做了一个梦。

"刚才……"她嘟嘟曨曨地说着，"难道是暴雨的真相吗？为什么偏偏到关键时刻就醒了啊，我还没看到后面发生了什么呢！"菲尼克斯遗憾地说。

这时，屋子角落里面的衣帽架后面闪出一道光，但菲尼克斯敏锐地觉察到了，她拿起桌上放着的一把水果刀，小心翼翼地接近那里。菲尼克斯猛地撩开昨天晚上梅尔古拉给她的礼服外套，手里的刀对准了那个角落。

"哎？这个是……爸妈留下的行李箱？"菲尼克斯愣住了。她把刀放回桌上，用手拉出那个行李箱，打算打开看看。她拉开两个稍有些磨损的黄铜搭扣，一道白光闪过，行李箱里慢慢地飘出一张纸条："All secrets are hidden in the past."菲尼克斯看着上面的字，不自觉地就念了出来。刹那间，白光笼罩了箱子，原本是箱子底的那一面居然出现了一道向下延伸的楼梯，楼梯的尽头是微微的白光，隐隐约约还能听到风的声音和小溪流动的潺潺声。"噢……"菲尼克斯彻底精神了，她很好奇楼梯的尽头是什么地方，听声音好像还不错。于是，她微微躬身，踏上了通往箱子里的楼梯。在这通道里的每一步都走得相当奇妙，远处的风声若隐若现，夹带着太阳的气息。"箱子里面，应该会很美吧？"菲尼克斯这么想着，稍稍加快脚步，向着楼梯尽头的光而去。终于走下了楼梯，现在只要再走一步，就可以踏入微风暖阳中了。菲尼克斯嘴角微微上扬，一步踏在了前面的林地上。在那一瞬间，就像被暖风包围了似的。菲尼克斯睁开眼，太阳散发着白光，溪水叮叮咚咚地跳着舞，就像故事中的伊甸园一样。但菲尼克斯还没来得及欣赏美景，一本书吸引了她的视线。那是一本古朴厚重的大书，封面上烫金字体是一个奇怪的符号。

菲尼克斯刚想翻开看看，就听见敲门的声音："司南小姐，您醒了吗？我们要去参观挪亚方舟的启动仪式了。"是神曲！现在还不能让基金会的其他人知道这个箱子的事情！菲尼克斯瞳孔一缩，把书放在草地上，抬腿跑了出去。把一切都收拾妥当后，菲尼克斯打开了房门，门口的果然是一脸笑容的神曲："司南小姐，既然您准备好了，我们就出发吧。""你还是直接叫我的名字吧，这么叫我不太习惯。"菲尼克斯摸了摸手臂上起来的鸡皮疙瘩，应道。但神曲却严肃地答道："不，严格来说，您现在是我的直属上司，怎么能直呼您的名字呢！"听到神曲这么说，菲尼克斯也没再说什么，跟着神曲到达了一道闸门处。时海科研处的几人已经在等着她们了。"嘿，小菲尼克斯！"温莎蒂比朝着菲尼克斯喊了一声。神曲带着

2215 班刘昱麟创作

菲尼克斯快步走到了三人跟前，菲尼克斯问道："挪亚方舟在哪里啊？我其实对它还是挺好奇的。"诗篇回答道："不远，我们坐这个电梯去。"电梯在缓慢下行，不知道走了多久后，电梯震动一下，便停了下来。开门，是一条明亮的甬道。图纳走在前面，神情庄重。此时几个人不约而同地保持了沉默。这时候前方传来的呐喊声打破了平静。"这就是挪亚方舟？"菲尼克斯愣住了，呆呆地问。"是的，它就是能让我们所有人摆脱灾难的方舟。而您，就是方舟计划的引领者。"神曲回答道。"我们快进去吧，司南需要知道挪亚方舟的构造以及操作原理！"诗篇也很兴奋。"能够乘着这种交通工具飞一圈，那可真酷！"温莎蒂比一步跳出挪亚方舟，激动大喊。身后其他几人也纷纷赞叹挪亚方舟的精妙设计。"我真的能成为引领者吗？"菲尼克斯问神曲。"当然，既然我选择你做司南，你就有那个能力。"没等神曲回答一道女声从旁边传来："你参观完挪亚方舟了吧？那么，有任务了。"梅尔古拉不知道什么时候站到了菲尼克斯旁边，面露微笑看着菲尼克斯。菲尼克斯没想到这么快就有任务了，她问道："什么任务？""任务就是，你要回到过去寻找暴雨的真相喽！至于回到什么时期嘛……"梅尔古拉想了想，"你们自己去探索吧！"梅尔古拉很快就认真了起来，"现在部署编队，菲尼克斯、神曲和温莎蒂比，你们三个组成第一先锋队。菲尼克斯和神曲出外勤，温莎蒂比负责内勤保障。以图纳为首的科研人员提供技术支持。第一先锋队，与总部实时联系。"交代完这些，梅尔古拉又转向菲尼克斯，说道："你是引领者，是第一先锋队的核心，保护好自己。任务的难度不小，难免会遇到意外情况，随时和总部联系。"菲尼克斯点点头："明白！"梅尔古拉回过头，晨曦照在她的脸上，"第一先锋队，准备出任务了。"

第二章　追溯

"司南是乘这个去吗？"诗篇看着挪亚方舟，作沉思状。

"不不，挪亚方舟是我们的重点研究对象，现在不能让它穿梭。"梅尔古拉回答，"但是科研处仿照挪亚方舟的样子造了一艘小方舟，第一先锋队要乘着它回溯！"

"什么时候造的？我居然不知道。"温莎蒂比有些惊讶。

"这小方舟可是秘密技术造的，只有科研处核心人员参与制造，连诗篇都不知道呢。"图纳乐呵呵地说。

"好了，不要浪费时间了，你们俩跟着图纳博士去乘小方舟，诗篇和温莎蒂比帮忙改变时空通道的位置。"梅尔古拉看着菲尼克斯和神曲说道。

众人回到科研处，图纳把菲尼克斯和神曲领到小方舟旁，拍了拍菲尼克斯的肩膀。梅尔古拉轻轻地说："不用担心，既然这个职位叫司南，就是希望你像指南针一样引领所有人前进嘛，别有压力。"

菲尼克斯点了点头，说道："我知道了，但是您真的不打算告诉我要回到什么时期吗？"

梅尔古拉顿了顿，哈哈笑道："肯定要告诉你，是古埃及时期啦！快走吧，神曲在等你。"菲尼克斯回应一声，登上了小方舟。舱门在她身后合拢，时空通道在前方出现。小方舟启动后一瞬间就进入了时空通道，菲尼克斯感到一阵头晕，失去了意识。

等她醒来的时候，一阵热浪扑面而来，神曲站在她旁边，伸手把她扶了起来："司南，我们已经到目的地了，这里是古埃及的一片沙漠。"菲尼克斯左右看了看，说道："嗯，但是小方舟在哪儿？""它的程序设定就是到达目的地后自动隐藏，你不用担心，需要它时可以通过手表呼叫它。"神曲一边观察四周，一边回答菲尼克斯。

菲尼克斯看向手腕上的手表，点点头，"那我们就走吧。"她往东边看了看，说道，"这边有声音。"

菲尼克斯和神曲向着声音传来的方向走去，走了一段后，在她们的眼前出现了一座高大的狮身人面像，但与她们在课本里面看过的图片不同，这座狮身人面像的眼睛是闭着的。"呃，这是……"菲尼克斯努力回想着自己课本里学的古埃及史。

"斯芬克斯。"神曲说，"小心一点儿，他可不是什么好人。"

这时，这座狮身人面像像是感应到了什么，缓缓地睁开了眼睛，说道："是谁打扰我睡觉？"他说的是埃及语。虽然菲尼克斯并没有学过埃及语，但她居然毫不费力地听懂了他在说什么，这多少让她有些吃惊。

"基金会给我们两个人都配备了一套翻译装置，方便我们与这些古代人交流。"神曲在旁边小声地提醒道。

"呃，我们不是故意……"菲尼克斯说，但她还没说完就又被打断："不是故意的，那就是有意的喽？"斯芬克斯说道。怎么越解释越糟了啊？菲尼克斯想，但她没有说出来。

"我知道你们的意图，我也不为难你们，凡是打扰我睡觉……啊不是，凡是唤醒我的人都要回答我一个问题，答对了你们就可以进入法老王的陵墓，答错了嘛……就永远留在这里陪我吧！""好吧，我们回答你的问题，你说吧。"菲尼克斯说道。

"好，那么听好了。"斯芬克斯顿了一下，继续说："一种生物，早上四条腿，中午两条腿，晚上三条腿，这是什么生物？""这我知道，是人。人在婴儿时是用两只手和两只脚爬着走，长大了就只用两条腿走路，到了晚年，就需要依靠着拐杖走路。"菲尼克斯自信地回答道。

"你居然答对了？"斯芬克斯惊愕地看着菲尼克斯。"不，不会的，我的问题难倒了无数想要窃取法老宝藏的盗贼，如今居然被一个小鬼答对了。"斯芬克斯不甘地小声说着。突然，他就像疯了一样地高声吼道："这次我一定要拉一个人下来陪我！""司南小心！"菲尼克斯的脚下骤然出现一个流沙坑，神曲手疾眼快地把菲尼克斯拉到安全地带。

斯芬克斯不甘地咆哮着、挣扎着，想要阻止躯体瓦解，但他的身体突然爆成一片金粉，在空中散开。纷纷扬扬的金色光点向下聚拢，慢慢勾勒出一座巨大的金字塔的轮廓。光芒一收，一座金字塔出现在两人面前。

"这就是法老的陵墓——金字塔？"菲尼克斯问道。"应该是的。"神曲回答道。"那斯芬克斯呢？他是……""他没有死，毕竟是法老陵墓的守护神，不会这么轻易就死去的，他只是再次陷入了沉睡。"菲尼克斯没有再说话，站在原地看着宏伟的金字塔，良久才小声说："对不起，但你好像理解错了我的意图，我只是想要寻找暴雨的真相。"

菲尼克斯走向了金字塔的另一面，她看见几个人影。

"哦，看我发现了什么？"菲尼克斯自言自语道，"一群背包客，他们是干什么的？反正不像一般的游客。"正说着，这群人已经走了过来，发现了菲尼克斯。"那个人是谁啊？""不知道啊。""你去问问去。"人群里七嘴八舌地议论着。

"嘿，你们好，我叫菲尼克斯，是来研究金字塔的。"菲尼克斯并不想让他们知道自己的任务。"哦，你好，我们是来观测金字塔内部数据的，正好一起去，有个伴儿。"人群里的其中一个说，"对了，我叫尼古拉维奇。"

他介绍完后，菲尼克斯隐隐觉得有些不对劲，但她想要快点儿找到线索回到主世界，便没有深想，随他们一起想办法进入金字塔。

他们四处寻找入口，可是苍天好似要跟他们对着干，他们找了半天也没找到。"这样进度太慢，不如我们分组，两两一组分头找入口吧。"菲尼克斯犹豫开口。"我觉得不妥。你的提议有两个很大的漏洞：第一，人员分组，力量被分开了，如果遇到不测……当然最好没有……如何求救？这里所有通信工具全不能用。第二，一个组发现入口后如何通知大家呢？"

尼古拉维奇十分严肃地问。"对了，我听说在金字塔后面一百米处有一个入口，我们去那儿看看吧。"其中一个人手指着远处说道。菲尼克斯和尼古拉维奇对视了一下，带着大家向远处走去。

"啊！入口，是入口啊！"尼古拉维奇跳了起来。洞口立着一块木头，上面写着：敢入金字塔者，有去无回，不得善终！可心急如焚的一行人哪里顾得了那么多，迅速进入了洞中。

他们沿着一条古道前行。吱——吱——呀——"什么声音？"菲尼克斯问道。

"哦，不！洞门关上了！"一个人喊道。大家顿时乱作一团。

"那先继续向前走吧，可能前面有出口。"菲尼克斯故作镇定地说，其实她的心已经凉了一半了。

"什么人如此大胆？竟敢进入金字塔，打扰我法老大人休息！既然来了那就别想再出去了，留下来和我一起保护法老，陪伴法老吧！哈哈哈哈哈哈！"不知从何处突然传来一个非常有力的声音。"你……你是……你是谁？"菲尼克斯问道。"我是谁？我乃法老的护法大神，你们私自闯入法老的金字塔，该当何罪！"

"你爱谁谁，关我何事？我们来此地是做研究的，又不干别的！"尼古拉维奇说。"咱们怕一个声音干啥，继续走啊。"一行人心惊胆战地继续行进，来到了一个殿堂，殿堂两旁有七十二根柱子，每根柱子上都雕刻着美妙绝伦的古埃及壁画，讲述着法老的一生，每个人都如痴如醉地观赏着。突然一个黑影闪过，"什么东西？"菲尼克斯和尼古拉维奇异口同声问道。可是没有人回应他们，因为所有人都失去了听觉。菲尼克斯和尼古拉维奇也发现大家都失去了听觉，他俩互相打起了手语，他们都觉得失去听觉和刚才的黑影有关，要先找到黑影，才能找到恢复听觉的办法。于是，他们决定找到黑影并解决了它。突然眼前一片漆黑，他们被黑影笼罩了。

"啊——"好多人尖叫起来。菲尼克斯和尼古拉维奇稳了稳心神，眼睛逐渐适应了黑暗的环境，仔细观察着黑影，发现这个黑影体形高得像两只藏獒叠在一起，两只耳朵向上翘着，拖着一条长长的尾巴，就像一只大猫。菲尼克斯突然想到埃及人视猫为神明，有些法老死后也会让猫来守护自己的陵墓，而且这个庞然大物行动缓慢。那么这个黑影应该就是被炼金术影响到的雕塑。菲尼克斯用手语表示：黑影行动缓慢，我们分成三队在七十二根柱子间来回游走，引诱黑影，把它转晕。尼古拉维奇和大家都心领神会，迅速分成三个小队，菲尼克斯带队先从左边的柱子绕，另一个小队晚二十秒再从右边的柱子绕，尼古拉维奇带队最后在中间跑动，黑影发现左边有人就先向左跑，没跑几步又发现右边有人，又折返向右跑去，来来回回几趟黑影已经有些晕头转向了，又跑了几趟后发现中间也有人，黑影被彻底转晕了，倒下了。大家情不自禁地欢呼起来："太棒了！""咦？我能听见了！""我也能听见了！""我也是！"

　　"各位不用害怕，那个黑影只是一个守护法老陵墓的猫的雕塑，至于它为什么会活过来嘛，可能是法老的秘术吧。"菲尼克斯并没有说出炼金术的真相。

　　原来大猫雕塑醒着的时候不停地发出一种声波可以干扰人们的听觉。其实大家早已有些身心俱疲，但战胜了雕塑，恢复了听觉让大家又振作起来继续前行。

　　走着走着他们就来到了金字塔中心，发现金字塔竟然被洗劫一空，"什么都没有，我们被耍了！"其中一个探索者大吼道。

　　"快看，墙上还有一根手杖。"尼古拉维奇边说边向手杖走去，并伸手想把手杖拿下来。"先别拿手杖！"菲尼克斯喊道。但她还是晚了一步，尼古拉维奇已经把手杖拿下来了。前方突然传来轰隆轰隆的响声，一块巨石落下堵住了前方的道路。

　　"你们的包里有工具吗？"菲尼克斯问。

　　"有，但不多。"尼古拉维奇放下手杖，从包里拿出五个钻头，"这是我们所有的工具。"菲尼克斯说："咱们试着把石头钻开吧。"

　　菲尼克斯和尼古拉维奇一人拿着一个钻头开始钻石头，钻了一会儿，钻头坏了，石头出现了一道道裂缝。两人换了个钻头继续钻，没一会儿，钻头又坏了。现在就剩一个钻头了，石头还没有完全碎，大家把希望都寄托在了这最后的一个钻头上。

尼古拉维奇说："最后一个钻头了，让我来钻。"说着就抢过钻头开始钻了起来，没想到刚钻几下钻头就坏了。所有人都像泄了气的皮球一样。

菲尼克斯冷静地说："大家先别泄气，我们再想想办法。"菲尼克斯环顾四周，突然发现放在地上的手杖隐隐约约地发着微弱的光。"司南别去！我在它的上面感受到了炼金术的气息，目前还不知道这个炼金术士是好是坏，有可能会伤害您。"神曲担忧地劝道。"没事的，不能放弃一切出去的方法。虽然不知道这个炼金术士是谁、目的是什么，但在这种情况下给予我们指引，他应该不是坏人。"菲尼克斯说道。

菲尼克斯走过去把手杖捡起来，手杖在她手上不停地颤动，带领着菲尼克斯来到巨石前边，微弱的光突然变成了一道明亮的光束，把石头击碎了。"我们得救了！是菲尼克斯救了我们！感谢菲尼克斯！"所有人都激动地喊着。"先别说这些了，咱们赶紧继续前进吧。现在这里很危险，我们要尽快找到出口。"菲尼克斯平静地说。"你们带着这根手杖往它指引的方向走，我要回去研究一下法老的棺椁。放心，前面不会再有危险了，这里应该已经接近出口了。""那你呢？没了手杖的保护，而且还要回到那危机四伏的地方，如果有危险你该怎么办啊？"尼古拉维奇有些担心地看向菲尼克斯。

"我有方法保护自己，你们不要在这里浪费时间了，快往前走吧，我一会儿会去追你们的。"菲尼克斯看出了尼古拉维奇的担心，安慰道。

"好吧。"尼古拉维奇转身吆喝其他人，"我们快走吧。"

他们走后，神曲问道："司南，你让他们先走真的是要回到法老墓室那里吗？"菲尼克斯回话："当然不是，我才不会回去。神曲，我要给你看点儿东西。"说着，菲尼克斯从大衣兜里掏出来一本古老的书。"司南，你出来还带着这种古籍？"神曲不知道菲尼克斯要干什么，有些糊涂地问。"不是。这件事我回去会告诉你，但你一定要保守秘密。这本书很神奇，刚刚它突然出现，我就把它装起来了。这本书有好多页，但是只有两页上写了字。第一页可能是介绍它的用途，第二页嘛，意思大概是让我去拿那神奇的手杖了。它说能遇见有缘之人，可能要出去才能见到那个人吧。"

听到这一段话，神曲已经惊讶到说不出来话了，过了好一会儿她才开口："所以，这书是一本预言书？""不错的看法，我也这么认为。但它是谁给我的，这是一个谜。"菲尼克斯说道。

"为什么要告诉我这些？您应该还不信任我。"神曲疑惑道。"不，我能感觉到，你可以帮我保守我的秘密，是可信的人。所以，你不要辜负了我的信任啊。我们现在可以去找尼古拉维奇了。"菲尼克斯解释之后迅速转移话题，拉着神曲往前走去。

另一边，尼古拉维奇一行人继续前进。走了不久后，前面透出一点儿亮光，虽然还有一段距离，但是求生的本能让所有人都精神了不少。"看啊，有光了，我们就快能出去了！"尼古拉维奇兴奋地喊道，周围人也纷纷附和。不久，他们就走到了亮光处。原来那是一个方方正正的洞口，只是被一块石头挡住了半边。有人沮丧道："这怎么出去啊，我们也没有工具了。""我们不会永远被困在这里面吧？我还没好好享受过生活呢！"甚至有人哭了起来。尼古拉维奇看起来也很沮丧，手里攥着的手杖掉在地上，被另一双手捡了起来。

"菲尼克斯！你回来了！太好了！"尼古拉维奇很兴奋地说，其他人也纷纷聚到了她旁边。"你一定有办法出去的吧，这根手杖……"

"我大概知道。"菲尼克斯用手杖敲了敲那块大石头。不出所料，石头滚向一边，出口出现在他们眼前。

"太棒了！我们自由了！"所有人跑着冲出金字塔，菲尼克斯跟在后面。"谢谢你，菲尼克斯，虽然我们没有收集到有用的东西，但如果没有你，我们就被困在金字塔里面了。真的很感谢！"尼古拉维奇感激地和菲尼克斯握手，"那么我们就先告辞了，物资不多了，要赶紧回去，有缘再见！"尼古拉维奇追上大部队，挥手告别。菲尼克斯也挥了挥手，看着他们消失在地平线尽头。

"那位神秘的炼金术士，你可以出来了。"菲尼克斯没回头，说了一句。神曲握紧了手杖，背靠着菲尼克斯，警惕地看着金字塔的方向。

"别紧张嘛，这位小姐。"一个少年的声音传了过来，"是我帮助你们出来的呀，手杖上的炼金术是我施加的。我下来喽。"一株飘浮的小草落到了菲尼克斯的帽子上。

"这位先生，你的出场方式很别致。"菲尼克斯说完之后，两人一草之间陷入了一段诡异的沉默，最后还是小草打破了沉默："我是希尔特，是炼金术士，因为你们进入了金字塔，所以我醒来了。我知道你们的名字。菲尼克斯小姐，你很聪明，也很善良，是我佩服的类型！"

菲尼克斯一看这个炼金术士佩服自己，就赶紧说："那你愿意和我回到主世界吗？你的炼金术很出众，基金会需要你这样的人才。"小草沉默片刻，兴冲冲地回答道："既然这样的话，我就和你去看看吧！我很期待有一份新工作！当法老的吉祥物也太无聊了，我早就想离开这破地方了，我们快走吧！我可以叫你菲尼克斯吗？"菲尼克斯点头默许，叫出了小方舟，打算联系主世界开启通道。在菲尼克斯给主世界通信的时候，希尔特晃到了小方舟旁边。

"这是什么？好神奇的样子！"他问站在小方舟旁边的神曲。

"这是我们回去的交通工具，一会儿我们就要乘着它回去了，你可以尝试一下乘坐它是什么感觉，以后如果有机会和我们一起出外勤的话，能更快地适应。"神曲好心地解释。

就在他们俩聊天的时候，菲尼克斯说："主世界要开启通道了，快上去吧，马上就能回去了。"希尔特飞上菲尼克斯的小礼帽，几人都坐定后，小方舟缓缓驶离大沙漠，飞向了主世界。

回到主世界，菲尼克斯向上级报告了任务的情况，她休息过后，科研处的人把她叫了过去。

到了科研处，图纳严肃地说："菲尼克斯，暴雨还会影响过去的时间，就像你们遇见的尼古拉维奇他们一样，他们说自己是来观测数据的，但是古埃及怎么会有科考人员呢？很显然是时空错乱了。任务的进度还要加快，不能让暴雨再影响过去，否则后果不堪设想。"

"但我这次任务并没有收获什么可用的线索，这是我的失职。"菲尼克斯低下头，像是反思一样小声说。图纳慈祥地笑了起来："没关系，现在时间还很充足，脚踏实地地完成任务才是最重要的。"菲尼克斯点点头。

2215班刘昱麟创作

"还有，你的新朋友被批准加入第一先锋队了，他会和你们一起出外勤的，开心一点儿。"

"希尔特？他要加入我们？"菲尼克斯很惊讶。"是的！我可以和你们一起出去了，外勤任务总比待在这里好玩！"希尔特飘过来，直接飞到了菲尼克斯的帽檐上。神曲也来了，她笑眯眯地说："我们以后就是三个人了。希尔特的炼金术很厉害，有了他，我们能够更好地处理危机，算是不小的收获呢。"

就在大家都很开心的时候，梅尔古拉传话来了，她要祝贺一下菲尼克斯，顺便告诉他们下一个任务的地点。

兴奋的希尔特离开了菲尼克斯的礼帽，立刻冲向梅尔古拉的办公室，菲尼克斯和神曲跟在他后面向图纳告别。

"快点儿快点儿！我们走啦！"希尔特很期待他的第一个外勤任务。

两人一草迎着光奔向梅尔古拉的办公室。是的，有目标就有方向！菲尼克斯眼里盛满了曙光，闪烁着希望的光芒。

第三章　寻觅

小方舟缓缓降落到一片空地上。随着一阵光芒，小方舟进入隐匿状态，两人一草出现在地面上。

"这里就是古罗马吗？太神奇啦！我只见过沙漠，有好多植物哇！"希尔特头上的两颗小星星闪闪发光，"而且看样子，我们到了韦帕芗的时代。"神曲看着不远处的斗兽场说："似乎有角斗士准备参加角斗了。""等等，你们来一下。"菲尼克斯不知道什么时候钻到了一簇灌木的后面，朝着他们招手。"你们看这个。"菲尼克斯手里捧着一本大书，看着第三页新出现的字说。"这个就是你之前告诉我的那本预言书吗？"希尔特问道："是它。你们看上面的字，这是它给我的新的指示。"菲尼克斯回答道："意思大概就是让我们去参加角斗。"

"既然如此，那现在就出发吧！希尔特就待在我的帽子上吧，我单枪匹马去角斗还是挺危险的。"菲尼克斯说。

"司南不会使用炼金术吗？但我记得你是炼金术士啊。"神曲不理解。菲尼克斯挥了挥手道："我是混血炼金术士，使用炼金术不太稳定。我的法杖都是科研处专门为我配备的，有助于稳定输出炼金术。"菲尼克斯从身后抽出一根四角星短手杖，在空中比画了两下。神曲默默地点了点头。"那你要拎着这个箱子去跟人角斗？"希尔特从帽檐上探出头，他终于注意到了这个不起眼的手提箱。

"当然不是，这个箱子让神曲带着，咱们去角斗。"菲尼克斯拉了拉外套有点儿长的后摆，"快走，一会儿来不及了。"

"欢迎各位勇士，一年一度的角斗大赛即将开始！"菲尼克斯等人坐在环形观战台的上层，四面八方传来了雷鸣般的掌声。"现在，有请我们上届擂主登台！"主持激动的声音里似乎带着一丝颤抖。

"维克！维克！维克！"在一众粉丝的欢呼声中，维克缓缓走出，欢呼声更剧烈了。只见台上站着一个皮肤黝黑、人高马大的年轻小伙儿，他揉着自己的头发，对着观众挥挥手并露出憨厚的微笑，没有人会想到眼前这个人畜无害的小伙子，一旦上了角斗场将会变成何等恐怖的怪兽。

"司南，我在他身上察觉到了炼金术的气息。"神曲附在菲尼克斯耳旁轻声说。"实力不俗呢！"希尔特抢着说。菲尼克斯点点头。

"各位勇士们，由于新国王陛下登基，国事繁重，所以本届开幕式国王陛下不能前来观礼，不过国王陛下会在最终决赛时亲临现场，好了，本届角斗不仅有个人称霸赛，我们敬仰的国王陛下还新开设了三人团体赛，比赛还和往届一样共六天，赛制为淘汰赛，分为十六强、八强、四强。共三天：半决赛，决赛，然后决出冠军。本届的冠军选手不但能获得巨额奖励，双冠王还能获得晋见国王陛下的机会。那么，你们还在等什么！想要参加个人赛的选手可以到一号门报名参赛，团体赛可以到二号门报名。注意！上了角斗台，参赛者生死不论。"

几分钟后，几人先后来到个人赛的报名处。一个低沉的声音传来："哟，两个小姑娘也来参加角斗啊，哈哈，出了古怪的国王，小娃娃也来角斗，今年真是奇怪！"那壮汉冷哼一声从菲尼克斯身旁走过，还故意撞了一下她的肩膀离开了。

"等一等，你说的古怪的国王是什么意思？"菲尼克斯略显激动地说。不料这被几个看热闹的听见了："小姑娘，这可不能乱说。"说完便一溜烟儿地跑没影了。

"果然，今年皇室绝对出了什么事。"菲尼克斯暗暗道。"司南，任务完成，我们去团体赛报名吧。"神曲边走边说。"嗯。"

说着，几人便来到了团体赛的报名处，只见人们摩肩接踵，抬头看向长队，一望无际。

"奇怪，为什么与团体赛相比个人赛显得那么冷清。"某个长在司南帽子上不断眺望的小草不解地问。

"我打听到，好像是罗马打了一场败仗，国王不幸牺牲，新国王登基后，便一改往日的个人英雄主义，开始提倡团体，不过，这些人，看来他们很信服新国王啊。"神曲说。

"不，我刚才在等候你个人赛报名时，听见一些不同的声音，他们似乎并不认可团队，或者说并不认可新的国王。"菲尼克斯说道。

"看来，这一切我们都得从皇室寻找答案了。"菲尼克斯道。

不一会儿，就轮到了他们。

"姓名？"

"菲尼克斯。"

"神曲。"

"希尔特。"

一个声音从菲尼克斯帽子上传来。

登记员微微一愣，但是立刻就回归正常，"你们的战队名称？"三人面面相觑。

菲尼克斯想了想道："时海。"

"现在，进行个人淘汰赛抢签，本次淘汰赛采用抢签的方式进行。稍后我将会把这个签丢进场中，大家进行混战，最后持有这三十二个签的人，可以进行明天的十六强晋级赛，时间为太阳落山前。好了，请大家步入角斗场。"

伴随着观众的呼声，参赛人员陆续进入角斗场中。

"准备好了吗？三、二、一——"只见主持人一松手三十二个签便进行自由落体运动。神曲与身边的菲尼克斯对视一眼后，两人一跃而起，宛若两只翩翩起舞的蝴蝶，率先抢到了两签。身边的人见两个小姑娘如此厉害，便也使出看家本领。不一会儿，三十二个签就全部被人们抢光了。菲尼克斯和神曲默契地靠在一个角落里，默默观察着那个看上去纯真无害的黑小伙儿在抢签时那如猛兽般的样子。很快，维克成了大家的挑战对象。说是混战，其实如果大家都愿意，也是可以像回合制一样的。现在便是这种情况，在维克连挑七个人后，便有人组队挑战。看着人群向维克聚拢，菲尼克斯兴致更浓。

"神曲，维克一个人对付这么多人吗？"

"看得出来前面的单挑是他们是想车轮战消耗维克的体力，而现在一起挑战维克才是他们的真正目的吧！"

正在两人交谈间一声巨响伴随着场上弥漫的硝烟，两人震惊地相互对视了一眼，立刻腾跃而起。只见硝烟散去，地上已经出现了一个深不见底的巨坑。

"咳咳。"坑中四十多位参赛者东倒西歪，还没反应过来时，便听到了震耳欲聋的巨吼，那声音仿佛远古的巨兽挣脱了束缚。

"不好，司南，这是他的终极招式，应该是狂化。"神曲道。

"不对，他暴走了！"希尔特急忙喊道。突然，维克一转头，发现了菲尼克斯两人，便如猛兽般朝着菲尼克斯他们的方向冲来。

"你们，受死吧！"

"神曲！"菲尼克斯和希尔特齐声喊了出来。

"Between the stars and the cappella！"喊出这句话，神曲眼中如同星辰萦绕。只见她先是低声吟唱，渐渐地，声音越来越大，瞬间星光夹杂着清洁的尘埃，眼前的神曲也就像圣洁的天使般照耀着他，神曲吟唱的声音慢慢小了下去，近乎无声。维克也安静下来。

神曲渐渐倒下了，倒在了水雾蒙上眼眸的菲尼克斯怀里。她眼中含笑轻轻地说："司南，我做到了，尘埃也能放光芒对吗？"一滴清泪顺着菲尼克斯的脸颊滴落。"嗯，尘埃，也能放光芒。"

"她没事，只是透支了。真没想到，你们在这个世界也能施展终极仪式。"希尔特说。

菲尼克斯抱着神曲，靠着墙角慢慢坐下去，强忍着泪水颤抖地说："不，我们不能，她强行突破，应该是伤及本源了。"

擅长幽默的小草先生也罕见地闭上了嘴。这场意料之外的变故使神曲受伤，大家都自责不已。很快，天边的云彩堆叠在一起，日光逐渐变得柔和起来。淡淡的粉色光芒穿过云层，洒在角斗场上。菲尼克斯抬起头，光照亮了她一半脸颊，一人一草静默无声。过了好一会儿，希尔特慢慢地开口说道："我的炼金术能治疗，你把她放在这儿吧，我可以唤醒她。"

"啊……菲尼克斯，希尔特……你们都没事啊，太好了。"神曲微弱的声音传来，两人都低头看着她。菲尼克斯不由得鼻头一酸，自从担任了司南之后，神曲就没有直呼过她的名字。

客栈。

"维克到底是什么人？"安置好神曲，菲尼克斯听见希尔特发问。"自由民角斗士，我猜。古罗马角斗士通常是战俘或奴隶，但也不排除自由民为了获得荣誉和财富走上角斗这条路的可能。"菲尼克斯边说边低头记录日志。

晚上。

"女士们，先生们，很抱歉！虽然个人赛的海选结束了，但是由于个人赛的人数不足，所以我们决定紧急暂停个人赛，请两组存活下来的队伍在决赛之前私下调解。接下来，让我们一起进入团队赛的进程。"主持人在讲话台上说道。

比赛现场。

角斗正在进行，人们疯了般在场地里乱跑，他们比野兽还疯狂，见人就砸。时不时还有几滴血水溅到观众席上，引来一阵阵惊呼。

"最终，有十六位选手成功晋级，让我们恭喜这十六位选手！"菲尼克斯回到了客栈，哪知维克已经在客栈门口等着她。菲尼克斯脑海中闪过一丝警觉，把手伸进挎包里，握住一把小刀。

"自新国王登基后，他就大力推崇团结，个人主义出现弊端，就不再被支持，所以他们被国王收买要杀了你。"客栈里，菲尼克斯和希尔特对着维克说。而维克早已没了在角斗场里的疯狂，又变成了腼腆的小伙子。

"对，"他小声说道，"他们全都想来杀我，我没有办法。"

原来，自从新国王上位之后，个人主义出现弊端，而国王又大力支持团队合作，就以一些人的家人生命威胁他们杀死维克，这样国王就有了正当的理由取消个人赛。

"今天，便是大家期望已久的半决赛，现在再次祝贺一路走到这里的各位勇士们，今天元老院的元老们也亲临现场来为勇士们加油。让我们热烈欢迎他们！"主持人热血沸腾地说，"经过各位元老的抽签，第一场是由时海战队与烈马熊战队的精彩决斗，第二场是由狂化巨兽战队与狂战士战队组成的'双狂对决'，让我们期待他们的表现吧！"很快，被誉为最有可能夺冠的烈马熊被打下台了。

不过他们没有久留，因为还有更重要的事等他们去做。

几人换上准备好的夜行衣在希尔特特殊磁场的保护下避开看守，潜入了角斗场的地下密室。"看来就是这里了。神曲，帮我拿一下铁丝。"菲尼克斯嘴里叼着手电筒招呼神曲。接过铁丝的菲尼克斯双手上下翻飞，在希尔特和神曲震惊的注视下，不一会儿门咔嗒一声，开了。几人也没耽误时间，拿着手电筒就摸索前进。

"停一下，等等。"菲尼克斯翻开预言书，"看，Save the soul，save the future."神曲微微一笑："看来，我们的选择是正确的。""他们应该是我们任务中重要的一环。"菲尼克斯说。一道光照在四周铁笼里的人身上，被惊醒的人恐惧地看着他们。"别怕，我放你们出来，快跑，别回头，知道吗？"神曲温柔地说。"我们为什么要相信你？"一个男子问道。菲尼克斯挑了挑眉，想不到还有如此冷静沉着的人，她缓慢地说道："你别无选择，对吗？"那人默默地低下了头。

很快主持人熟悉的声音又一次出现在耳边："今天便是万众瞩目的决赛，我们敬爱的国王陛下也亲临了现场——"

国王："祝各位勇士们摘得桂冠！无论如何，你们都是帝国的英雄，比赛，开始！"

"我弃权！"维克吼了出来。

就这样菲尼克斯拿到了个人赛的冠军。

团体赛开始，国王说："感谢各位积极参加新设立的团体角斗赛，今天将要角逐最终的胜利团队，那么站上决战台的是时海战队和狂战士战队。角斗，开始！"双方摆开阵型，不出意外的时海战队仍然是1—2队形，而狂战士这选择了更激进的0—3队形。"他们不简单，他们的终极仪式应该也是类似于维克的狂化。我们要小心应对。"菲尼克斯对战友们说。"司南，我们上！"神曲举起右手："Orbit of the stars.(繁星的轨道）""Be lost in a fog."菲尼克斯挥舞着手中的权杖。一道光束射向两个进入狂化状态的狂战士，在接触到他们的一瞬间那道光束立刻散作漫天繁星，将两人笼罩。二人感到被束缚，立刻发动攻击，不料他们的精神就像是被分散，使那一击未能凝聚出来。施展完炼金术的菲尼克斯微微喘气，一道黑影从她面前一闪而过，正要攻击与那两位刚清醒过来的狂战士对战的神曲，好在神曲急中生智，一道光立刻笼罩在那道黑影身上，"呼——你们没事，那就好。"由于三位狂战士处于狂化状态实力是以往的好多倍，不一会儿便挣脱了神曲技能的束缚。

"好了，小家伙儿们，让前辈来结束这场战斗吧！"只见希尔特头上三颗星星同时迸发出耀眼的光芒，整个擂台都被染成了青绿色。"Between the vastness and vastness HANMYO！（瀚渺之间）"仿佛一切事物都慢慢溶解、消散，最后在浩渺中重组，重获新生。当人们再次睁开眼时，那还有什么狂战士战队，留下的只有生机勃勃的绿草，和互相搀扶站在台上的菲尼克斯和神曲二人罢了。

"不行了，累死我了，我先睡了啊，有事再叫我。"希尔特边发牢骚边在菲尼克斯帽子上沉沉睡去。"谢谢您，前辈。"神曲默默道。"这……这……"主持人瞠目结舌，一时不知道该说什么了。"我宣布，这次角斗，正式结束，而我们的双冠王就是，菲尼克斯！"菲尼克斯走上讲台，国王缓缓地为她戴上皇冠。

下了领奖台，菲尼克斯第一时间找到神曲："真的太棒了！那咱们明天就去找国王，如何？""哎呀，别那么着急！后天再去，这两天先好好休养。"神曲不紧不慢地说道。"真是说不过你，好吧。"菲尼克斯摆摆手，一副无可奈何的样子。

两天后。

"我说，菲尼克斯，现在的国王是谁呀？"趴在菲尼克斯帽子上的小草伸个懒腰，问道。"是韦帕芗。"菲尼克斯答道。"司南，抱歉，我问了执法官员，我不能和您一起去了。"神曲失望地说。

"小草先生，还是请你和神曲先到皮箱里待一阵子吧。"菲尼克斯拿出皮箱。

"我？为什么呀，你不需要前辈的保护吗？"希尔特不满地问道。

"我们在决斗时的表现一定引起了一些人注意，还是谨慎为好。"菲尼克斯安顿好同伴们，便随神父觐见国王，在行了宫廷礼之后，菲尼克斯看清了国王的脸，她心中一惊："不对，他不是韦帕芗，他是凯撒……难道是因为我们进行时空穿越，导致这个副世界的时间也被暴雨侵蚀了吗？"

与凯撒进行了一天的交谈，菲尼克斯疲惫地回到皮箱中。

"怎么样，有什么发现吗？"希尔特问。

"神曲，快，联系主世界！"菲尼克斯焦急地说道，"我还要去见一下国王，这是我们最后一次机会。"菲尼克斯带着希尔特出了皮箱，"前辈，你能感应到我们救的那群角斗士的家人们吗？最好把维克也叫上。"

"等等，等等。你得先跟我说清楚，发生了什么？"希尔特同样焦急地问。两人飞快地向皇宫跑去。"前辈，您先把人带到这儿来，到时候你就知道了。"菲尼克斯指着皇宫旁的一块空地说。瞬间一道流星划过，落到了郊外的一个小村庄里。

皇宫。

"我的勇士，这么晚了有何事呀！"凯撒问道。"陛下，您的那位得力助手神父，应该有些问题。"菲尼克斯答道。凯撒微微一愣："什么意思，细说来听听？"这时神父也来了："陛下，您的这位双冠王，可是不祥之兆呀！"凯撒看着忽然针锋相对的两人，产生了兴趣。

"陛下，您开设的团战制度本并不被人民接受，对吧？但是今年的角斗团战却异常地受人追捧。您没想过为什么吗？"菲尼克斯紧紧盯着神父言辞犀利地说道："是他，贵族们早就在暗中培养奴隶团队，如果团战，那些贵族们培养的这些奴隶便可以光明正大地组队出战，最后赢得奖励。而由贫民组成的战队自然不敌，而陛下为了选拔人才所开设的角斗，也将成为贵族们的娱乐。届时若再有战争，我们能拿得出手的团结的民众又在哪里呢？精英都被贵族掌控，战争时，他们又在哪里呢？所以您的这位神父，为了迎合这些贵族，囚禁贫民的家人，逼迫他们在个人赛杀掉维克，再找理由向您申请取消个人赛。神父大人，我说的对吧？"菲尼克斯走到神父面前凝视着他问道。

"陛下，她胡言乱语，您可千万不能信啊！"神父一时竟慌了手脚，"对，你没有证据，你没有证据，你在调唆我和陛下的关系，怪不得你是不祥之兆。陛下，您可要杀了她为民除害呀！"凯撒沉默不语。菲尼克斯深吸一口气，刚刚她已经联系到希尔特，他们就快到了。"陛下若是不信，稍等片刻，答案自会揭晓。"菲尼克斯坐在一旁恭敬地说。

宫中一片寂静。

"菲尼克斯，我们来了。"希尔特的声音传来，菲尼克斯长舒一口气，说："陛下请看！"只见一群衣衫褴褛的贫民走了进来，立马向凯撒哭诉。为首的正是维克。在维克的指认下，神父无话可说。当那群人退下后，凯撒向她微微一笑："很好，这才是我的子民该有的样子。但是，你知道得太多了。"听到这话，菲尼克斯暗道一声不好，原来神父和凯撒是一伙的。

两人用炼金术控制住了菲尼克斯，正当他们要对菲尼克斯动手时，菲尼克斯头上绿光一闪，一道刺眼的绿光笼罩在正蓄势的神父身上。"菲尼克斯，快跑！"希尔特喊了出来。不料国王此时黑光大盛，恐怖的炼金术即将吞噬两人。这时，有一道身影出现在了即将晕倒的菲尼克斯面前，那人金色的眼眸那么深邃，仿佛能看透一切。

"Eternal Judgment Dessor éremusnte To.(永恒的审判）"一个低沉深邃的吟唱声笼罩着整个皇宫。瞬间，仿佛日月都失去了光泽，一把审判之剑降落到了这个世界。

主世界菲尼克斯在神曲的照顾下渐渐地苏醒了，神曲与她说了这段时间发生的事，一个叫拉玛萨姆的人将她们救下传送回了主世界，其余的神曲也不清楚。

"拉玛萨姆，拉玛萨姆，拉玛萨姆……"忽然预言书竟自己飞出来翻到了第五页，"devPayepleHomesp-purre, ayeJocause amilainmem ; devrre Lucause amilainagion, ayesentagisent.（雨雾终将揭晓，审判已然来临。审判之心善即是善，恶即是恶。）"

2215班刘昱麟创作

这，指拉玛萨姆吗？

几日后。

"你们的下一站……"梅尔古拉卖关子说道，"古巴比伦。"她站在她们身后，望着她们向小方舟跑去。她在心里默念道："加油吧！孩子们！"

第四章　终局

小方舟经过一阵颠簸之后缓缓地降落到一处安全的空地上。

"哇！这就是古巴比伦了吗？"希尔特惊讶道，"真的好震撼！"

"前面就应该是伊斯塔尔门了吧，你们知道吗？伊斯塔尔门可是巴伦城最重要的入口了！"神曲说道。

这时，草丛中窸窸窣窣一阵响动，几个土著跳了出来，并把他们团团围住。菲尼克斯冷静地问道："你们这是要做什么？"

其中一个土著开口了："你们几个未经我们首领许可，就进入我们的领地，好大的胆子！"

菲尼克斯并不着急："你们可知我是谁？我是伟大的太阳之神！"

这时土著开口："你说你是太阳之神，何以证明？"

"那你们也要先把我松开，我有个好东西足以证明我就是太阳之神沙玛什。"菲尼克斯高声说道。

几个土著讨论了一会儿，只解开了菲尼克斯的绳子。只见菲尼克斯从口袋里掏了掏，拿出一个打火机打着火。几个土著看愣了。希尔特在旁边叫道："怎么样？你们信服没有？她是不是太阳之神？还不快给我们解开绳子，小心太阳之神发怒！"

随后，几个土著跪在菲尼克斯面前："伟大的太阳之神，请您饶恕我们的罪过吧！"

"罢了，暂且放过你们了。"菲尼克斯忍住笑意，问道，"这里是哪里啊？""这里曾经是美索不达米亚文明的伊甸园，尊敬的……""停！不要再叫我太阳之神了，说话迅速一点儿！菲尼克斯严肃地对着土著说了一句话，她不想耽误太多时间。"好的，尊敬的太阳之神。"土著没听懂一般说道。

"好的，我知道了，咱们有缘再见。"菲尼克斯拉着神曲跑了。

两人一草根据预言书的指示找到了空中花园。

"嗯……这里应该就是空中花园了吧，好……高……"希尔特的声音快要听不到了。

菲尼克斯沉默片刻，开口说道："那边有楼梯的，现在上去？"

"不要不要不要！"希尔特大声反驳，"这么上去会累死的！我反对！"

"但你好像不用走路……"菲尼克斯心里想。

"你可以待在我的帽子上，大概不会累吧。"

于是，两人一草往上爬。

"这花园好像有五百多米高。"菲尼克斯有点儿累，小声嘟囔，"这昏君建这么高的花园做什么？"顺风耳的神曲听到了，说道："司南累了吗？空中花园是尼布甲尼撒二世为了取悦米底公主米梯斯而建的，因为比宫墙还高，所以被称为空中花园。""这里似乎已经没人了……又是暴雨引起的时空错乱吗？""希尔特？我以为你睡了。不如这样吧，我们到了上面，就把拉玛萨姆前辈叫出来问问他。"菲尼克斯看着近在咫尺的平台说道。

"啊，你们有什么事吗？"拉玛萨姆站在一块大理石平台上问道。

"这里也受到了暴雨的影响吗？"菲尼克斯沉声问。"这个嘛……看样子像是。但这样不是更好吗，几乎没有什么人拦你们。"拉玛萨姆带着点儿笑意说。

"那是什么？"神曲似乎察觉到了什么，瞳孔慢慢聚焦那点儿寒光。

一支箭——带着撕裂空气的锐响向中央的菲尼克斯飞来。

菲尼克斯偏头躲过，尖锐、冰冷的光倒映出她没有情绪的眼睛。她迅速抽出术杖："There is no incurable pain, there is no unending destruction, all that is lost will come back in another way."光芒于杖尖绽开，点点星光在空中一丝一缕地汇成弯月的残影。瞬息之间，寒芒掠影乍现。

"呜啊！真是无礼的家伙！我只是考验一下神选的救世主而已啊……"一个有怨气的女孩儿声音响了起来。"别生气，任何人看到有人袭击自己都会自卫的吧。"又是一个男孩儿的声音。"痛死了，没见过自卫还反击的。"说话的人终于出现，"你们好，我是亚当，她是夏娃，我们是这里的守护者。"

"喂，你、你就是救世主吧，我知道你为什么来这里，但是你要答应我一个条件。"被称为夏娃的女孩儿似乎心情很不好，"你要帮我们赶跑这里的怪物！"她说完就跑了。

"这里被我们称为伊甸园。神命我们在此守候救世主，您只需要击败怪物，我们自然会告诉您，您所寻找的答案。"亚当低头致意。

"根据刚才那俩……呃……非人生物给的提示，只要埋伏在这里就能看到怪物。"希尔特小声对菲尼克斯说。"差不多，就在这待着吧。"菲尼克斯往拉玛萨姆那边看，"你看那边，他俩是不是很好玩？"

神曲有点儿不好意思地小声问拉玛萨姆："您要回到司南的箱子里吗？一会儿大概会很危险。"拉玛萨姆摸摸鼻尖，说道："不了吧，我大概能猜到他们说的'怪物'是什么，以你们的能力应该打不过这怪物。"两人不吭声了。

"他太低估我了吧？有我在，还怕打不过一个动物？"希尔特不满地撇撇嘴，"话说……啊，啊，小心头顶！"

菲尼克斯赶紧往旁边跑，神曲和拉玛萨姆早就闪到了安全地带。"这是什么怪物，看起来挺厉害的……"希尔特飞到菲尼克斯头顶，用炼金术隐匿了她的身形。"看起来，这家伙应该是西方神话里的龙。这些生灵往往拥有强大的魔力，并且喜欢收集财宝。"菲尼克斯缩在一团灌木后面对希尔特说道。

"这种级别的战斗，我觉得我参与不了。我没有接受过系统的培训，甚至在前几个月才知道自己是炼金术士。希尔特，你去协助他们，我在这里施放一些能够控制住龙的咒术。"菲尼克斯看着已经和龙斗成一团的神曲，念道："The charm is a distant untouchable sadness, such as cloud and solitary moon, which can only look at the distance of the horizon."一束亮光自菲尼克斯脚下蔓延，化作巨大的阵法。炼金阵法的四个阵眼处生出结晶锁链捆住了黑龙的四肢。希尔特以无法辨认的速度飞向黑龙的脖颈儿上方，全力施放了炼金术："The stars and glimmers are looming！" "dissipate."菲尼克斯的声音同时响起，光一晃，锁链碎成无数星辰。炫目的光芒炸开，风裹挟着四周的星又聚拢，包裹住黑龙。拉玛萨姆拦住想要施咒的神曲，说道："我来吧，这种生物很难对付。"

"wind."拉玛萨姆呢喃着，他的法杖在身后慢慢浮现，暴风围绕黑龙，几乎一瞬间它就消失在风眼中。

"啧啧……他好像比我厉害。"希尔特不情不愿地说，"但是我可以……" "嘘！有人来了。"菲尼克斯把希尔特扣进了帽子里。

"救世主，感谢你消灭了这个祸患，我会遵守承诺。"两个精灵不知道什么时候来到众人后面。"穿过那片树林，就能找到答案。"夏娃面无表情地说。"好的，谢谢你们的指引。"拉玛萨姆搭话，他似乎有些着急。

众人穿过树林，前面的光很耀眼。菲尼克斯回头一看，身后哪里有树林，那只有一扇破败的门，依稀可见昔日的辉煌。"是时空隧道。"神曲肯定地说。"这里好像是一座城池的遗迹……"菲尼克斯自言自语地说。"这里好脏……怎么搞的，居民都乱丢垃圾吗？"希尔特有点儿嫌弃地飞到菲尼克斯的帽子上。

"看前面！"神曲叫道。

"那是一块石碑吗？"菲尼克斯眯了眯眼睛，"等一下。"预言书又自己飞了出来，翻开了新的一页：救世主在世，即用自身照亮彼岸，迷途者将遁形。

"什么意思？什么救世主？"希尔特有些迷糊。"先去看看石碑。"菲尼克斯眼神坚毅起来。

"哎哎，还不清楚有什么危险呢，先别过去。"拉玛萨姆拽住菲尼克斯的左臂说道。

　　"这里连个鬼影子都没有，哪里来的危险？"希尔特嚷嚷。菲尼克斯迟疑一下，说道："也许，这就是最终的答案，我追逐的真相。"她甩开拉玛萨姆拽住她的手，慢慢走了过去。高大的石碑与她手中的预言书共鸣，散发出淡淡的光。她突然轻轻地说了一句话："All secrets are hidden in the past."没有字的石碑突然爆发出一阵金光，像星星一样围绕住菲尼克斯，随后飞进了预言书里面。待光芒退却，只有菲尼克斯在原地站着。石碑已经不见了，而菲尼克斯低着头，刘海儿挡住眼睛。

　　"你们快来看书上写的。"她说道。

　　神曲和希尔特跑过去，书上的内容让他们震惊。

2215班刘昱麟创作

"所以……这才是暴雨会发生的原因？"神曲声音都颤抖了，"神的惩罚？"

"我觉得神真的有必要惩罚他们一下。看看这里多脏！"希尔特闷声说。

菲尼克斯作思考状："但是……这个'迷途者'指的是谁？要阻止他才行。拉玛萨姆前辈，我们要回去了？"没人回答她。

"他肯定丢下咱们回去了。自从离开伊甸园之后，他的神态一直很奇怪，我早就怀疑他了！他刚刚还对你动手动脚的，肯定把那块手表招呼走了吧，现在好了，咱们都回不去了。"希尔特对着菲尼克斯说道，他看上去挺生气的，头上的星星一抖一抖。

"现在回不去了？"神曲忧心忡忡地问。

"不，还有后勤部呢。"菲尼克斯冷静地说道，"如果温莎蒂比没在偷懒，那么现在基金会应该已经发现小方舟降落地点不对了，他们会呼叫我的。"她从外套的口袋里掏出一个长得像对讲机的东西。

果然，下一秒——

"菲尼克斯，你那边出什么情况了？"

第五章 曙光

时海科研处，方舟计划实验室。

诗篇一把夺过通信器，一阵急促的声音从通信器中传出："我们发现方舟已经脱离计划轨道朝着未知方向前进，可以说明情况吗？收到请回答。"温莎蒂比紧紧地盯着雷达显示的方舟位置。

"不用担心，我们现在相对安全，不过遇到了一些问题。"菲尼克斯冷静地答道，"拉玛萨姆是时空'迷途者'，他夺走了方舟，我们现在被困在了古巴比伦副世界，无法返回，请求支援。"

得知菲尼克斯一行人没有危险后，温莎蒂比和诗篇也放下了他们悬着的一颗心。"好的，我们这就去联系图纳教授，请不要终止联系。"诗篇道。

不一会儿，图纳来了。

图纳拿着一沓图纸，接过了通信器。

菲尼克斯："稍后，图纳教授将指挥我们改造我的皮箱，作为新的载体让我们回到主世界。"

不一会儿，在大家齐心协力地忙活一通后，皮箱终于被改造成功了。图纳指挥道："由于材料有限，时间有限，紧急改装的皮箱只有一次使用机会，这也就意味着你们只有一次返回机会。"顿时一种严肃的气氛弥漫在大家心头，无论是主世界的诗篇和温莎蒂比，还是副世界的菲尼克斯一行人，无不紧张。"好了，现在，菲尼克斯和神曲再检查一遍皮箱外部防护装置，希尔特在皮箱内部待命。"图纳道。"是！"三人说。"好了，准备，我们要回家啦！"希尔特大声地喊出来，头上的星星一闪一闪的足以证明他的兴奋和激动。"三，二，一，发射！"通信器两边同时传来惊心动魄的呐喊声。

"星终究回到家园，人必须同心协力。"拉玛萨姆看着预言书上浮现的字，冷笑一声，"已经晚了，亚特兰蒂斯，终会重回世界之巅！"伴随着拉玛萨姆的一阵疯狂的笑声，在遥远的夜空中，一道流星悄然滑落。

"咳咳，这是，回来了吗？"菲尼克斯钻出皮箱，紧接着神曲和希尔特也从皮箱中钻出。"小菲尼克斯！小神曲！小草哥！你们回来了！"温莎蒂比激动地从座位上跳了起来，打开防护罩，向菲尼克斯等人飞了过去。她紧紧地抱住菲尼克斯，却不知她那灵动的眸子上弥漫着一种名为友情的水雾。众人寒暄一阵后，诗篇指着众人身后的"皮箱"无奈地说："不好意思啊，菲尼克斯，你的皮箱也算彻底报废了。"

"唔！"诗篇捂着脑袋，转身看向赏他一个爆栗的温莎蒂比，像一只奓毛的小猫一样瞪着她。

"好了好了，大家都平安无事不是最好的吗？"图纳挺着他圆圆的肚子走上前说。

第二天。

经过一天的休整，菲尼克斯等人也从疲惫中缓过来了。

"神曲呢？"菲尼克斯问道。

"她一早就去找梅尔古拉复命去了，对了你也赶紧起，有紧急事件！"希尔特答道。待菲尼克斯来到实验室，图纳一脸严肃地看着雷达导航，空气好像都冻住了。

"你说，拉玛萨姆带着预言书走了是吗？"图纳问道。

菲尼克斯："是的，我们在古巴比伦副世界中找到的预言神碑记载了这一切，不过我记得不太清楚……""拉玛萨姆就是'迷途者'，我们要把他抓住，他把我们都耍了，毕竟谁又能活上千年呢，我五百年前就见过他！"随着希尔特给出的一个接一个线索，真相水落石出。"所以，他早有预谋。预言书，还有和我们的相遇，都是他计划好的！"菲尼克斯表情凝重，随即大家都倒吸一口凉气。

"温莎蒂比，你盯紧方舟动向；诗篇，整理好资料，我和希尔特去申请挪亚方舟使用权；菲尼克斯，你去最高会议室找神曲。接下来我们将进行一场只能赢不能输的谈判。"图纳掷地有声，说完大家便行动起来了。

会议室。

"司南，您终于来了。"神曲带领菲尼克斯入座，只见偌大的会议室中几位议员眼神犀利地打量着这位"司南"。

"好了，都安静。"梅尔古拉严肃的声音从主席位传来，"今天，紧急召开的这场会议关乎暴雨的根本解决。菲尼克斯、神曲，请发表你们的意见。"

两人对视一眼，站了起来。

菲尼克斯："各位基金会议员，我是方舟计划的主要负责人菲尼克斯，担任司南一职，在过去的时间里，我们分别前往了古埃及副世界、古罗马副世界和古巴比伦副世界。"菲尼克斯一顿，环顾一周继续说道，"在古埃及副世界中，我们收获了一位队员——希尔特——他是生长在金字塔顶端守护金字塔的圣草，也是超自然炼金术士。在古罗马副世界我们结识了一位强大的炼金术士——拉玛萨姆；在古巴比伦副世界，我们寻找到了有关暴雨的一切，包括其解决方法！"这句话如同一把重锤砸在了各位议员心上。顿时，整个最高会议室躁动起来。

"这个'司南'说，他们找到暴雨的解决办法啦？""此事非同小可。""若真是如此，为何还要同众议员商议？"一阵议论声过后。一位议员作为众议员代表发言："'司南'小姐，我对你的话有一些疑问：第一，你如果真的找到解决暴雨的方法，为何不尽快执行，而是与我等进行商议，确切地说是谈判。"这位议员掷地有声，一语切中要害，"第二，你有权力不对我们进行行动汇报，可是你在最开始却强调这件事，所以你的这些成果，或者说收获的这些伙伴，是否对解决暴雨有着绝对的影响？"

静，绝对的寂静。但神曲的声音打破了这死一般的寂静："首先，感谢这位议员的发言，现在由我来回答各位的疑问。第一，解决暴雨方法确实遇到了一些问题。第二，也确实与我们的伙伴有关，请各位看大屏幕。"菲尼克斯走到会议室前端详着大屏幕上的线索抑或是证据，开始发言："神曲，请把资料发给每位议员。前三页才是神曲整理的我们的任务总结，可以自行翻看。好了，相信各位议员也大致了解了现在的局势，我现在带着大家分析一下：拉玛萨姆，刚才已经介绍过了，根据我们已知的线索，他的真实身份可能是远古时期亚特兰蒂斯的人。"

梅尔古拉道："在我们现有的资料中，对于亚特兰蒂斯的记载几乎为零，剩余的也只是民间流传的神话。何以证明亚特兰蒂斯真正存在？""请各位看资料的第六页，在我们抵达古巴比伦副世界的空中花园时，有一个矗立千年的预言神碑，其中就清晰地记载这关乎亚特兰蒂斯的一切，包括备受争议的亚特兰蒂斯消失之谜。或许大家会质疑这座石碑记载的内容真伪，但是它上面不仅记载着亚特兰蒂斯的历史，更是记载且预言了整个地球史，过去和未来。这足以证明其真实性。"

梅尔古拉又一次犀利地发问："那么即使证明了亚特兰蒂斯的存在，又与拉玛萨姆是亚特兰蒂斯之人有何关联呢？"神曲抱着一本厚重古朴的书回答道："我有个问题要问大家，第一次提出亚特兰蒂斯的人是谁呢？是古希腊著名哲学家阿里斯托勒斯，那么大家是否对这个名字熟悉呢？相信各位也是学识渊博的人，那他的原名是什么呢？"一位议员吃惊地大声喊出："叫、叫拉玛萨姆！"神曲没给大家喘息的时间，又说："为了证明这是事实而不是重名，我们的伙伴希尔特将阐明一切。"

"嘭！"大门突然打开，希尔特赫然出现在大家眼前，他大声说道："各位好，我是希尔特，作为证人出席这次谈判。"说罢便继续阐述着他带来的证据，"我作为超自然炼金术士，寿命自然是比大家长，而就在我漫长的生命里，也就是五百年前，拉玛萨姆出现了，当时我误以为他是要摧毁金字塔，便与他开战。经过激烈的战斗，他也是险胜了我。不过他并没有做出什么伤害这里的事，只是对这里进行了勘察。当时我也没当回事，可是当我加入第一先锋队成为其中一员后，在与同伴们去执行第二次任务时有一次遇见了拉玛萨姆。我敢确定他与五百年前的那个人是同一个。"

"大家还对我所说的话的真实性有质疑吗？如果没有，那请听我继续为大家分析，我们最后返程并不是乘坐方舟而是将我的私人皮箱改造进行的时空跳跃。""是方舟出问题了吗？"众人眉头紧蹙。"不是，是拉玛萨姆。是他偷走了方舟，在向未知前进。"希尔特急忙说。那位议员代表立刻站起身来大声说："那你们为何不早点儿上报，这等大事，如果出了意外谁也担不起。还有没有了方舟就是死路一条，你们召开这场谈判会议究竟是为了什么，简直毫无意义。"空气中弥漫着一丝火药味。见时机成熟，菲尼克斯看向梅尔古拉。梅尔古拉轻轻一笑说："好了，你们已经通过了我的考验，你们很不错，都坐回去，由我来细说。经过我和时海科研部的商讨得出了最有效的解决方案，那就是启用挪亚方舟来追捕拉玛萨姆。开始投票吧？相信各位也都有决断了。""不愧是基金会的第一掌权人，果然气场十足。"希尔特小声地说。

"三，二，一！投票结束。启动挪亚方舟计划通过。"一阵轻松的笑意划过众人面庞，仿佛在说，孩子们加油吧！希望你们能给人类的未来带来生的希望！

菲尼克斯再次见到了挪亚方舟。

它仍然停在那里，那么安静。仿佛沉睡的巨兽一般。

菲尼克斯登上这艘大船，这是她成为"司南"以来，第二次上去。她能感受到这个大家伙并不排斥她的到来，可能，这就是自己的宿命吧。上一次还是以客人的身份登上它的。

神曲、希尔特和科研处的人一同登上挪亚方舟。图纳和诗篇启动了方舟，温莎蒂比把住船舵，方舟缓缓离开地面，菲尼克斯在呼啸的风中隐隐听到梅尔古拉的声音："拉玛萨姆并不像表面那样善良，他曾教导过我。我知道他靠着执念顽固地活到现在，他的内心深处有着另一个被禁锢的灵魂，一切小心。"

方舟飞至层云之上，城市模糊成一个小点。菲尼克斯突然觉得衣服内侧好像有东西在响，她从内兜里掏出来不知道什么时候装进去的暴雨监测器，它正在发出不祥的嘀嘀声。菲尼克斯脸色顿时不太好："不好了，各位。暴雨就要来了，如果这次回溯之前阻止不了拉玛萨姆，我们就失败了。他会用暴雨的力量倾覆整个世界的！"

图纳冲控制台另一头的诗篇说道："加快速度，试试直接跃迁到拉玛萨姆所在地！"诗篇在操作台上敲打一会儿，回道："方舟状态良好，可以进行跃迁。温莎蒂比！""收到！"温莎蒂比的声音从上面传来。"准备进行跃迁，都抓好了！"菲尼克斯说道。

方舟的前方出现一条时空裂隙，方舟加快速度穿了过去。裂隙的尽头是一片海洋，水环绕着几座零散分布的孤屿，最大的一座上面云雾缭绕，看不清有什么。

"拉玛萨姆应该就在那里。"菲尼克斯指着最大的岛，"咱们把方舟放在旁边小岛上。"方舟开了隐蔽模式，降落在一座岛上。

菲尼克斯突然说道："等等，各位。如果这一切都是拉玛萨姆安排好的，那他的目的又是什么呢？预言书没了大家都知道。如果说只有'救世主'才能唤醒预言书，拉玛萨姆不就是想要预言书的指引才策划了这一出戏吗？但他为什么会知道要找到'救世主'才能够发挥预言书的作用？预言书是神的造物，不该在他手里。不妨猜想得大胆一点儿，如果是预言书自己告诉他要找到'救世主'呢？这又该作何解释？"

"自己告诉……他的？"神曲声音都颤抖了，"那不就是'神明'希望他这么做吗？"

希尔特也开口说道："现在事情已经超出我们的预期了，我不建议你们继续在分析'到底是谁指使的'这件事上继续浪费时间。不如找到拉玛萨姆，他应该会交代清楚这件事，他一定认为他的计划要成功了，但是……别忘了反派死于话多。"

温莎蒂比接话："这话没错，中途开香槟的人没一个最后如意的。"

菲尼克斯说道："那既然这样，必须拿回预言书。希尔特带着温莎蒂比和诗篇拖住拉玛萨姆，我和神曲去把它找回来。图纳教授就留在挪亚方舟上吧，我们去就可以了。"她对图纳使了一个眼色，图纳很快会意。"好吧，那你们小心点儿。"图纳说。

两组分头行动。

希尔特组穿过一片树林。

"我能感受到拉玛萨姆力量的气息，他似乎就在前面。"希尔特小声说。诗篇刚想说话，就听到一个清越的男声说道："恭候多时了。"是拉玛萨姆。一行人神经紧绷，摆出防御的姿态。

拉玛萨姆坐在一片草坪上，优哉游哉地开口说道："这么多年我一直四处漂泊，就为了寻找传说中的'救世主'。真是谢谢你们的帮助啊。"

"拉玛萨姆，你这个家伙真是卑鄙，把我们都骗了，你还想做什么？"希尔特抖动着他的三片叶子，生气地问。

拉玛萨姆终于睁开了眼睛，深红色的瞳孔里映出希尔特碧绿的叶片。"难不成，你是埃及的那棵小草？你怎么……""闭嘴吧！"希尔特气不打一处来，"究竟是什么目的，值得你策划这么一场大戏？你几百年前就为这件事做准备了吧？"

"目的？哈哈哈哈哈！当然是为了我一直以来的愿望。亚特兰蒂斯，终究能再次立于世界之上！"拉玛萨姆的伪善面具被他亲手打破，他第一次露出了近乎癫狂的笑容。"什么？原来是这样……"轮到希尔特震惊了，"这不可能！背离时代的逆流终究会被洗刷掉的，你还是死心吧。"

菲尼克斯这边。

"拉玛萨姆肯定没有带着预言书，根据巴比伦神碑的记载，预言书是让亚特兰蒂斯重现水面的钥匙，他肯定藏在了什么地方。"菲尼克斯左耳的通信器里传来拉玛萨姆大笑的声音。

"那他会放在哪里呢？"神曲问道。"我记得神碑上好像说过：'将神的旨意放入祭坛，封印就会破解。''神的旨意'肯定是预言书，那这个祭坛……"菲尼克斯沉思道："既然神碑的力量与我同源，或许我能直接感知到这个祭坛的位置。"

菲尼克斯闭上眼睛，千丝万缕的能量在她身侧汇成一股清风，她发现自己好像不需要用眼睛就能看到周围的景物，这大概就是世间万物的能量本源吧。她循着那股熟悉的力量往前走，神曲静静地跟在她后面，微笑地看着她的背影。

"这里，就是这里！"菲尼克斯睁开眼睛，拨开了前面的草丛。

几座高大的石碑围成一个莫比乌斯环，中间有一个小型石台，预言书就在石台上面悬浮着，微微发着光。菲尼克斯一步一步地向预言书走去，步伐坚毅。当她触碰到预言书的一瞬间，周围的石柱散发出蓝光，预言书落到她手中。

"我感觉，您又成长了呢。"神曲看着菲尼克斯染上光的背影，微笑着说道。

"感谢你认可我，神曲。"菲尼克斯也扭过头看着神曲，脸上也有淡淡的笑。

另一边。

"哈哈哈哈哈哈！如果能复兴亚特兰蒂斯，就算我死又怎么样？没人能阻止我的伟大计划！"

"不好，你们俩快往挪亚方舟那边跑！"希尔特对诗篇和温莎蒂比喊道，"我感觉他的气息已经变了，马上他就会变得非常危险！"

"希尔特前辈要小心，那我们先撤了！"诗篇和温莎蒂比一溜烟儿跑了。

"希尔特，我们已经拿到预言书了。"是菲尼克斯的声音。

"你们俩最好别让他知道你们拿走了预言书。"希尔特小声回答。菲尼克斯还没说话，就听到一个熟悉的声音："嘿，拉玛萨姆前辈，好久不见了。"

拉玛萨姆愣了一秒，说道："梅尔？是你吗？"

"当然是我。"梅尔古拉出现在众人的视野里，她身边一个人都没有。

"你是来劝我的吗？"拉玛萨姆低下头，看不清表情。

"前辈，复兴一个已经逝去的国度是不可能的，为什么您如此执着于这件事呢？"梅尔古拉颇无奈地问。

"快，她帮咱们吸引了拉玛萨姆的注意力，快看预言书。"菲尼克斯三个缩在草丛后面看预言书上新出现的字。

菲尼克斯再次抬起头时，外面已经战火纷飞。

"咳咳，拉玛萨姆前辈，没有可能的，我劝您现在立刻马上收手，或许，或许还来得及！"

梅尔古拉身着铠甲悬浮在半空，与拉玛萨姆对峙着。身后的基金会炼金术士纷纷施展炼金术朝拉玛萨姆攻去。突然，一阵刺眼的光芒笼罩了战士们，拉玛萨姆动了，他身形犹如鬼魅，所到之处，尸横遍野。

"不！"神曲突然神情激动，泪水喷涌而出，不顾一切地向前奔去。察觉到神曲异常的菲尼克斯连忙拉住她，这是她第一次见到如此的神曲，往日温柔大方的优等生，现在俨然如一只被欺负的小兔子，惊恐、崩溃……"不，不，梅尔古拉，不，你不能死，你不能死啊！"神曲抱住从空中坠落的梅尔古拉，泪水顺着她的脸颊落下，压抑的情感在一瞬间喷发。

"傻孩子，咳咳，我教你的都忘了吗？这是光荣的牺牲，不，咳咳，不要哭。女儿，对不起。"断断续续地说完，梅尔古拉脸上露出放心的微笑，慢慢地闭上了眼睛，抬起的手也骤然从神曲脸颊滑落。"不，不，梅尔古拉，你不能死，啊！妈妈，你，看看我，好吗？"神曲微微颤抖，眼泪却止不住地向下流。

炼金术士们也都向梅尔古拉敬礼，走好，老大！

"哈哈哈，真是动人呢！一条人命接下我这一招，不错。那么，接下来谁替你们挡呢？"烟雾散去，拉玛萨姆眼中染上了一丝疯狂："臣服不好吗？既然这是你们的选择，那，就不要怪我手下无情了。"沉浸在悲伤中的神曲被菲尼克斯搀扶着起身，她将梅尔古拉挡在身后，与希尔特并肩："菲尼克斯，我和希尔特帮你争取十分钟，够吗？"菲尼克斯眼神冰冷地看向拉玛萨姆，又扫了一眼地上牺牲的战士们，深吸一口气道："够了。"

"还有我们！小神曲，我们也不是吃素的！"只见温莎蒂比、诗篇、图纳，还有基金会剩下的五十多人也走到了他们身旁，"小菲尼克斯，我们最后再陪你疯一次！"

众人凝聚的力量固然强大，但拉玛萨姆也不可小觑。"确实是值得尊重的对手呢。炼金术士，已经很久没有如此团结了。"拉玛萨姆仰天长叹。

大战，一触即发。

瞬间，一道耀眼的绿光闪过，只见希尔特化身人形，手握法老权杖，眼中迸发出夺目的金光："aria！"金光将拉玛萨姆笼罩，希尔特大喊，"冲呀！""Orbit of the stars,the light of dust！"神曲挥舞着法杖，又是两道光芒射向拉玛萨姆，紧随其后的是诗篇的"史诗级大炮"和"终极光线"，所有人都拼尽全力地向拉玛萨姆攻击。

烟雾散去，正当大家以为拉玛萨姆会在他们全力一击下消散，可是眼前的一幕，让人难以相信。只见一个身着血色长袍的男子，他的白发染上了血红，苍白的脸上可以看出，这一击的的确确地落到他身上，却无法撼动他半分。"很好，但是你们还是太嫩了点儿。"拉玛萨姆双手合十，霎时，黑雾笼罩了整座岛屿，而那黑雾中隐藏的是千万把锋利的匕首，"Nightmare kill！""糟了，不好，神曲，快回来！"希尔特急忙释放技能防御。这一切发生得太过仓促，转瞬间五十名炼金术士，现在也只剩十人有战斗力了。

"拉玛萨姆！你，要为你犯下的罪过，负责！"一向成熟稳重的神曲冲出杀阵，手中握着一柄古朴的剑，指着拉玛萨姆，身上的伤无法撼动她报仇的决心，神曲坚毅的目光中闪过一丝决然。

"哦？有趣，她居然把审判之剑交给了你？"拉玛萨姆饶有兴致地盯着神曲，可内心已经紧绷起来。毕竟这世上若真的有什么东西可以对他造成威胁，那也只能是审判之剑了。

"I sacrificed my body for the judgment of God.（吾愿献祭吾身，以求神之审判）Between the stars and the light drink.（星辰与浅酌清唱间）"耀眼的星光从神曲身上迸发出来，慢慢地融入审判之剑中。只剩虚影的神曲，将审判之剑举过头顶，向着拉玛萨姆斩去。"审判！"威严的声音响起，拉玛萨姆立刻低吟咒语来防御。众人只看见无数尘埃与一个狼狈不堪的男子悬停在空中。

"神曲，神曲！"希尔特大吼道。只有他，真正看清刚才发生了什么。

众人见神曲不见了，也像是明白了什么，沉默不语。一时间，士气低落。希尔特布下一道防御法阵，便飞身与拉玛萨姆对峙。“所有人，人类武装军队已经在赶来的路上，请大家跟我们一起拼死抵抗！”诗篇冷静地大声说道，他不知道，自己已经泪流满面，连声音都带着一丝哭腔。“所有人，不做懦夫，拼死抵抗！”“拼死抵抗，拼死抵抗，拼死抵抗！”温莎蒂比一边像大姐姐一样安慰着诗篇，一边鼓舞士气，指挥着剩下的人装弹、发射。

“拉玛萨姆！”希尔特双眼充血，他不知道这是什么，他不是人类，不明白情绪，但他知道，他的同伴们已经牺牲了。希尔特越打越勇猛，丝毫不给拉玛萨姆喘息的机会。拉玛萨姆看着愤怒的希尔特像奓毛的小狮子一样发了疯地拼命攻击，他咳出一口血，道：“有进步，看来你学到了不少，不过，你和刚才那个女孩儿一样还是太弱了。”希尔特像是被激怒了一般大吼道：“他们是光荣的战士，而我，就算死也要拉你垫背，我，希尔特，也要当英雄！”他不要命地冲向拉玛萨姆，然后，自爆。巨大的爆炸声如惊雷般响彻人们耳边，紧接着，唤醒人们的是拉玛萨姆低沉的声音：“很好，越来越有意思了，看来你们为我付出的代价，有些惨重啊！哈哈，哈哈，哈哈……啊……咳咳。”

正当人们心头弥漫着悲伤之时，拉玛萨姆接下来的话语，让他们彻底陷入绝望。“啊，是时候了，咳咳，本就不该浪费这么久的，接下来，是你们……”黑雾再次笼罩了太阳。

危急时刻，一道激光射向了拉玛萨姆。

温莎蒂比搀扶着诗篇，向着光的方向张望。“是他们，老师带着军人们来了。”温莎蒂比颤抖的声音越来越小，她永远地倒在了光降临之前。

“姐姐！姐姐，姐姐……”诗篇抱着温莎蒂比渐渐冰冷的身体，呆呆地望着那道光。援军很快将诗篇送去治疗。图纳噙着泪水对元帅说：“麻烦了，这个孩子……”顿时，炮火连天。

“吾，亚特兰蒂斯之子，拉玛萨姆，请，护国战士，出！”拉玛萨姆大声喊道。十个巨大的人形“机器人”从海里飞出，与人类大军战在一起。

这场战争持续了很久，天渐渐地黑了下来。

此刻，大家都倒下了。元帅、机器人还有图纳和诗篇，无一例外。菲尼克斯苏醒过来，她目睹了一切。菲尼克斯摇摇晃晃地走到拉玛萨姆面前。她左手捧着预言书，右手用手杖支着地。她大口喘着气，显然参悟预言书消耗了她很大体力。

2215 班赵蕴泽创作

"给我，还给我。"拉玛萨姆慢慢蹲下，以一种平和的语气说道，"结束了。挣扎，你们不是也做过了吗？"菲尼克斯似乎很无助地看了一眼天，又看了看伤痕累累已是强弩之末的拉玛萨姆。她像是做了一个重要的决定，将手中的预言书，递给了拉玛萨姆。就在拉玛萨姆双手接触到预言书的那一刻，菲尼克斯漆黑的眼眸变得金黄，以一种不可抗拒的威严的声音说道："拉玛萨姆，吾将代表海神波塞冬对汝进行审判。你，该回去了。""不，不，不！不可以，亚特兰蒂斯，它不该沉没！"拉玛萨姆近乎疯狂地喊着。他无法相信，他一直寻找的最终方法，居然亲手打破了他的一切幻想。

"审判：罪状一，污染大陆；罪状二，污染海洋；罪状三，其遗民拉玛萨姆妄图改变历史！放下吧，时间不可倒流，这荒谬的一切，只不过是执念所造成的幻境罢了，醒醒吧，孩子，结束了。"

那威严的声音如一记重锤，拉玛萨姆眼中的光暗了下去，他自嘲地笑笑："一切，只是我的臆想罢了，我也该回去了。"

新年的钟声如约敲响。"新年快乐，菲尼克斯！"邻居家的孩子脸上洋溢着幸福的笑容。

菲尼克斯望着绽放的烟花，一切又回到了最初。

"新年快乐，朋友们！"

面　具

第一章　偏见

"你一个女孩子，读那么多书有啥用？最后还不是得嫁人？女子无才便是德啊！"

"小姑娘家家的，就该天天在家里待着帮忙干活儿，别天天出去瞎晃悠！"

"乡巴佬！乡巴佬！哈哈哈哈哈……"

"为什么是我……为什么偏偏是我呢？如果能坚强一点儿，就不会是现在这样了。"

旦夜之交，清浔江畔，宽阔浩荡的江水奔涌南去，汇入万里金瓯的画卷。大江之西，是一轮隐入尘烟的明月；大江之东，是半抹熹微的晨光。一边是月晦星残，天苍云淡；一边是朝霞腾焕，风去携春。招娣坐在长椅上，静静地看着物换星移，日月升落，她已坐在这里一整夜了。她经常在晚上偷偷从窗子里翻出来，坐在江边出神想事。这是她放松的方式，只要天亮再悄悄回去，就不会有人发现她一晚没有睡觉。当然，自己的父母又怎么会在意到她呢？面对昨日的一切，她沉湎于山水之中，不知东方之既白。

招娣姓王，名字是村中德高望重的祖父为她起的，谐音"招弟"，寄托着早日降生一个弟弟的美好寓意，家人平日也就以小名"招弟"称呼她。她生于一个川北（四川北部，广元一带）的普通人家。作为一个土生土长的农村人，招娣从小就不受待见。在村中，她只因是个女孩儿就比同族弟兄少得三分的爱，逢年过节的礼物总要少一些，或者说根本没有，就连过年时，长辈给孩子们发保佑平安的压岁钱，招娣也只能远远地看着哥哥们领，自己总是两手空空；杂活儿是必要干的，还要代别人干，只有肯干重活儿的女孩子，才能算是"懂事达理"，村里人才认为她"以后能找好郎君"。在城里，她被人笑话是"乡巴佬"，她是一个初二的学生。一次语文老师上课讲成语，恰讲到了"下里巴人"，老师端端正正地写下了这四个字，随着粉笔在黑板上翻飞，老师说道："下里巴人原指战国时楚国的民间歌曲，现在常常用来比喻通俗的文……"说话未毕，已有几个学生笑了出来，老师扭过身来，瞪着那几个孩子，劈头盖脸数落一顿，又开始讲课，"大家千万别把它理解成乡巴佬的意思。"听到这话，招娣不自觉地垂下了头，眼皮耷拉了下来，不敢往四周看。大家本来要笑，忽然间看见老师冷峻的眼神，不觉毛孔紧缩，硬生生将飞到嗓子眼的笑意咽了回去。自那节课后，招娣得到了一个更文雅的别称：下里巴人。

这不过是招娣平日里再正常不过的事情，她已习惯日复一日、年复一年的嘲弄和鄙夷，简单的侮辱已不能让她生气。不过昨天上午的运动会闭幕照拍摄时，同学们一拥而上，挤叫嬉笑，喧嚷盈台。招娣挤过人群，走来走去，发现已没有半寸之地可供自己容身，不禁焦急蹀步，有人见了直说："你站最后面那个台子上吧！"她头上渗出细密的汗珠，嘴唇翕动着，要说什么又不敢说，两只手不由自主地摆动，又有人催促："快点儿！你又不是第一次站在台子上了，别耽误大家拍照！"招娣慌了，急忙走到台子上，台子在舞台后方，只由几根细细的钢管苦苦支撑，她踏上台子，摇摇晃晃，险些摔下，又略显突兀和尴尬。拍完大家飞奔回教室享受凉爽，只留下她在操场上踽踽独行。在回家的小道上，她无论如何也无法平静，回想起她前些天去报名运动会，体委眯眼看了她良久，竟然开口说了一句"你是新来的转学生吗"，惹得大家哄堂大笑，但招娣却恨不得找个地缝儿钻进去。尽管有的老师竭尽所能想帮助招娣，却也对深入人们上千年的传统观念无能为力。

她心中萌生了几分怨恨："为什么我总是要被欺负，就凭我是乡下人？

自己绝不应该畏畏缩缩，绝不应该甘为人后，绝不应该就此罢休！我……我也要尊严！我要变强！"忽然间她又有些沮丧："自己有才华吗？没有。有容颜吗？没有。有吸引人的性格品质吗？没有。诸项皆平平，何以言此！要是能突然变完美就好了。"

不知不觉间她已到了家门前，停好从母亲的童年就开始用的自行车，走到楼上，对着门前的碎镜子整理衣服，敲了敲门。咚咚咚……没人应答。咚咚咚……还是没人。招娣使了点劲儿，嘭嘭嘭！父亲打开了门，责怪道："敲门那么大声干什么，一点儿没有女孩子该有的温柔！"招娣并没有作声。桌上只留着些沾着菜汤的空碗空盘，父亲淡淡地说道："谁叫你回来这么晚？看看，都七点了，大家都吃完饭了，明天早点儿回来！"她扯出一条沟壑纵横的木板凳，蹲在桌边，从地上拾起一块干馒头，缓缓咀嚼着。她扭头看了眼桌脚旁的垃圾桶，剩菜剩饭如平时一样，安静地躺在里面。

招娣紧咬着后槽牙，眼中有怨恨，但更多的是无奈与胆怯。自己分明每天都七点回家，父亲却从未注意过，更别说给自己留口热饭了。她朝着父亲的方向，想说些什么，却只是无力地张了张嘴，一个字都没有吐出来。毕竟她也只敢将一肚子难过和愤怒撒到那一块干到发硬的馒头上了。

楼梯上传来细碎的脚步声，招娣知道是母亲来了，因为妇人必须温柔，走路不能大声，至于其他人就不必遵循了。母亲凑到她身后，端出埋在胳膊里的一小碗炒肉，拨到招娣碗里。"吃吧，已经热过了，"母亲说，"早点儿吃完，早点儿学习，以后走出这穷地方。"

母亲的神情有几分犹豫，她欲言又止，最终在招娣的肩上轻轻拍了拍。"招娣，你马上就要有一个小弟弟了，开不开心？"招娣怔怔地望着母亲，母亲的神情变得有些心虚，她知道自己的女儿无论如何都不会喜欢那个弟弟的，更何况她现在就被如此对待。招娣有些无措，她用手轻轻地覆到了母亲的小腹上，她不知道当自己有了一个弟弟后自己的处境将会变成什么样子。面对这个小弟弟的到来，她怨吗？她只觉得无力。

时间过得很快，招娣直愣愣地看着眼前纠缠在一起的几何图形，就是没有提一下笔。天已是昏黑，时针指向十一点，门外是鼾声一片，窗外是涛声不绝。一股神秘的力量仿佛召唤着她，招娣穿好衣服，熄了灯，悄然出门，就在清浔江边的望江台上，寻了一把长椅静坐。仲夏的古蜀是闷热的，可在清浔江畔就不一样了，江风裹挟着草木的香气和凉爽的水汽，扑在脸上，格外舒爽。月光如流水一般从云端直泻，清辉盈江，几只野鸭从黑暗中浮现，自在闲游，绒羽飘飘，仿佛正在月光中游泳。几条鲫鱼也许是被惊吓到了吧，腾地从月光中跳出来，惊起一圈圈波浪。招娣的心飞扬着，眼里流露出兴奋的希望："我以后一定要走出这鬼地方！远走高飞！去成都！去重庆！北京也好，只是太远了。对，还得带妈妈走，带妈妈走……妈妈都被他们当成仆役了，当成传宗接代的工具了，总有一天我会把她从这地狱中救出来的！"

招娣走在小土路上，脚下的小石子被她踢得一截一截往前滚。为什么我不够好，为什么我不能长一张漂亮的脸蛋，为什么我不能像明星一样夺目耀眼……我也想受人重视啊，凭什么我那么努力地向前走，却还是会被别人的锋芒盖住，无论如何都成为不了天空的主角。招娣愤愤地用力踢了一脚石子，扬沙一片，纷纷扬扬。灰尘落到她眼睛里，不知是土块作祟还是心情低落，招娣的眼泪不知不觉间就掉了下来，她也想要受到重视啊，为什么有些人不费吹灰之力，天生就是被爱簇拥包围着的。"我想当个学霸，次次第一，考上川大（四川大学，成都的 985 院校）！然后带着妈妈，过幸福的日子……"她的幻想越飞越远："我要当作家，把我的经历写出来，出版成书，成为万众瞩目的大人物，暴露出村民们的封建！看他们怎么对待读者的指责！要是我有超能力就好了，能变出钱，救济天下，建起学校、医院，拯救千千万万的苦命人。我要是有如来佛的慧眼就好了，看出芸芸众生的善恶，带来正义。可是我没本事，拿什么走出去……我连大声说话都不敢……自己就是骨子里非为天鹅的丑小鸭，居然想变成天鹅，变成无上美丽的金凤凰！算了，管他呢！"她眼里的希望，仿佛也变成了"太息般的眼光"。

招娣不想再回那个逼仄酸腐的家，那里让她恶心难受，只有在山水里，在未来，她才能感到鲜有的宽慰。她今天就在这儿睡！不用管他们知道会怎么样。招娣躺在木头椅上，枕着胳膊，嗅着草香，这样舒服的环境她竟睡不着了，脑海里反复放映着今天的耻辱。一遍一遍又一遍，直至东方传来鸡鸣，她才恍如隔世地惊起，飞奔回家，千万不能让家里人看见！她狂奔着，衣袂飘飘，跳过一个个坑洼，穿过排排蓬草，露水濡湿了衣裳的一角。所幸的是，慵懒的家人还没有醒来，自己的秘密终究没有为人所知。她又悄悄钻进被子里，自己该何去何从？怅惘间她倏然流出两行清泪……

"所以……我到底该怎么办？"

母亲不知何时出现在招娣身后了，静静地凝视着她，眼里没有怨恨，没有希望，只有同情，轻倚在床头，轻抚着她的鬓发，边抚摸边嗔怪："是不是晚上没好好睡觉？都成'熊猫'了。"招娣默默不语，天地间只有涛声一片。"其实，我年轻的时候也像你一样，特不听话。你姥姥姥爷以前每天都得去镇上的化肥厂里做工，干活儿的时间再加上一来一回的时间，得有十个多钟头。这么长的时间，我就是不念书，每天都去村口跟几个丫头疯玩，林子里、江里、屋顶上，哪儿没去过？所以我也就读不好书，每次考完试都能排倒数。姥爷还经常教训我：'芸芸啊，不好好读书怎么能走出这大山呢！你不是想要考上窜大吗？现在不努力怎么过好日子呢？'姥爷就是这么说话，每次总把'川'读成'窜'。"招娣听着，心里感到莫名的温暖，"后面呢，姥爷在化肥厂里……怎么了？快点儿告诉我嘛。""哎，别提了。姥爷他一次贪着要多做点儿活儿，做到黑天了，厂里老板要省电，说什么也不肯给加班的工人点电灯，你姥爷就拿着个煤油灯干活儿。干完活儿了要关机器，他老人家腿脚不灵便，一不小心就把胳膊伸进去了，整个人都被绞进去了。一边的工友给吓得不轻，赶紧跑过来帮忙，等救出来的时候，已经是浑身血污。大家赶紧送医院，又叫了我们过来，你姥姥骑着个三轮，飞到镇上医院去了，车后面载着点儿吃的。她不想把睡着的我叫醒，就没带我去。到了医院，姥爷他已经知道自己快不行了，把姥姥叫到跟前嘱咐。后来下了葬，我如何也没想到，昨日见到的还是硬朗的老人家，今日再面对的，竟是他的坟茔！后来姥姥告诉我，姥爷他想对我说的就是：'芸芸啊，好好念书！好好学习！考上窜大！'

面

具

我马上就哭出来了，说不出一句话，只有眼泪在诉说衷情……"母亲讲话的时候，几乎带着哭腔，"自那以后，我也不出去玩了，每天就是念书，成绩也确实提升了不少——知道我为什么对你要求高吗？""不、不知道……""那是因为我没考上川大，没完成我的心愿，更没完成姥爷的遗愿！招娣啊，妈妈觉得你是挺聪明的，不要管别人怎么笑话你、怎么歧视你，只需要努力学习，以后给他们一个有力的回击。咱大山里的孩子就是苦，要过上好日子就得念书。你也别让妈妈伤心啊！"言罢，她涕泪如雨。

招娣的眼泪又倏然间流落眼角，招娣的心又倏然间震荡起来了，"我必须努力，绝对不能辜负姥爷和妈妈的期望……"

2220 班杜宇滢创作

第二章　自卑

八月的清晨，几缕阳光洋洋洒洒地布满了整个河道，淡淡的金黄色给清浔江镀上了一层暖意。招娣在蒙眬中睁开了惺忪的眼，机械般地洗漱着，在父亲的白眼中将一小碗冰凉的粥灌进了肚子。看着父亲面前热腾腾的豆浆、油条，她无力地笑了笑，整理好自己的衣服，踏着幽深逼仄的鹅卵石街道，离开了这个压抑到令人窒息的所谓"家"的地方。

招娣一个人走在冷僻的巷子里，脚步声是那样落寞，她不禁自我怀疑起来：我的努力到底有没有用？为什么这令人绝望的生活没有任何的改变？是的，无论在任何方面，她都显得那么平庸，就像一棵长不高的树，虽然和他人一样生活在森林里，却永远撑不起自己头顶的那片天空。

恍惚间，她似乎看到了泪眼婆娑的母亲，看到了姥爷弥留之际时含泪的笑脸，看到了自己十八岁时那次不平凡的日出，看到了一颗闪耀着灿烂光华的星辰……"我必须优秀！"招娣心中又燃起了希望的火苗，她迈着轻快的步伐走向学校，抬起头寻找那黎明时鎏金般的天空，却只找到了一片纷纷扬扬的花雨。

来到学校，招娣满怀着信心开启一天的生活。"招娣，今天怎么这么高兴啊？"招娣刚刚坐到那个永远属于自己的角落，听到这甜美的声音，她稍稍抬头，看到一张笑靥如花的脸，果然，是南苓，毕竟，在学校里，除了南苓，谁又会愿意给自己一张笑脸呢？

南苓是招娣在学校为数不多的朋友中的一个，同时又身兼数职，品学兼优，也是招娣心中的偶像。但招娣是自卑的，她甚至不敢去看身边的人，以至于她对每个同学的印象都无比模糊。这天，招娣终于看清了南苓的容貌：白皙的皮肤上挂满阳光的气息，眸子里全是少女的青涩与天真，薄薄的阳光让她美丽如桃花般的面容更加美不胜收，她歪着头，好奇又掩饰不住温柔的笑。招娣不由得看呆了，瞪圆了眼睛，像胖头鱼呼吸般，半天合不上嘴。想到自己再平常不过的面容，她感受到了一股巨大的压力。这时，班主任以极其准确的步伐踩着铃声走上讲台，台下的哄闹顿时消散，教室里寂静无声。

　　招娣坐在座位上，掏出了她洗得发白的破旧的笔袋。这笔袋从她刚上学的时候就开始用了，拉链也已经断了一半。上面的小熊被水洗得皱巴巴的，像是要哭出来一样。比起同学们花里胡哨的文具，招娣永远只能穿着洗到缩小掉色的旧校服，用着一支破旧的壳裂开的笔，不断地换着飞白的廉价笔水。招娣的父亲从不给她订新校服，也不给她买新文具，而同学们崭新漂亮的文具，她永远只能眼巴巴望着，幻想它们握在手里该有多柔软，写在纸上该有多流畅。招娣原来生活的村子，有村里承包办的私立学校，里面的老师说话都带有一股浓浓的村里口音。但这种学校因为政策原因停办了，父母只能把她送到城里来读书。照她父母的话来说，女孩子家家的读什么书，到头来都是要嫁给别人的，他们认为自己能把招娣送来读书就已经是件很难得的事情了，买什么文具衣服？招娣想到这里，垂着头抿了抿唇，要是自己是个男孩儿呢？是不是事情就不会这样了？

　　老师刚刚拿出一段粉笔，当的一声，拿着粉笔的手敲在黑板上，凝固了。老师一脸不可置信地转头，看着一个垂着头不知在想什么的女生，眉头微皱。她把手中的粉笔头抛了出去，在空中划过一条优美的弧线，准确地落在招娣的脑门上。招娣猛地抬起头，迷茫而惊恐地看着四周，"记住，平抛运动是自由落体和水平匀速运动的合成！"

　　周围顿时响起一片嘲弄般的哄笑，招娣恨不能找个地缝钻进去。

　　没办法，招娣实在是看不懂那些公式。在她努力钻研时，那些字就会一个个地离开纸页，在她的耳边飞来飞去，搞得她心烦意乱，根本读不下去。"来，你来回答这一题。"老师慢条斯理地推了推眼镜，用指关节敲了敲黑板。招娣憋得满脸通红，支支吾吾了半天，却没有说出半个字。南苓在下面偷偷地提醒："选 A 啊招娣，愣什么呢！""我……我选 A……"招娣磕磕巴巴，十分没有底气地说出了答案。"不错，下次别再走神了，坐吧。"老师略带赞许地看了招娣一眼，可招娣的心情却沉入了谷底。她不明白自己和别人的差距为什么这么大，难道天资带来的沟壑真的无法跨越吗？她不由得再次对自己的理想产生了怀疑。还好，下午的物理测试，给了她一个证明自己的机会。

不就是物理吗？有什么学不会的！招娣发了狠，中午连饭都不吃，拜托南苓给她从食堂带一个馒头回来，自己就一边仔细地看书，一边小口小口地啃着手中的馒头，就差来个"头悬梁，锥刺股"了。可不一会儿，招娣却趴在了桌面上呼呼大睡了起来，南苓赶忙走过去摇了摇她。"喂，招娣，醒醒啊，下午还要物理考试呢！"招娣再一次迷迷糊糊地睁开眼，看着一脸关切的南苓，心中顿时涌现出一股暖意，她在南苓的身上感觉到了世界的温暖，她笑了。

即便再怎么努力，知识却还是如流水一般在脑海里"雁过无痕"。下午的物理考试预料之内地考了个一塌糊涂，最后几道大题居然一道都没做出来！这对她的信心无疑是一个致命的打击。她无奈，她自卑，她觉得窝囊，她觉得自己心中有一股怨气在身体里左冲右撞，却又无法逃脱。

她难受到了极点。招娣站了起来，在同学们杂乱的对答案声音中垂着头，趁大家不注意离开了这个令她无力的教室。

她蜷缩在学校操场的角落里，这节课是自习，老师们都在办公室里待着。没有人会注意到她，更没有老师会发觉她逃课。这样的处境令她难得地生出一丝微薄的安全感，即使这并不能为她带来什么。她一直在角落里蜷到自习结束，连书包都没有拿，混在放学的人群里离开了学校。

天色渐晚，她漫无目的地走在空无一人的小巷中。昏黄的灯光将她的背影牵得很长很长，路过一家家清冷的门。古巷橘红色的黄昏让她快要窒息。不知不觉走到嘉陵江边，灯影下蔷薇色的流水是那么温馨，招娣的心中却充斥着无尽的绝望。望着从岁月深处蜿蜒而来的嘉陵江，招娣恶狠狠地想：我要一颗七窍玲珑心，我要绝代风华的容貌，我要能够蔑视一切的自信和实力，我宁愿和魔鬼交换灵魂！

一阵轻微的响动，引起了招娣的警觉。"谁？"招娣猛地转头，望向声音发出的地方，不知何时，江边那棵苍黑的苦楝上多出了一只黑猫。

那只黑猫瘦骨嶙峋，毛色暗淡，耳朵上有一个缺口，脸上也被挠掉了一块皮毛。但它的眼睛仿佛能洞察人心，阴冷锐利。它似乎察觉到了招娣的异常，从树上跳下来。它的腿好像断了，落地时抽搐了一下，身体一偏，差点儿倒下去。黑猫坐在地上，警觉地打量着招娣。

民间有传闻说，黑猫可以通灵。在乡下，黑猫更是诡异，什么巫术、蛊虫、降头等，都和黑猫脱不了关系。人们认为他们是邪恶的、不祥的，是魔鬼的化身。人们殴打它们，驱逐它们，让它们受尽了苦难。人们坚持着这种莫须有的想法，他们不在乎那小小的身躯下是不是有一颗纯净无瑕的心灵，他们不会有任何的负罪感，因为这是千年不变的传统观念。

招娣的眼圈红了，她似乎看到了自己，不被人关心，不受人重视，受尽屈辱和折磨，在波涛汹涌的海面上苦苦挣扎。招娣忽然想到中午南苓给自己多带的那根火腿，她俯下身，将火腿剥开，递给了那只黑猫。

黑猫愣住了，抬起头，望着招娣。良久，传来一声低低的嗤笑声，猛然间，黑猫消失不见了，就像从来没有出现过一般。取而代之的，是一个清瘦的男子。

这回轮到招娣愣住了，这是什么情况？那男子皮肤白皙，十分清秀，一双青碧色的桃花眼微眯，左眼下的一颗泪痣犹如阳光下的黑宝石。一头乌黑的长发散落在肩膀上，看起来活像是从古代穿越而来的。那人周身环绕着一股出尘的气质，通过他那猫的耳朵和尾巴，招娣勉强辨认出他是之前的黑猫。那么，他到底是什么？人，妖？正想着，那男子就那么直挺挺地躺在了空气上，漂浮在了空中，头枕着双臂，懒洋洋地开口了："想找恶魔交换灵魂？可真是个好办法啊！但我不收灵魂，你说，该怎么办呢？"

那声音和刚才可怜兮兮的黑猫完全不搭边，倒像是个放荡不羁的公子哥，招娣一惊，他到底是谁？他怎么知道的？那人又开口了："不用怀疑，我是上帝……众所周知，上帝是无所不能的……"说到这，那人自己笑了，像极了恶作剧成功的小孩子。招娣看着他，心中的戒备稍稍放下了一些，"你……你要干吗？""我是来帮你的啊，你想要变优秀，对吧？"他忽然消失不见。招娣四下张望，却没有找到。

说话声突兀地从招娣的身后响起："你想要和你的朋友一样优秀。"招娣猛地转头，居然是南苓！这怎么可能！那个"南苓"嘴角微微挑起，忽然，"南苓"不见了，取而代之的是母亲，站在路灯下，影子被拉得很长，像一只择人而噬的魔鬼，似笑非笑地看着她。"你想要带你的母亲远走高飞。"那个"母亲"身形一变，一个苍老的男人出现了，疼爱地盯着她看。招娣不认识他，但他的眉宇间却和母亲有几分相似，他是谁呢？招娣正苦苦地思索时，那人突然出现在她面前，浑身是血，断了一条胳膊，先前的慈祥消失得无影无踪，只剩下了满脸的狰狞可怖。"你想要考上四川大学，嗯？"招娣被吓得浑身颤抖，说不出话来，这，这是早已逝去的姥爷啊！眼前那人又一变，竟然是自己！"你想要一个完美的人生。"那个"自己"的手中绽出了一朵晶莹剔透的莲花，在招娣眼前晃了晃，突然间枯萎了，化为一抹飞灰，消失不见。"可惜，你做不到！"招娣再也撑不住了，腿一软，整个人都瘫坐在了地上。那个"自己"骤然消失，男子又变回了原来的模样，意味深长地一笑。

"听过丑小鸭的故事吧，告诉你，那确实是真的，但不是丑小鸭变成了白天鹅，而是丑小鸭本来就是白天鹅，其他的丑小鸭，永远无法变成白天鹅！"那人不紧不慢地说，"别人总是说'是金子总会发光'，前提是你本身就得是金子，否则你就只能当沙子，湮没在沙滩上，很可惜，你就是一粒无足轻重的沙子。"

招娣的信念，被那人的几句话轻松击碎，与嘉陵江边的夕阳一同消逝。

"不过没关系，我是来帮你的嘛。"那人的手中凭空出现了一张面具，"喏，戴上它，你就会活成你理想中的样子。"那人把面具扔给招娣，她赶忙接住，揣在了怀里。"不过……不要太沉迷于面具带给你的一切，你要知道他们都不是真实的。每天限用六小时。不听话的孩子……会受到惩罚。记住我说的每一个字，毕竟我可不是什么好人。"说完这些，那人一转身，化作一只黑猫，不给招娣说话的机会，就这么隐匿在阴影中。

招娣呆呆地看着手中的面具，感觉自己好像做了一个梦。她摇了摇头，从地上站了起来，拿着面具，一步步向家走去。

招娣不清楚，迎接她的将会是碧蓝辽远的天空，还是虚妄、充斥着浮华的花海。

2220 班杜宇滢创作

第三章　失衡

　　第二天早上，招娣从床上醒来，拉开窗帘，阳光洒落在她眼里，却格外刺眼。想起昨天的事情，她心中悻悻，有些担忧，也有些不安。她不知道那是现实还是一个荒诞的幻想，但是从她伸手触到书包里的面具的一刹那，她便确定了，那不是梦。

　　在上学的路上，招娣拿着猫妖给她的面具，心中充满了不安。"如今我有面具了，如果她们依旧那样做的话，我也就没办法了。"招娣这样想着，为自己打气。正如她所料，她前脚刚踏进学校大门，后脚就让人拉上了天台，当她抬起头时又看到了那三个女生，她们穿着牛仔裤和小 T 恤，和穿着校服的招娣形成了鲜明的对比。"哟，看看这是谁啊，小学渣。""哈哈哈！"厕所里响起刺耳的笑声。为首的那个女生讥讽地看着招娣，她叫许昕，是一个学习很好的女生，长得也漂亮，招娣不敢抬头看许昕，只因她是一个成绩不好的学生，上课睡觉，成绩又不好，老师们都不是很喜欢她。而反观许昕，她不仅学习好，还为学校争过很多光，是老师的王牌，所以老师们相信她，也很喜欢她。"为什么好学生就可以得到老师的喜欢？"招娣心里想着，不禁握紧了藏在背后的手，她感觉到了被握在手里的面具，于是，她装作战战兢兢的样子，弱弱地说了一句："我会努力的。"但那些女生像是在看笑话。为首的女生刚要开口，"丁零零——丁零零——"上课铃响了，那些女生用不屑的眼神看了招娣一眼便离开了天台。

招娣回到班里，老师不满地说："你干什么去了，这么晚才来！赶紧到座位上去，罚三百字检讨。"招娣坐到座位上，趁着没人注意她的时候，戴上了面具。她觉得自己的恐惧都烟消云散了，取而代之的是自信和勇敢。"这道题谁来回答一下？"班里鸦雀无声。"我来回答！"一个女生的声音打破了宁静。"这道题的答案是A""答对了！"招娣面带微笑地坐在了座位上。她用余光看了看旁边的同学，但是旁边的同学仍然在面无表情地听老师讲课，因为招娣戴上面具后，同学们不知道，他们就会认为这是她的正常发挥，所以在她回答完问题后没有一个同学转过头来看她。这让招娣很开心。

有一天在她照镜子的时候，她发现自己和以前有了很大不同。不错。她光洁白皙的脸庞，透着棱角分明的美；乌黑深邃的眼眸，泛着迷人的色泽。浓密的眉，高挺的鼻，绝美的唇形，都在张扬着高贵与优雅。有时招娣看到自己的样貌都会情不自禁地感叹。

但是，事实真的是这样吗？

每个人都有阴暗的一面，就像站在太阳下的招娣。无论如何都会有影子一样，她无处可躲也无处可藏，只有活在她自己的世界中，默默地看着他们沉醉。殊不知自己也深陷其中。面具下的阴影，只有猫妖和招娣自己知道。但只要过了六个小时，招娣还会变成以前的那个不起眼的招娣。

这天她回到家，望着爸爸和妈妈围绕着肚子里的婴孩打趣，斟酌着那男婴的名字，隔着肚子逗弄那肚子里的小生命。招娣抬眸扫了一眼他们，沉默着回了屋。

"如果我是个男孩儿，那该会有多幸福……不用靠不眠不休的学习来证明自己，不需要变得完美，不需要活在严苛而压抑的情绪下。"恍然间，泪水濡湿眼睫，她怔怔地抹了一把自己的脸颊，却只触到一片温热。

随着时间的推移，她越来越难以抗拒面具，有时甚至六小时的时限到了，却还是恋恋不舍地摩挲着那面具。面具成为她与世界之间的屏障，她担心一旦摘下面具，就会再次变回被欺负的那个软弱的自己。她开始感到恐惧和孤独。

太深的留恋便成了一种渴望。随着时间的推移，她越来越难以摘下面具，想到同学们对她转变的态度，每次跑操都会有同学等她，老师也越来越关心她。

她开始摘不下面具了。

2220 班邱晨创作

第四章　陷落

　　九月的下午，初秋的微风褪去了夏日的炙热，空气中弥漫着温凉和静美。

　　第一节自习课刚下课，戴着面具的招娣听到了自己后桌思茗略带不屑的语气："招娣，帮我看看呗，这题咋写啊？"原来，看到这些天在学校大出风头的招娣，自己的好朋友许昕变得黯然失色，成了陪衬，思茗故意找了一道很难的题想要让招娣当众出糗。其他同学也是一副有好戏出演的样子看着招娣，只有南苓投来了关切的目光。招娣当然也感受到了班里氛围的变化，她先微笑着对南苓，让南苓放心。接着她环视了班里其他同学，尤其是许昕挑衅的眼光。然后她信心十足，拿过题目看了一眼，便开始滔滔不绝地讲了起来："这道题啊，虽然题目十分复杂，但是抽茧剥丝，它要考查的知识点一点儿也不难，应该这样去做……"由于招娣逻辑严密，许多同学都凑了上来，南苓也凑了过来，她为招娣的变化而感到惊喜，同时也有一丝丝疑惑，南苓不明白，为什么突然间招娣变得这么厉害，但是她真心为招娣的变化而高兴。突然招娣发现脸上的面具渐渐要脱落了，便匆匆地敷衍了最后的过程，回到座位上，将面具从脸上扯下来，一把塞进书包里，她又变回原来的自己。

　　这时，一向令招娣十分反感的体育委员拿着一沓纸甩到了招娣桌子上，便头也不回地告诉招娣："下里巴人，这是咱们班期中体育成绩统计表，给我送到体育部去。要是你弄丢几张，回来你就有好戏看了。"没办法，没戴面具，招娣还是那个招娣。她无力辩驳和反抗，只好耷拉着脑袋，踱步走出教室。外面下起了小雨，但招娣没有伞。心里不免对体委更加讨厌：明明是他自己的事情为什么交给别人去做？而卑微的自己竟不会提出质疑。虽然很讨厌这样的自己，但是别无他法，招娣为了不淋湿或丢掉统计表，只好用手使劲儿攥住它们并搂在胸前，弓着身子，然后快速地跑向体育办……

南苓望着招娣佝偻的背影，呆呆地出了神。这些天来，南苓总是感觉招娣有些怪怪的：时而神采飞扬，时而黯淡无助，时而信心满满，时而又垂头丧气。她当然希望招娣会越来越好，但是这些变化她真的看不懂是为什么。她很好奇招娣怎么了，但更多的是对招娣的担忧——她十分担心招娣会因为家庭、学校和同学们的压力而变得崩溃。放学路上，南苓主动找到了招娣，她踯躅着，不知道怎么开口问招娣，最终她抬头看了看天，说道："招娣，你看，雨停了，太阳出来了。天有阴晴，人也不只有一面，我相信你可以找到真正的自己，一定可以在自己热爱的世界里闪光的。终有一天，你会走出大山，拥有你想要的生活！""嗯。"招娣不敢抬头面对南苓真挚的眼神，她担心在面具的诱惑下会辜负了南苓的鼓励，只得低头敷衍着。南苓觉察到招娣的矛盾和纠结，于是，她切换了话题："对了，今天是你的生日，祝你生日快乐，心想事成！"听到生日祝福，招娣的眼眶湿润了：竟然还有人记得她的生日，是该高兴呢，还是该伤心呢？这么多年，招娣都没有过生日的概念了，家人的冷漠，同学的冷眼，让招娣似乎忘记了还有生日的祝福。招娣抬起氤氲的眼眸："谢谢你，南苓。"

黄昏来临，招娣望着逐渐下沉的残日，余晖铺满江面，心中却有些彷徨，她开始纠结于面具的使用。南苓的鼓励，使她好像又找回了一丝信心，她不希望被面具左右自己的人生，她也希望通过自己的努力来打破这世俗的偏见。这时，突然从山里刮来一阵狂风，江边的老树瞬间弯下了腰，片片枯叶被风撕了下来并被裹挟着冲入清浔江，随即被大浪撕碎。招娣心头一震，狂风扯掉了母亲送给他的发卡，招娣急忙向前跑去，发卡在风中打旋儿，马上就要捡到了，却再次被风卷起，吹向江边，看着消失的发卡，招娣感觉十分失落，忽然觉得自己被笼罩在一片黑暗之中。她猛然望向天空，一大片黑云正在她头顶盘旋。招娣看着黑云，那片黑云，既像面具，又像是猫妖，正死死地瞪着她。招娣惊恐万分。

这时，雨又下起来了，并且越下越大，波涛涌向岸边，清浔江仿佛要漫上来一般。招娣慌忙逃走，来到一棵大树下避雨。招娣第一次认真地拿出面具，仔细地看。看着这个让她又爱又恨的神奇面具，她犹豫以后要不要再以"面具"示人，她回想起了母亲对自己的认可与关怀，南苓对自己的信任与友谊。也许自己本身就是最好的，只是自己没有发现。可是，面具给了自己太多的好处，招娣已经不想再接受那个软弱无能的自己了。但是她也不想成为面具的傀儡。招娣不知道下一步该怎么做了，她有些彷徨。

南苓生日的祝福，使得招娣有了一丝期望，没准儿家人也会记得自己的生日，会给自己送上祝福。抱着这样的心态，招娣快步走向家中，并敲响了家里的门。

咚咚咚、咚咚咚，嘭嘭嘭、嘭嘭嘭、嘭嘭嘭！

咦？招娣觉得有些奇怪，难道他们是在给我准备惊喜，那也不应该不开门吧，也许是没听见？招娣继续敲门，可敲了良久，依然无人开门。她开始用拳头以疯狂的频率敲门。过了好久，才听见开门声，却是邻居家的。一位大叔从门缝中探出头来，埋怨道："女孩子，小点儿声敲门不行吗？一点儿都不温柔！我家里还有孩子在写作业呢！"大叔刚想关门，又像想起来什么似的告诉招娣："哦，对了，你再大声敲门也没用。你妈给你生了个弟弟，现在他们都在医院呢。"说完，大叔便嘭的一声关上了门。望着门上的铁将军，招娣无计可施，她只得重新背上书包返回学校。

黑暗中，招娣饥肠辘辘，她很想大哭一场，可饥饿与劳累使她不由自主地奔向学校。警卫室的保安简单了解情况后，只是让她去教室中过夜。在用桌子拼成的简易小床上，她翻来覆去睡不着：她想起了那堆枯叶，那片黑云，那个猫妖，那个面具，那个发卡，那些同学，还有令她感到厌烦的家庭和那个刚出生的弟弟。也许，自己就是那堆枯叶，任由风吹雨打、任由波浪冲刷，却毫无翻身的余地。她不甘心，她觉得这世道不公，人人平等，那凭什么自己就是最差的？凭什么自己就该被人遗忘？

在学校，同学们都是城市里人。但是他们最瞧不起的就是像招娣这样的乡下人。日复一日的白眼，年复一年的欺凌，招娣并不敢反抗。到了家里，又是爸爸的无视与压迫，妈妈尽其所能的帮助却也不能改变什么。自己就像一个提线木偶一样，在家庭和学校间游荡，又受人操控、受人指使。

有了个弟弟，招娣想到自己的境遇会更差，她随即又摇摇头。是的，自己的处境只会更难，男的在家中值千金，女的也只是一文罢了。现在她想到南苓对自己的鼓励，却一点儿也不再感激了：有那么多人比自己优秀，南苓怎么会认为自己有闪光点，还比别人好？母亲又怎能认为自己可以考上川大？可笑，真是可笑！没错，南苓比自己强出不少，她天赋异禀、她学习优秀、她善良、她有同情心。南苓是完美的，她全身上下、无时无刻

2220 班邱晨创作

不在发光，那光使得招娣在班中更不引人注意。而与南苓在一起，则衬得自己仿佛是一粒微小的、肮脏的尘埃！可是自己也在努力，但依旧不被老师重视，摘下面具后也没有第二个朋友，自己是丑小鸭，别人是白天鹅！这又是为什么、凭什么？南苓同情自己，无疑是证明自己心理、性格上的缺陷，她给自己的鼓励，反倒使自己像个做错了事的孩子一样。她的一言一语，在招娣眼中看来，也像是对自己无情的嘲讽与鞭挞。招娣此刻竟觉得南苓就是在故意接近她，从而映衬得她自己更加完美。她忘掉了母亲、忘掉了南苓给予她的一切温暖与帮助、信任与鼓励，她的心里只有无助的自己，渴望证明的自己。

外边的雨渐渐停了，她将面具掏了出来，毫不犹豫地放在脸上。一瞬间，之前阴郁、苦闷的情绪一扫而光，招娣在自信和平静中进入了梦乡。

教室窗外湿漉漉的大槐树上，一道黑影跃上树干，瞬间惊起了一群鸟儿。那黑影正是那只黑猫，它正静静地望着招娣，摇摇头却又一笑，仿佛对这一切早有预料。

第五章　深渊

有了面具的帮助，招娣就可以稳稳坐在班里最优秀的位置上，想到平日里伤害她的人，如今却低眉顺眼，招娣觉得兴奋优越，但之前的回忆仍会在某一时刻冲击大脑：那个灰色的家，那些被蔑视的瞬间，那些非人的霸凌。那都不是她的错，凭什么受欺负的人永远是她？凭什么要她承受？

"对，这一切都不是我的错，之前的人，他们就是欺软怕硬、恃强凌弱，我只有亲手报复才可解恨，之前那些欺负我的人，我要让他们加倍奉还，我也要让他们尝尝被霸凌的滋味，就像曾经的我一样……"招娣一心觉得世界欠她太多，但现在有了面具，这是她的长矛，她要在面具的帮助下报复其他人；这是她的厚盾，她要在被人欺负的时候保护自己。她要用这件兵器发泄自己，报复这个丑恶的世界。

这天放学回到家，招娣坐在床上轻轻地抚摸着面具，想到了很多。曾经，在家中，招娣因为是个女孩子而不受待见，不但逢年过节没有礼物，还要替兄弟干脏活儿累活儿；在学校，要接受同学们肆意的欺侮，"乡巴佬""下里巴人"是那些霸凌者对招娣的嘲讽。辱骂、白眼，是招娣的家常便饭。招娣像是一棵在一处阴暗角落的污泥中生长的野草，一棵在风雨中艰难生存的野草，就这样被那些重男轻女的长辈和霸凌者狠狠地践踏着，她被欺负得直不起腰，浑身沾满了污垢。她气愤、恼怒、崩溃……她时常奋力地挣扎，想挺直腰板好让别人看得起自己，她拼命想要甩掉身上的污垢，拼命想要从这片土地中连根拔起，离开这片灰色的伤心之地，却于事无补，只能被深深的绝望淹没。但现在，她不再是曾经那个懦弱、胆小、任人欺负的招娣了，"我可以成为任何我想要成为的人"招娣暗暗想着。她开始盘算以后的计划，她瞪大了眼睛，嘴里不自觉地喃喃着，脸上变得无比惨白，嘴角时不时抽搐着，"这一切……这所有的一切……我要让那些始作俑者付出代价！"现在，有了面具帮助的招娣像是一棵生长在污泥中镀了一层金漆的野草，身上的污垢被掩埋在金漆的下面，现在她要向世人展示的是一个完美的招娣。她灰色的、不堪的过往将隐藏于面具之下，成为复仇的底色。是啊，一棵在一处阴暗角落里生长的野草，即便镀一层金漆，又怎会向着光生长呢？

　　这几天招娣会一直戴着她的面具，下意识地讨厌任何人，甚至是曾经对她施以援手的人，拿出体委给的成绩单，招娣想都没想直接扔回去："别拿这些东西烦我，谁爱干谁干，难道你想打扰年级第一的学习吗？识相就赶快滚开！"一顿回怼让体委哑声，脸憋得通红，却碍于这位年级第一什么也说不出来，想来想去忍下这口气拿上成绩单，咬着牙低头走开了。招娣心里乐坏了："哟，这个平日趾高气扬的人，还不是被她的光环打败了！原来报复别人是这种感觉。"她突然觉得自己是多么强大，多么高人一等。如果以后招娣都像今天这样做，自己过往的不幸便可以一笔勾销。邪恶的想法滋生在心里，有这种想法，招娣越来越离不开面具了。

　　上课之前，她会悄悄把曾经欺凌过自己的人的书拿走，看着她们上课没有书，被老师发现痛骂一顿，招娣心里只有邪恶的快感："哼，怎么样，被欺负的感觉不好受吧？"某次月考，招娣凭着面具成功考了满分，听到老师说这次考试有两个满分，招娣不屑又恼怒，她认为，学校里不应该有一个人可以和她平起平坐，这种邪恶、病态的想法蒙蔽了招娣的大脑，于是，下课后她翻出那位同学的卷子，蹑手蹑脚，一笔一画将满分试卷改错了两道题。事后，光明正大地告诉老师，那位同学有题写错了根本不是满分。老师没有怀疑，同学依旧敬仰，招娣仍然是那么光鲜亮丽，甚至可以帮老师发现试卷批改发生的错误。没错，这就是自己应得的，她就该高人一等，好像原本就该这样。

年级渐高，招娣的地位和人气也在一层层高涨。但是在校园里，在街边，还是有一些曾经和她性格像、遭遇相近的小女生受着欺凌和歧视。恻隐之心，仁之端也。更何况招娣简直从她们身上看到了另一个自己——另一个缩在面具下畏首畏尾的自己，但她犹豫过后，还是选择了离开。没办法的，环境带来的镌刻在她骨子根里的懦弱使她的腿像灌了铅一样无法迈步。听到女孩儿撕心裂肺的哭声，长久以来的习惯让她的胃部痉挛，她飞快地跑到洗手池边吐了起来，招娣的大脑里像是被水浸过一般茫然，嘴唇也没有一丝血色，面容苍白得像纸。她趴在洗手池边缘吐了很久很久，吐到胃里已经没有东西可以吐了，却还是不断地干呕，就像是要吐干净什么令人作呕的过往和不美好的回忆。招娣的腿不断地打战，脑子里跳出的全是她初中受到欺凌的画面。

招娣在翻江倒海的呕吐感中恍惚得到了一个结论——面具改变了招娣的处境和地位，却没改变招娣。她还是那个遇到问题只会逃的胆小鬼。

夏日炎炎，骄阳似火，炙烤着大地。操场上可以听到远处的蝉鸣，似乎在控诉着什么。

"又是体育课，这么热的天都快被晒化了！"招娣烦躁地用手扇着风，唉声叹气。

南苓去一旁座位找自己的跳绳。招娣一个人等她，不经意打量同学们的课桌，招娣的目光搜索到了什么，她发现了一支崭新的钢笔。它在思茗的书包里，上面有一只纯白色的小猫。它的眼睛眯着，头微微仰起，配上深蓝的夜空，还点缀着一些耀眼的星星，有着与周围违和的纯净。咦？这不是思茗天天炫耀的那支钢笔吗？招娣瞬间就被吸引了，脑袋发热发涨，那支钢笔……脑海里仿佛有一个声音不断诱惑她：去吧去吧，有了面具帮助的你是那么优秀，没人会怀疑你的！大脑屏蔽了五感，周身炎热，空气凝固，她本能地抓住钢笔，塞到自己的桌斗里。说来也巧，南苓找到了跳绳，招娣跟着奔向操场，只有咚咚跑的声音，如同谁也没有想过什么。

整整一节课，招娣不断想着如果被人发现该如何应对。体育课结束，她装作若无其事的样子和同学们有说有笑地回到了教室。思茗准备拿出钢笔，却突然发现它不见了！她大叫起来："谁拿了我的钢笔？"其他人都吓了一跳，纷纷询问怎么回事。思茗都快哭出来了，她气呼呼地说："这是我爸爸从外地带回来的，花了一百块钱呢！谁拿了？"招娣轻步走到自己座位旁，手缓缓地将钢笔推到书包里，不料，那笔竟然掉了下来，正好掉在思茗脚边。思茗瞥见了，含泪的眼睛怀疑地望向招娣："招娣，我的钢笔是不是你拿的啊？刚才我看到它在你手里啊！"招娣慌了，思维混乱，可是恍惚中却突然脱口而出："我没有！不是我……是南苓！这个钢笔……是我从南苓的桌斗里看到的，正准备还给你呢！肯定是南苓拿的！"一旁南苓听见了招娣的话震惊了，拿跳绳时她知道招娣干了什么，本想和她私下说这事，可招娣还要诬陷上自己。所有人的目光都聚集在她身上，思茗生气地质问："南苓，你怎么能这样啊！亏你还是班委呢，怎么拿别人的东西啊！"南苓蒙了，喃喃地说："我没有，招娣你……""不可能！"思茗大声说，"我走的时候还有，当时教室里只有你和招娣，招娣都说是从你桌斗里拿的，要还给我，难道还有谁会拿吗？"南苓难以置信地看着招娣，招娣自己也蒙了，这不是她要说的话啊……是面具！这个念头冒出来，招娣有些不寒而栗，面具为什么还会有这样的功效。当下她却也只能慌乱摆出一副义正词严的模样。"南苓，是你拿的就承认！"南苓站在门口，心中冰寒一片。

…………

放学后，傍晚天空暗沉，显得低矮，路边的梧桐像被天空压下，进退不得，四周空气混着闷热，路人喘着粗气，都想尽快逃离这个压抑的地方。当招娣看到南苓那双因为委屈和不解而充满泪水的眼睛时，心头一震，她仿佛看到了从前自己遭遇不公时的样子，同样是因为委屈、愤怒而睁大的双眼，同样充盈着泪水。身旁无风，招娣想到了之前被父亲毒打，被同学霸凌，而南苓今天被冤和她从小到大吃过的苦比起来根本不值一提！凭什么世界上只能自己被别人羞辱，只有自己遭受不公？为什么别人就不行呢？招娣将刚才的心虚同情完全抛于脑后，有了面具之后，她就可以高枕无忧！再次抬眸时，她的眼中只剩下了冷漠与轻蔑，说道："你凭什么说是我栽赃你，你有什么证据证明不是你做的？"南苓感觉被一把锋利的匕首刺中了心脏，突突地跳动加重了撕裂感。眼前的招娣是如此的陌生，南苓无力地张了张嘴，却无话可说，不可挽回的绝望慢慢从心底涌起传遍全身。的确如招娣所说，她百口莫辩。南苓深深

2220班刘宇轩创作

地看了招娣一眼，然后转身离去。偷窃真相不再重要，但是她和招娣的友谊从此再也回不来了。

南苓呆呆地站在原地，泪水滑过她的脸庞。她感到前所未有的绝望和痛苦，就像整个世界都崩塌了一般。南苓想不通招娣为什么要这样伤害她，她们明明已经像最要好的姐妹一般相处了这么多年。南苓原来那么相信招娣，那么欣赏招娣，甚至希望自己能成为像招娣这样优秀的人。可现在，南苓对招娣已经完全失望，她感到前所未有的恐惧与寒冷。这份真挚的友谊就这样在招娣的背叛下破碎，南苓觉得她的世界完全崩塌了。她抹去眼泪，用力深呼吸，提起重重的步子，独自一人离开了这片曾经满怀希望的土地。

面具

第六章　暗光

　　招娣诬陷了南苓后，感受到了原来其他人对自己的那种快感，但总觉得心中隐隐有一些异样。告别南苓后，招娣独自走向一个角落，准备将面具摘下。当手碰到脸的那一瞬间她愣住了——面具紧紧地贴在她的脸上了，与她的脸融为一体。她不敢相信但又不得不相信，她不知道是该高兴还是失落。顿了一顿她还是回到了家，她轻轻地敲了敲门，没人回应。她心想：他们可能又忘记给我留门了吧？她又去邻居家门口敲了敲门，邻居走了出来。

　　"小姑娘，你是谁呀？"

　　本是最简单不过的一句话，传到招娣的耳中却如晴天霹雳。

　　"我是您邻居家的大女儿招娣啊！你忘了吗？"

　　"小姑娘说话不能温柔一点儿吗？"邻居不满地看着她，"而且什么招娣啊？你是不是搞错了。他们家根本就没有女孩儿，只有一个刚生了的小男孩儿，可高兴了。"邻居冷冷地看着她回答道，眼里充满了不屑。

　　"不可能！"她尖叫道。邻居白了她一眼，嘭的一声关上了门。

　　过了许久，招娣冷静了下来。她脑海中闪现出一个可怕的可能：她被所有人遗忘了。仅这一瞬间的想法深深地烙在她的心中，令她感到无尽的恐惧，但同时也不敢置信，这或许已经超出了她的理解范畴。她又去问了好几家，结果都是一样的。她无助地跌落在地上，眼里充满了震惊与不甘。

于是，她站起身来去找一个人。

"你来了。"猫妖淡淡地说道，似乎早已知道她要来。

"是的，也请你告诉我我为什么会被人们忘记。"

"哦——看来你和原来那些人一样啊。"猫妖露出了玩弄的表情，"忘记又怎样，你不是也做到了你想象中自己最完美的模样吗？"猫妖饶有兴趣地看着招娣，"而你被世人所忘记也只不过是必要代价罢了，为了让自己变得更完美，变成你理想中的人，你不觉得这十分值得吗？"猫妖似笑非笑地看着她。

招娣定在了那里，一动不动，呆呆地愣在原地。

她获得面具是为了什么？为了变得优秀，为了受人待见，为了走出大山，为了不辜负母亲的期望，更是为了报复！优秀对于她来说固然重要，但被其他人忘记，以一个崭新而又陌生的身份继续生活却令她更无法接受。她本要以华丽的转变去改变别人的认知，去报复别人，她成功了，但她同时也是失去了那人间最为重要的亲情与友谊。母亲对她殷切的期望和深沉的爱、南苓对她无微不至的关怀都将成为过去，尽管父亲总是对她百般不满，但他依旧是她的父亲，心中依然有一丝丝的不舍。还有她那刚刚出生的弟弟，她甚至连一面都没有见过。

想到这里，招娣无助地抬头望向天空，眼角处流下了晶莹的泪，随着泪珠上在月光下折射出一瞬间的光芒，滑下脸颊落到地上。

清浔江上空皎洁的明月被乌云一点儿一点儿地吞噬，正如她那颗坠入深渊的心，一去不复返。

妖猫笑了笑开口："漂亮、学习好、让人重视、消除家庭偏见，这难道不是你想要的生活吗？"

"不、不、不——"招娣眼里充满了悔恨。

猫妖见状慢悠悠地踱着步子走到她身旁轻声说道："人类啊，总是失去了才懂得珍惜。你当时刚拿到面具的时候可否想到过后果？你不会真的以为世界上真有这样的好事吧？所有人都忘记你，这就是过度贪婪和无尽欲望的代价。有些人因为贪婪，想得到更多的东西，却把现在本应拥有的也失掉了。"

这时候他轻轻笑了笑，不知是错觉还是什么，他那碧色的瞳孔似乎更尖了，他缓缓吐出字词，可一句句话语却使招娣感到更加心寒："贪婪是什么？贪婪是一种会给人带来无限痛苦的地狱，它耗尽了人们力图满足其需求的精力，可并没有给人们带来满足。而你只不过是贪婪所支配的一个傀儡罢了。"

猫妖说完又露出了他那标志性的笑容，而招娣感到自己似乎坠入了一个寒冷的深窟。总感觉猫妖将自己的心思玩弄于手中，而自己却又无可奈何。

"为什么，为什么？"招娣在多重打击下恼羞成怒，一个箭步冲到猫妖面前大声地质问他，"你明知道会有这样的弊端为什么不说？"

猫妖依旧站在那里，眼中露出一丝冷意和轻蔑："我给你面具的时候可是说过：'不要太沉迷于面具带给你的一切，你要知道他们都不是真实的。'贪婪就是贪婪，没有什么可狡辩的。记住鱼为诱饵而吞钩，人为贪婪而落网。人总是要为自己的贪婪付出代价。可笑的是人们总是无法阻挡利益的诱惑。"说完他轻轻地向后挪了一步。

听完猫妖的话，招娣愣住了。她原来一直陷入了面具无尽的乐趣与美妙，却忽视了它的弊端。她现在回想起来，简直就是欲哭无泪，深感当时自己的贪婪、无知，也更是对现实的逃避。

想到了这里，她不禁回想起以前的点点滴滴：南苓对自己的关怀，在自己十分窘迫、任人欺负时对自己伸出援手；母亲虽然深陷在农村重男轻女、男尊女卑的老旧思想中却依然鼓励着自己，希望自己走出这里，走向更大、更美好的世界；父亲尽管对自己百般挑剔，但心底里依旧有对自己的关心，只是未能表达出来罢了。一切美好的事情在她的眼前晃过，如同一部漫长而又感人的电影，在一刹那间如沙粒一般被一阵狂风吹散，那一件件事随风飘去。

招娣瞬间摔在了地上，尽管她早有准备，但依然无法接受这个事实，她在恐惧的同时也十分不甘。

她噙着泪水，带着一丝哭腔说道："不——这不可能！这肯定都是假的。"她的声音嘶哑了许多，"你有办法吗？"她艰难地站起身来，似乎有千钧的重物压在她的背上，使她直不起背来。她的眼神里有着些许希冀，但更多的是绝望与无助。

2220班刘宇轩创作

"无能为力喽。"猫妖挑了挑眉毛看向了招娣，没有丝毫的怜惜之情，似乎早已习惯了。"知错想改的确很好，但你依旧要承受你自己犯下错误的损失和后果。不要怪我无情，只是因为你的贪婪终将毁灭你的一切罢了。"猫妖静静地望着她开口道。他说着轻轻绕到这个仿佛下一秒就要碎掉的女孩儿面前，缓声开口："但是……面具会留给你。换句话来说，你只是没有了灰暗的过往，但你还有一个光鲜亮丽的未来。你还是获利者，小孩。"

这对她来说根本算不上什么好消息，招娣心中最后的一点儿希望也破灭了，她无助地瘫坐在地上，脸上的泪痕清晰可见。她的眼神迷茫、灰暗，看起来毫无生机，而是充斥着绝望。

这时猫妖突然摆了摆手，似乎在赶走某些东西。一时间十分安静，只能听见泪珠啪嗒啪嗒掉落在地上。

猫妖淡淡地瞥了她一眼。"我早说过的，后果自负。你需要为自己的贪婪付出代价。"招娣愣住了，脸上豆大的滚烫泪珠来不及擦掉，断了线似的滑落脸颊，泪痕清晰可见。

猫妖不知从哪里变出一支烟叼在口中。淡淡的烟雾丝丝缕缕，在空中环绕，包绕着二人，良久才轻声喃喃，不知是说给招娣听还是自言自语："其实这样也挺好的，不是吗？"招娣怔怔抬起头，猫妖的眼神却异常平静，他手中的烟渐渐燃烧到底，他却没有理会，任由那烟灰坠地，迸溅出昭示着生命尽头的火花。

面具

第七章　长梦

　　猫妖与招娣结束谈话后，他微微闭了闭眼，丝毫没有愧疚之心。因为他知道，不久的将来，招娣将会沉沦在面具带来的欲望里越陷越深。他变回猫的形态，卧在江边树荫下。午后的阳光暖暖的，投在枝叶间，在他身上映下铜钱大小的光斑，远远看，像是披了一树残叶在身上。

　　几千年前，曾有一人，家庭美满，平安度日。天有不测风云，忽有一日，狂风起，百树倒，鸟儿鸣叫，黑云压城。做何事焉？乃此人生来做的一冤身，至城墙下，是顶罪矣。濒死之时，遇得一神灵，告之曰：汝欲还生为人，重回世间，吾有一计。此乃浮生千面，又名欲望与救赎，若汝变为猫妖，持此面降临人间，分发于众人，若有一人拒此欲念，做回本身，汝便可获救赎，重塑人身，再度回到人间。人曰：此有何难，待我且试一番。欲去，忽停。神灵云：然汝等切记，若众生皆选择欲望，无法摆脱，则不复变回本身，汝也将永世不得塑人身！语毕，风起，神明去，不复归。后来，猫妖便开始于世间游走，他信终有一日可重塑人身，回到人间。

　　而并非此不人不猫之身在此游荡。可事与愿违，千百年来，每每将面具交予一人之手，此人便被欲望吞噬，永远不再变回自己，而是以贪念下的那千人一面，贪婪而自卑地生活着。长久以往，猫妖心想：噫！此乃人性也，宁愿舍自身，舍家庭，舍生活，也要去追逐那一点儿小小的欲望与贪婪。成为理想之人，固然美满，可未尝不是另一种形式的堕落呢。若众人皆如此，那这人身，我不要也罢。后来，猫妖明知戴上面具后，人原本的肉体与灵魂将万劫不复，成为一个新的人，永恒被面具下所谓的"自我"禁锢、束缚，无法摆脱。可，他却还是将那"浮生千面"发于众人，眼睁睁地看着他们，被欲望蚕食吞噬，最后被众人、被亲友、被这世上的一切遗忘，成为精神上的"死亡"。即使是这样，猫妖却依旧无所谓，仍以猫妖之身，游荡世界。去寻找下一个，被欲望吞噬之人……

到这里，猫妖怔然醒来。长梦一觉，他梦见了自己的过往，在墙角回神片刻，搔搔耳朵，抬起头，已是黄昏时分。他垂眸良久，跳下墙，轻巧地在落地的一瞬间变成了人。他微微扶了扶眼镜，单片的银框眼镜在阳光

2220 班李晟锐创作

下格外显眼。他罕见地想去看一看招娣。他见过形形色色的人，有人在他揭露面具真相后像招娣一样追悔莫及，有人却丝毫不在乎，忙不迭地投入了新的生活。他脑中回想起了招娣当时的神情，不知为何微微有些莫名的动容和奇怪，他总有一种预感，这个女孩儿和他以往遇到的人们有些不一样，好又算不上，坏又不彻底。猫妖也不知道招娣未来将会是什么样，良久，叹了口气，继续着他在人间分发面具的工作。

猫妖再一次遇见招娣，是八年后了。

令猫妖惊异的是，招娣竟然没在使用面具了。她用着那张属于自己的脸，温和中又带着一丝从容，做着一名教师。毕竟在考验之后完全摆脱面具的欲望的人，招娣是独一份儿。招娣成绩并没有那么好，没能如愿以偿地考上川大，但是在高考的时候奋发图强，竟也取得了不错的成绩，考离了破旧的小山村，去到繁华的地方读大学，过上了平淡如水的生活。毕业后，她却选择了回到山村支教。她没有办法让世界上每个角落都消除刻板的性别歧视，可是至少她在的学校，她的每个学生会受到平等的尊重。看着孩子们天真可爱的笑容，她恍惚觉得，也许自己儿时的那个小小的梦想也早已生根发芽，长成了参天大树。

猫妖对于这一切，只是淡淡地蹲在暗处望着她，他承认，招娣这个女孩儿异于常人的蜕变，令他感触很大。但是感触归感触，对于猫妖几千年下来遇到的形形色色丑陋的人性，也只是昙花一现罢了。

一对绿色猫眼如同宝石般闪了闪，他喵呜一声蹿进人群里不见了。

第八章　轮回

逼仄的深巷子里透不进一丝阳光，风声回荡，久久不绝。巷子深处，是风中夹杂的呜咽声，哭声与风声交织在一起，似那秋末的嘶哑悲鸣。

巷尾墙角，是一个蜷缩成一团的男孩儿。男孩儿的头很大，就像是营养不良，放在瘦小的身子上，让人担忧他那纤细的脖颈儿是否能支撑得住。男孩儿将脸埋进臂弯中，他骨瘦如柴，就仿佛骨头外面包着一层薄皮一般。

"喵——"一个黑影优哉游哉地晃着尾巴踱步而来，瘦小的黑猫在黑影中幻化成了一个长发男子的模样。他缓缓走到男孩儿面前，发出了一声不知是叹息还是嗤笑的声音，将手放在了男孩儿头上抚了抚。猫妖低声呢喃，声音宛若一阵风一样钻进人耳朵里，很轻很轻。

"别哭……"

男孩儿终于抬起了头，大大圆圆的瞳仁出奇地黑。他面色若纸张一般苍白，所以那两点如豆般漆黑的眸子放在上面就显得有些诡异，就像是画上去的一样。他眼角边还垂着刚刚呜咽留下的泪痕，亮晶晶的。

男子仿佛丝毫不介意，仍将手轻轻掠过他的脸颊，蹭掉他眼角泪痕，眸中闪过一丝异样的情绪，像是怜悯，又像是在透过他看着什么。

"恨？"良久，他嘴角漾开一抹笑意。男孩儿听到这个字，眼珠如同机械般滚动了两下，缓缓点了点头。猫妖的神色顿时变得饶有兴味，"想变成理想中的样子吗？"男孩儿的眼睛微微睁大，眼里似乎闪过了一丝什么，他的嘴唇动了动，却什么也没说出来，只是很用力地点了点头。

猫妖似乎很满意这个回答，他头上尖尖的猫耳愉悦地颤了颤，打了一个响指，手中便凭空出现了一个半透明的带着花纹的面具。他轻俯下身，把面具递到他面前，诱惑似的开口："戴上，你会得到你想要的一切。"

男孩儿犹豫了，望着那面具，他有些迟疑。猫妖见他踌躇不决，耐心似乎有点儿丧失了，他淡淡开口："怎么，你还想任人宰割吗？"男孩儿听见这句话，像是突然被戳到了什么痛处一般垂下了头，良久，伸手接过了那面具按在了脸上。

猫妖满意地笑了笑说："乖孩子。"他仍然像警告招娣一般提醒了他，静静望着他的反应，可他似乎却十分不以为意，只是愣愣地望着他出神。良久，他又轻轻吐出那几个字，像是一种固定的仪式："别太沉湎于欲望，不然……可能会受到惩罚。"说着一晃身后的尾巴，变回黑猫的形态踱着步子走了。

2220 班李晟锐创作

又一场好戏开场了，他这样想着，愉快地跳上墙头，细细舔着自己的爪子。他承认，刚才他动了恻隐之心。几千年来，他很少有过这种情绪了。兴许……是在男孩儿身上看到了过去的自己吧。想到这里，他不耐烦地拱了拱身子，伸了个懒腰。沧海桑田几千年，他对于人的希望和兴趣已经彻底被这尘世磨平，从一个一腔热血的少年变成了一个活脱脱的老油条。他曾经失望过，但他现在不想对这世间产生任何情绪了。

他跳下墙去，路边有个卖报的在吆喝，突然一阵风吹来，他手上报纸被吹落在地。而上面的娱乐板块写着：似乎最近身边黑猫格外多，网友在很多地方看到长相相似的黑猫，呼吁大家关爱流浪猫。猫妖看都不看一眼，踏过报纸，在那则消息上印下一枚小小的梅花形的爪印。

墙根儿下，在无人注意的角落里，长出了一丛丛湿绿的苔藓。

后　记

　　不知不觉间到了尾声。当我们读完这本小说，心中洋溢着的感动再也按捺不住，喷涌而出。这份感动是收获后的喜悦，我们陪伴着这群孩子们走过春秋冬夏，一行行文字在时间的轨迹里穿梭，终于一份成熟的作品来到眼前；这份感动是历练后的充实，那嗒嗒的键盘声，是黄昏下的思考，是深夜里的奋笔疾书，是清晨的灵感迸发，每一个键盘响起的日子都好像是叩响梦想的声音。是的，写小说的日子，里面有我们的梦想。

　　时光匆匆，我们亦脚步不停。我们走过很多的路，看过很多的云，我们更坚定了脚下的路，那就是给每一个活泼可爱的孩子爱的陪伴和精神的引领。孩子们说："老师，我怕小说写不成。"我们说："孩子，不怕，让老师拥抱你，给你力量。"亲爱的读者，您是不是也会给这些有梦想的孩子们爱的拥抱和成长的力量？

　　我们的故事，未完待续；我们的小说创作，还在路上……下面是参与创作的孩子们，附上姓名，以资纪念和鼓励。

范红蕊　刘二彦

2024 年 6 月

2214班 《选择》 指导教师：金颖

主　　笔：

王子嘉、孙羽涵、田丞昊、郭家仪、魏子弦、王萌清、王姿茜、刘子歌、张业旋、殷佑衡、姜泽政、安函予、崔梓睿、冯楚然、李禹辰、任荣轩、王凯硕、王妙涵、武少雯、谢延熙、辛雨轩、刘宇乾

参与创作：

苗晨雪、文韬宇、冯天晞、常乐珊、陈品安、陈卓尔、程思源、范子墨、高章惟、纪徐阳、姜天宇、孔维铭、李博煊、李涵妮、刘奕麟、庞皓丞、庞怡轩、任庭萱、宋昱璋、王傲雪、王婧瑶、王子阳、信卓言、闫彧箐、姚嘉森、张竞博、张乙卿、张钰涵、张煜贤、赵怡然、赵泽锴、赵江南

插　　画：

陈卓尔

2202班 《启航》 指导教师：陈晓霖

主　　笔：

张洛伊、李梓轩、吴海畅、陈美羽、皮赫瀛、袁欣怡、李晨阳、苏美硕、高嘉贺、张艺博、段泽轩、陈瑞翔、高嘉浩、平浩宇

参与创作：

冯禹昊、郭翼玮、池易恒、刘燊悦、王浩然、王浩鑫、刘东坤、王子熙、仲钰、张嘉琪、常鹤腾、陈跃宁、周佳琳、李泽浩、王一川、张依娜、王梓姗、刘沛林、孙晨曦、李佳洋、郭宥涵、李宜川、孙杨、王若涵、董芊羽、王心悦、邢世博、张皓宣、马梓寅、李依晨、董雨睿、纪胜岚、马彦博、崔欧宇、王皓炜、赵梓淇、赵泊淳、冯孜妍、王瑞元、陈锡瀚

插　　画：

张洛伊

2208 班 《九铜铃》 指导教师：尚惠柳

主　　笔：

闫晓辰、张馨元、裴誉宸、沈家伊、李子羽、王悦休、薛雯月、施墨妍、王清如、娄育涵、刘婧涵、柳严峰、祁海旭、曹璐凡、谷雨默、国雨晨、王艺璇、谷歌

参与创作：

刘锦宏、贾思源、赵子晗、王得羽、戎晴歆、康家宁、郝一铭、张鹤川、吕柯含、张家瑞、刘雨彤、马丞泽、王顺泽、鲁苇杭、田子娴、张柏涵、张嘉玉、陆海翔、王海懿、袁文灏、张渲武、赵梓翔、何文宇、张晋源、赵子晨、杜梁宽、马佳豪

插　　画：

王赫恩、田一琳、李亭萱、李玥彤、俞佳音、成子楠、白宇涵

2212 班 《解救》 指导教师：范红蕊

主　　笔：

张若瑾、闫卜源、王旷淇、王汀玥

参与创作：

曹雨泽、陈泊帆、程博阳、邓默航、丁涵惠、盖子豪、谷崊颢、韩楚燕、韩尚怡、胡舒涵、纪博文、贾茜茜、解晨怡、李浩冉、李佳依、李莫琦、李沐白、李少轩、刘涵煊、刘家铭、刘宜佳、刘展羽、刘兆凯、马嘉骏、乔岳洋、容艺芮、史晏宁、宋嘉睿、王汀玥、王娅茹、王奕璇、吴炫杉、武丹彤、武思颖、徐子渲、杨佳赟、杨峻泽、于跃然、张宸瑜、张林钰、张容萱、张梓尧、赵晋嘉、赵杨瑄、赵梓萌、周雅璇

插　　画：

崔高雅、闫卜源、张若瑾、耿浩瑀、杨雅茜、施秋羽、赵杨瑞

2215班 《溯》 指导教师：魏景利

主　　笔：

樊诺颐、赵蕴泽、李宜锦、张安仁、曲奕璇、周逸轩、杨弘艺、张馨悦、张梓涵、佟雨泽

参与创作：

陈沛萱、次奕昀、崔羽涵、底沛凝、杜子墨、樊诺颐、高翊翔、谷卓岩、郭姿辰、韩季彤、何政林、侯博瀚、李沛珊、李宜锦、李张晨珏、刘懿融、刘昱麟、马靖雅、孟子琪、曲奕璇、任娅楠、宋柯瑶、孙一白、佟雨泽、王苏篪、王新凯、王钰淇、肖奕梦、邢会然、薛涵曈、闫骁奕、杨弘艺、杨砭宁、杨砭兴、岳劲松、张安仁、张景尧、张珂豪、张纾梦、张馨悦、张耀杨、张梓涵、赵禹涵、赵蕴泽、赵梓萱、周逸轩、卫卓研、吕佳依、温启轩、刘杨贺焱、宋妍琦、王耀康、孟烨霏

插　　画：

刘昱麟、赵蕴泽、李宜锦、樊诺颐、张安仁

2220班 《面具》 指导教师：武婷

主　　笔：

梅千叶、翟若云、赵霏霖、秦妙然、王紫昂、何子航、袁晨烜、贾林默、魏正阳、王艺蓉、宋懿轩、李雨曈、丁溢泉、吕攀泽、韩沐阳

参与创作：

白天豪、陈涵钰、陈敬泽、戴语函、杜宇滢、段柳杉、高宇浩、郝一兰、江梅朵朵、康宁暄、雷瑗嘉、李晟锐、李依璇、刘峻甫、刘宇轩、刘雨辰、孟宸伊、彭思毅、邱晨、苏逸臣、万力诚、王科涵、王若璠、王子月、武雨森、徐诗淇、许贺勋、杨紫涵、张楚童、张峻豪、张阔、张熙焓、张欣怡、

张祎真、张在然、赵天翔、赵怡涵、赵子墨、朱可浩、宗安琪

插　　画：

邱晨、杜宇滢、李晟锐、刘宇轩